내 귀에 해설이 들려

내 귀에 해설이 들려 14

설경구 현대 판타지 소설

초판 1쇄 찍은 날 § 2021년 5월 4일
초판 1쇄 펴낸 날 § 2021년 5월 11일

지은이 § 설경구
펴낸이 § 서경석

총괄팀장 § 노종아
편집책임 § 강서희
디자인 § 소소연

펴낸곳 § 도서출판 청어람
등록번호 § 제387-1999-000006호
등록일자 § 1999. 5. 31
어람번호 § 제1-3135호

주소 § 경기도 부천시 부일로 483번길 40 서경B/D 3F (우) 14640
전화 § 032-656-4452 팩스 § 032-656-4453
http://www.chungeoram.com
E-mail § chungeorambook@daum.net

ISBN 979-11-04-92343-2 04810
ISBN 979-11-04-92190-2 (세트)

내 귀에 해설이 들려

설경구 현대 판타지 소설

MODERN FANTASTIC STORY

[완결] 14

청어람
도서출판
람

내
귀에
해설이
들려

목차

제1장

내셔널리그와 아메리칸리그.

서로 다른 리그에 속해 있는 팀들이 대결을 펼치는 것이 인터리그 경기였다.

월드시리즈나 스프링캠프 시범경기가 아니면 만날 일이 없었던 다른 리그에 속한 팀들 간의 맞대결이 성사된 계기는 흥행이었다.

1990년대 중반, 메이저리그의 관중수가 격감하자 메이저리그 사무국에서 흥행의 불씨를 살리고 야구팬들의 관심을 다시 불러일으키기 위해서 1997년부터 인터리그를 도입한 것이었다.

인터리그는 한 시즌 동안 팀당 치르는 162경기 중 약 12.3%의 비율인 20경기가 치러졌다.

인터리그 상대는 크게 두 가지 방법으로 결정됐다.

하나는 지역 라이벌전.

같은 지역이나 인접한 지역에 있어서 라이벌 관계를 형성하고 있는 아메리칸리그에 속한 팀과 내셔널리그에 속한 팀끼리 맞붙는 지역 라이벌전이 네 경기 치러졌다.

또 하나는 지구 단위 순환.

아메리칸 리그와 내셔널리그는 각각 동부와 중부, 서부의 3개 지구로 나뉘는데 3년 단위로 아메리칸 리그의 한 지구와 내셔널리그의 한 지구에 속한 팀들이 돌아가며 맞붙게 되는 것이었다.

그 규칙에 의해 올 시즌 마이애미 말린스가 속해 있는 내셔널리그 동부 지구에 소속된 팀들은 아메리칸리그 서부 지구에 속한 팀들과 맞붙었다.

마이애미 말린스 VS 템파베이 레이스.

인터리그의 서막이 열렸다.

마이애미 말린스의 인터리그 첫 상대는 지역 라이벌인 템파베이 레이스였다.

뉴욕 양키스와 뉴욕 메츠의 서브웨이 시리즈(Subway Series).

볼모어 오리올스와 워싱턴 내셔널스의 벨트웨이 시리즈 (Beltway Series).

시카고 화이트삭스와 시카고 컵스의 윈디 시티 시리즈 (Windy City Series).

LA 다저스와 LA 에인절스의 프리웨이 시리즈(Freeway Series).

오클랜드 어슬레틱스와 샌프란시스코 자이언츠의 베이 브릿지 시리즈(Bay Bridge Series). 메이저리그를 대표하는 지역 라이벌들 간의 맞대결이었다.

역시 지역 라이벌인 마이애미 말린스와 템파베이 레이스의 맞대결은 시트러스 시리즈(Citrus Series)라고 불리었다.

플로리다 지역에서 많이 생산되는 감귤류 과일(Citrus)의 이름을 딴 시리즈.

하지만 지역 라이벌 구도를 형성하고 있음에도 불구하고 마이애미 말린스와 템파베이 레이스가 맞대결을 펼치는 시트러스 시리즈는 팬들의 관심을 끌지 못했다.

지역 라이벌인 마이애미 말린스와 템파베이 레이스 모두 강팀과는 거리가 멀었기 때문이었다.

메이저리그를 대표하는 스몰 마켓 구단들인 데다가 성적도 지구에서 하위권을 맴돌고 있으니 팬들의 관심이 생길 리 없었다.

"메이저리그를 대표하는 듣보잡 시리즈이지."

이용운의 냉정한 평가대로였다.

팬들의 무관심 속에서 치러진 두 경기에서 마이애미 말린스는 낙승을 거두었다. 그리고 아직 끝이 아니었다.

마이애미 말린스는 원정에서 열린 시애틀 매리너스와의 인터리그 2경기마저 모두 승리를 거두며 10연승을 달성했다.

＊　　　　＊　　　　＊

"감독님, 찾으셨습니까?"

박건이 감독실로 찾아가자 조 매팅리 감독이 자리에서 일어나며 반겼다.

"왔군. 편하게 앉게."

조 매팅리 감독은 박건에게 소파에 앉을 것을 권했다.

"이제 지구 3위로 올라섰네."

무려 10연승을 내달린 마이애미 말린스는 필라델피아 필리스를 기어이 한 단계 밀어내고 지구 3위로 올라섰다.

그래서일까.

조 매팅리 감독은 밝은 표정으로 덧붙였다.

"하지만 아직 갈 길이 머네. 내 목표는 마이애미 말린스가 지구 우승을 차지하는 것이니까 말일세. 그런데… 우려되는 점이 있네."

'우려되는 점?'

조 매팅리 감독의 이야기를 들은 박건이 고개를 갸웃했다.

현재 마이애미 말린스는 10연승 중이었다.

팀 분위기도 최상에 가까웠고, 부상 선수도 발생하지 않았다.

그럼에도 불구하고 조 매팅리 감독이 우려되는 점이 있다고 말한 것이 잘 이해가 가지 않는 것이었다.

"우려되는 점이 무엇입니까?"

"시간일세. 벌써 정규시즌이 후반기로 접어들었으니까."

"……?"

"지금이야 연승을 달리고 있지만, 만의 하나 조금만 삐끗하면 마이애미 말린스의 지구 우승은 어려워지는 셈이지. 그래서 자네와 만나길 청했네."

"저는 마법사가 아닙니다."

"응?"

"시간을 돌릴 수는 없단 뜻입니다."

박건이 건넨 농담에 조 매팅리 감독이 기꺼운 웃음을 터뜨렸다.

"그 정도는 나도 알고 있네. 그렇지만 내 입장에서 자네는 마법사일세."

"무슨… 뜻입니까?"

"시간을 돌리진 못해도 경기의 승패는 바꿀 수 있으니까."

"……?"

"마이애미 말린스의 지구 우승을 위해서 난 더 늦기 전에 승부수를 던질 계획이네."

'승부수?'

조 매팅리 감독의 표정이 비장하게 바뀌었다. 그리고 그가 꺼낸 승부수란 단어를 듣는 순간, 박건은 왠지 모를 불안감을 느꼈다.

근거 없는 불안감이 아니었다.

'굳이… 바꿀 필요가 있나?'

지금 승부수를 던진다는 것.

현재 마이애미 말린스 팀에 변화를 꾀하겠다는 의미였다. 그리고 박건은 이 부분에서 불안감을 느꼈다.

—연승 행진을 달리고 있을 때는 가능한 아무것도 바꾸지 마라.

야구계의 속설 중 하나였다.

그런데 지금 조 매팅리 감독은 그 속설을 뒤집겠다는 의사를 밝힌 셈이었다.

"어떤 승부수를 띄우신다는 겁니까?"

"자네가 내 승부수네."

"네?"

"박건 활용법을 극대화시킬 생각이야."

'무슨 뜻일까?'

박건이 조 매팅리 감독이 꺼낸 말뜻을 제대로 이해하지 못하고 고개를 갸웃했을 때였다.

"투수 박건을 마운드에 올리는 것이 내가 준비한 승부수라네."

"인터리그 홈경기에 자넬 선발투수로 내보낼 예정이야."

조 매팅리 감독이 공개한 승부수의 정체였다.

박건이 전혀 예상치 못했던 승부수.

해서 조 매팅리 감독이 찾아낸 승부수에 대해서 당장 어떤 평가를 내리는 것이 쉽지 않았다.

"어떻게… 생각하십니까?"

박건이 평가를 보류한 채 이용운에게 질문했다.

"일단 조 매팅리 감독의 의도는 짐작이 간다."

이용운도 조 매팅리 감독이 밝힌 승부수에 대해서 바로 평가하는 대신 화제를 전환했다.

"인터리그 경기는 홈경기를 치르는 팀이 속한 리그의 룰을 따른다. 내셔널리그에 소속된 팀의 홈구장에서 경기를 치르는 경우에는 지명타자 제도를 사용하지 않는 룰은 따르고, 아메리칸리그에 소속된 팀의 홈구장에서 경기를 치를 때는 지명타자 제도를 사용하는 룰을 따르는 것이지. 그리고 조 매팅리 감독이 갑자기 후배를 선발투수로 활용하려는 계획을 세운 이유는 인터리그 경기 중에 홈에서 치르는 경기에서 후배의 활용을 극대화하기 위함으로 보인다. 쉽게 말해서 후배가 투수로서의 역할과 타자로서의 역할을 동시에 해주기를 바라는 것이지.”

박건 역시 조 매팅리 감독의 의도는 충분히 예측했다.

선발투수 겸 4번 타자.

조 매팅리 감독이 인터리그 경기에서 머릿속에 그리고 있는 구상이었다.

“그럼 이제 아까 미뤄두었던 평가를 할 차례로구나.”

잠시 후 이용운이 다시 입을 뗐다.

“일단 고심한 흔적은 보인다. 인터리그 경기에서 후배를 투수 겸 타자로 활용하는 방안, 나조차도 떠올리지 못했던 묘수거든. 그런데… 어렵다.”

“뭐가 어렵다는 겁니까?”

“이게 신의 한 수가 될지, 악수가 될지를 판단하기 어렵다는 뜻이다.”

“……?”

“조 매팅리 감독의 의도가 제대로 먹혀든다면, 후배가 투타 겸업을 할 때마다 마이애미 말린스가 인터리그 경기에서 승리를 거둘 가능성은 분명히 높아진다. 그럼 현재 지구 선두를 달리고 있는 애틀랜타 브레이브스와의 격차를 더 줄일 수 있겠지. 이게 조 매팅리 감독이 원하는 바일 테고. 그럼에도 불구하고 내가 우려하는 것은 멀리 내다보면 마이애미 말린스에 악재가 될 수도 있기 때문이다."

"왜 장기적으로는 악재가 될 수도 있다는 겁니까?"

이용운이 대답했다.

"체력적인 문제가 발생할 가능성이 높거든."

"체력에는 자신 있습니다."

이용운이 체력적인 문제가 발생할 가능성이 높다고 우려하는 것은 자신이었다.

그 사실을 알아챈 박건이 지체 없이 대답했다.

진짜 체력에는 자신이 있었기 때문이었다.

그러나 이용운은 우려를 떨치지 못했다.

"똑같은 이야기를 예전에도 한 적이 있었지."

"제가 언제……?"

"청우 로얄스 소속 선수 시절 말이다."

박건이 얼마 지나지 않아 당시의 기억을 떠올리는 데 성공했다.

청우 로얄스 소속 선수로 활약하던 정규시즌 후반기.

박건은 체력적인 문제로 인해 일시적인 타격 부진에 빠졌던 적이 있었다.

"메이저리그는 KBO 리그보다 팀당 치르는 경기 수가 더 많다. 게다가 후배는 메이저리그에서 풀타임 주전으로 뛰는 것이 이번이 처음이지. 야수로만 경기에 나선다 하더라도 정규시즌 막바지에 다다랐을 때 체력적인 문제가 발생할 가능성이 높다. 그런데 투타 겸업을 하면 체력적인 한계가 더 빨리 찾아올 가능성이 높지."

박건이 반박하지 못하고 수긍하며 질문했다.

"그럼 투수로 경기에 출전하지 않겠다고 말할까요?"

"그것도 나쁘지 않은 방법이지."

박건이 고개를 갸웃했다.

이용운의 대답이 평소와 달리 애매하단 느낌을 받아서였다.

"솔직히 말하면 어느 쪽을 선택하는 게 옳은지 나도 혼란스럽다."

"왜 혼란스러운 겁니까?"

"후배가 정규시즌 막바지에 체력적인 문제를 겪게 될지 확실하지 않으니까."

"그건……."

"어디까지나 내 추측일 뿐이다. 반면… 확실한 건 있지."

"확실한 건 무엇입니까?"

"인터리그 경기에서 후배가 투타 겸업을 하면 마이애미 말린스의 승리 확률이 높아진다는 것은 확실하다."

이용운이 길게 한숨을 내쉬었다.

어느 쪽을 선택하는 것이 맞는가를 이용운 역시 확신하기 어렵다는 증거.

잠시 후 박건이 입을 뗐다.

"한 경기 정도는… 괜찮지 않겠습니까?"

"한 경기?"

"네. 꼭 승리가 필요한 한 경기에 투타 겸업을 하는 것 정도는 체력적으로도 큰 부담이 없을 것 같습니다."

"진짜 괜찮을까?"

이용운은 여전히 갈등하고 있었다. 그리고 박건은 이용운이 결정에 어려움을 겪으면서 갈등하는 이유를 짐작할 수 있었다.

박건의 몸 상태에 대해 정확히 파악이 되지 않아서였다.

해서 박건이 힘주어 덧붙였다.

"제 몸은 제가 가장 잘 압니다. 한 경기 정도는 괜찮을 겁니다."

*　　　　*　　　　*

마이애미 말린스 VS LA 에인절스.

각 지구 3위를 달리고 있는 양 팀의 맞대결이었다.

〈LA 에인절스 선발 라인업〉

1. 저스틴 업튼.

2. 앤서니 렌돈.

3. 마이크 트라웃.

4. 앨버트 푸욜스.

5. 후안 카스트로.

6. 토미 스텔라.

7. 바드 테일러.

8. 마이클 혜모슬.

9. 앤드류 혜네시.

Pitcher. 앤드류 혜네시.

경기 전 조 매든 감독이 발표한 LA 에인절스의 선발 라인업을 확인한 후 박건이 가장 먼저 느낀 감정은 설렘이었다.

리드오프 저스틴 업튼부터 5번 타자 후안 카스트로까지.

모두 이름값이 쟁쟁한 선수들이었기 때문이었다.

특히 중심타선에 포진되어 있는 마이크 트라웃과 앨버트 푸욜스는 세계 최고의 리그인 메이저리그에서도 최고의 타자들로 손꼽히는 선수들이었다.

'내가 이런 대단한 선수들과 경기를 펼친다?'

물론 내셔널리그에도 좋은 타자들은 많았다.

그렇지만 마이크 트라웃과 앨버트 푸욜스는 또 달랐다.

두 선수 모두 현 시점 메이저리그를 상징하는 최고의 타자들이었기 때문이었다. 그래서 박건의 낯빛이 상기됐을 때였다.

"그러지 말고 경기 전에 찾아가서 사인부터 받지 그러느냐?"

"그렇지 않아도 고민 중입니다."

박건이 두 선수의 사인을 받고 싶은 배트에서 시선을 떼지 못하고 있을 때, 이용운이 다시 말했다.

"굳이 사인을 받으러 찾아갈 필요가 없겠구나. 먼저 찾아왔으니까."

"누가요?"

"마이크 트라웃."

마이크 트라웃이 찾아왔다는 이야기를 이용운에게서 전해들은 박건이 급히 고개를 들었다. 그리고 이용운은 거짓말을 했다.

마이크 트라웃만 찾아온 게 아니었으니까.

앨버트 푸욜스도 함께 더그아웃 쪽으로 다가오고 있었다.

'그런데… 왜 찾아왔지?'

마이크 트라웃과 앨버트 푸욜스를 더 가까이서 볼 수 있단 생각에 기뻤던 마음도 잠시, 그들이 경기를 앞두고 마이애미 말린스 더그아웃으로 찾아온 이유가 궁금해졌을 때였다.

"브라이언, 오랜만이야."

"아직 살아 있었네."

앨버트 푸욜스가 브라이언 할리데이와 반갑게 인사를 나누며 가볍게 포옹했다.

'친분이 있어서 찾아왔구나.'

브라이언 할리데이와 앨버트 푸욜스는 베테랑들답게 서로 친분이 있었다.

"그런데 이상하네."

"뭐가?"

"경기 전에 먼저 인사하러 더그아웃까지 찾아올 정도로 다정다감한 스타일은 아니었던 것 같은데?"

"역시 날 잘 알고 있네. 실은 부탁이 있어서 찾아왔어."

"무슨 부탁?"

"저 친구 소개 좀 시켜줘."

그 말을 꺼내는 앨버트 푸욜스의 시선은 박건에게 향해 있었다.

'나?'

두 사람의 대화에 귀를 기울이고 있던 박건이 앨버트 푸욜스의 시선이 자신에게 닿아 있는 것을 깨닫고 당황했을 때였다.

"건을 소개해 달라고."

"그래."

"소개해 달라고 부탁하는 이유는?"

"야구를 잘하더라고. 그래서 호기심이 생겼지."

'내게 호기심이 생겼다?'

박건이 더 기다리지 못하고 두 사람의 대화에 끼어들었다.

"만나서 영광입니다."

"나도 만나서 영광이야. 엄청난 재능을 가진 선수를 만나는 것은 항상 즐거운 일이니까."

빈말이 아니었다.

앨버트 푸욜스는 진심으로 즐거워하고 있었다.

"그리고 이 녀석이 인정한 선수는 그쪽이 처음이야."

잠시 후 앨버트 푸욜스가 다시 입을 뗐다.

그가 '이 녀석'이라고 지칭한 것.

함께 마이애미 말린스 더그아웃으로 찾아온 마이크 트라웃이었다.

'마이크 트라웃이 날 인정했다?'

메이저리그 최고 타자인 마이크 트라웃이 자신을 인정했다는 이야기를 들은 박건이 깜짝 놀랐을 때였다.

"메이저리그에서 오랫동안 보면 좋겠다."

마이크 트라웃이 큼지막한 손을 앞으로 내밀며 말했다.

박건이 엉겁결에 그 손을 맞잡았을 때, 마이크 트라웃이 한마디를 덧붙였다.

"오늘 경기 기대가 크다. 그리고 언젠가 한 팀에서 뛰는 것도 나쁘지 않을 것 같다는 생각이 들었어."

간단한 인사를 건넨 후 앨버트 푸욜스와 마이크 트라웃이 떠났다. 그리고 그들이 떠나고 난 후에도 박건은 한참을 멍하니 서 있었다.

조금 전 자신에게 벌어졌던 상황이 현실감이 없어서였다.

그때, 이용운이 말했다.

"이제 실감이 나느냐?"

"아직 실감이 안 납니다."

박건이 조금 전 마이크 트라웃과 악수했던 자신의 오른손을 내려다보며 솔직하게 대답했다.

"앨버트 푸욜스와 마이크 트라웃을 만난 것 말고."

"네?"

"후배가 스타플레이어가 됐다는 게 실감이 나느냐고."

"……?"

"메이저리그 최고의 선수들이 후배에게 관심을 갖고 인정하며 친분을 쌓기 위해서 먼저 찾아왔다. 이게 후배가 야구를 잘한다는 증거지. 또, 메이저리그에서 가장 주목받는 선수가 됐다는 증거지."

'정말… 그런가?'

이용운이 친절하게 일러주었지만, 박건은 여전히 실감하기 어려웠다.

단조롭기 짝이 없는 일상으로 인해 자신이 스타플레이어가 됐다는 사실을 체감할 기회가 거의 없었기 때문이었다.

"솔직히 아쉬웠던 게 사실이다."

그때, 이용운이 불평을 꺼냈다.

"뭐가 아쉬웠단 말입니까?"

"후배가 활약에 비해서 주목을 받지 못하는 게 아쉬웠다. 비인기 구단인 마이애미 말린스 소속 선수였다는 점, 그리고 미국인이 아니라 동양인이란 점으로 인해 후배는 그동안의 활약에 비해서 너무 주목을 못 받았지. 어쩌면… 이번이 좋은 기회가 될 수도 있겠구나."

"무슨 말씀이신지……?"

이용운이 덧붙였다.

"전국구 스타플레이어가 될 수 있는 좋은 기회가 찾아온 셈이다."

＊　　　＊　　　＊

1회 초 LA 에인절스의 공격.

선발투수 샌디 알칸트라는 리드오프 저스틴 업튼을 중견수 플라이로 처리했다. 그리고 2번 타자 앤서니 렌돈을 상대로 내야 땅볼을 유도해 내며 손쉽게 두 개의 아웃카운트를 잡아냈다.

2사 주자 없는 상황에 타석에 들어선 것은 마이크 트라웃.

현 시점 메이저리그 최고 타자를 상대하기 때문일까.

마운드에 선 샌디 알칸트라도 긴장한 기색이 역력했다.

슈악.

"볼."

슈악.

"볼."

슬라이더와 포크볼.

1구와 2구로 샌디 알칸트라는 유인구를 구사했지만 마이크 트라웃은 속지 않았다.

그리고 3구째.

슈아악.

샌디 알칸트라는 바깥쪽 직구를 구사했다.

따악.

그 순간, 마이크 트라웃의 배트가 매섭게 돌아갔다.

우중간으로 쭉쭉 뻗어간 타구는 펜스를 직격하고 튕겨 나왔고, 마이크 트라웃은 여유 있게 2루에 안착했다.

'잘 친다.'

마이크 트라웃과 샌디 알칸트라가 펼친 대결을 지켜본 후 박건은 내심 감탄했다.

샌디 알칸트라가 구사한 유인구에 속지 않는 좋은 선구안을 통해서 볼카운트를 유리하게 이끌어 투수가 스트라이크를 던질 수밖에 없게 만드는 영민함.

정확한 수 싸움과 군더더기 없는 간결한 스윙.

그리고 타고난 파워까지.

마이크 트라웃이 타석에서 보여준 모습은 무척 이상적이었다.

'괜히 현 시점 메이저리그 최고의 타자가 아니구나.'

박건이 감탄을 금치 못하고 있을 때, LA 에인절스의 4번 타자인 앨버트 푸욜스가 타석에 들어섰다.

'산 넘어 산.'

타석에 들어서 있는 앨버트 푸욜스의 모습을 확인한 박건이 떠올린 생각이었다.

마이크 트라웃 못지않게 앨버트 푸욜스 역시 뛰어난 타자였다.

그래서일까.

샌디 알칸트라는 앨버트 푸욜스를 상대로 신중하게 승부를 펼쳤다.

3볼 1스트라이크.

투수에게 불리한 볼카운트에서 샌디 알칸트라가 5구째 공을 던졌다.

슈악.

바깥쪽 스트라이크존을 통과할 것처럼 들어오다가 마지막 순간에 휘어져 나가는 슬라이더의 각은 무척 예리했다. 그러나 앨버트 푸욜스의 배트를 끌어내는 데는 실패했다.

"볼넷."

1루가 비어 있는 상황.

앨버트 푸욜스와 정면 승부를 펼치는 것은 샌디 알칸트라에게도 부담이었을 것이었다. 그래서 여차하면 1루를 채운다는 생각으로 샌디 알칸트라는 유인구 위주의 승부를 펼쳤던 것이었으리라.

하지만 아직 위기는 끝이 아니었다.

2사 1, 2루 상황에서 타석에 들어선 것이 5번 타자 후안 카스트로였기 때문이었다.

'산 넘어 산 넘어 또 산이로구나.'

후안 카스트로는 메이저리그 최고의 포수 중 한 명.

특히 타격이 좋은 포수였다.

'메이저리그 최강의 클린업트리오.'

그래서 박건이 LA 에인절스가 구축한 중심타선이 메이저리그 30개 구단 중 최고라고 판단했을 때, 샌디 알칸트라가 후안 카스트로를 상대하기 시작했다.

슈악.

"볼."

슈악.

"볼."

'같은 패턴.'

후안 카스트로를 상대로 잇따라 유인구를 던지는 샌디 알칸트라를 확인한 박건이 두 눈을 빛냈다.

마이크 트라웃과 앨버트 푸욜스를 상대할 때와 투구 패턴이 흡사하단 사실을 깨달았기 때문이었다. 그리고 샌디 알칸트라는 두 개의 유인구를 더 구사했다.

"볼넷."

'스트레이트볼넷.'

결국 샌디 알칸트라가 연속으로 볼 네 개를 던지며 2사 만루로 상황이 바뀐 순간, 박건이 고개를 갸웃했다.

샌디 알칸트라의 제구에 의문을 표한 것이 아니었다.

'왜… 지구 3위지?'

명불허전(名不虛傳).

LA 에인절스의 중심타선은 명불허전이란 표현이 딱 어울릴 정도로 대단한 위압감을 풍겼다.

마이애미 말린스의 1선발인 샌디 알칸트라가 그들과의 정면 승부를 포기하고 철저하게 피해가는 것이 LA 에인절스 클린업 트리오가 주는 위압감이 대단하단 증거였다. 그래서 이렇게 막강한 클린업트리오를 구축한 LA 에인절스가 대체 왜 지구 선두가 아니라 지구 3위에 머물러 있는가에 대한 의문이 생긴 것이었다.

박건이 그 의문을 해소하기 위해 입을 뗐다.

"선배님."

"말해라."

"마이크 트라웃과 앨버트 푸욜스, 그리고 후안 카스트로까지. 메이저리그 최강의 중심타선을 구축했음에도 불구하고 LA 에인절스가 지구 3위에 머물러 있는 이유가 대체 뭡니까?"

이용운에게서는 바로 대답이 돌아왔다.

"이게 다니까."

"네?"

"말 그대로다. 중심타선이 전부라는 것이다."

'무슨 뜻일까?'

이용운의 대답을 박건이 곱씹고 있을 때, 그가 덧붙였다.

"팀 밸런스가 무너졌단 뜻이다."

슈아악.

"스트라이크."

2사 만루 상황에서 타석에 들어선 것은 6번 타자 포이 스텔라.

그리고 포이 스텔라는 상대하는 샌디 알칸트라는 초구로 과감한 몸 쪽 직구를 던져서 스트라이크를 잡아냈다.

'투구 패턴이 변했다?'

LA 에인절스의 중심타선을 상대하던 샌디 알칸트라는 철저하게 유인구 위주의 피칭을 가져갔었다. 그런데 6번 타자 포이 스텔라를 상대할 때는 직구 승부를 하면서 초구 스트라이크를 잡아냈다.

슈악.

샌디 알칸트라가 2구째로 구사한 공은 바깥쪽 슬라이더.

"스트라이크."

그렇지만 이번에도 중심타선을 상대할 때와는 달랐다.

스트라이크존을 벗어나는 유인구가 아니라 스트라이크존에 걸쳤으니까.

노 볼 2스트라이크.

유리한 볼카운트를 선점한 샌디 알칸트라가 3구째 공을 던졌다.

슈아악.

몸 쪽 높은 코스의 직구.

부우웅.

포이 스텔라가 이를 악물고 배트를 휘둘렀지만 허공을 갈랐다.

"스트라이크아웃."

포이 스텔라가 헛스윙 삼진으로 물러나면서 1회 초 LA 에인절스의 공격은 득점 없이 끝이 났다.

더그아웃으로 돌아가던 박건이 입을 뗐다.

"아까 하신 말씀, LA 에인절스는 상하위 타선의 밸런스가 무너졌다는 게 맞습니까?"

"맞다. 예전 마이애미 말린스와 비슷한 약점을 LA 에인절스도 갖고 있지."

중심타선은 메이저리그에서도 최고가 맞다. 그러나 하위타선은 형편없다.

중심타선이 장타를 터뜨리며 타점을 올리면 승리하지만, 중심타선이 침묵하면 LA 에인절스는 패배한다. 그리고 이것이 LA 에인절스가 메이저리그 최고의 중심타선을 구축했음에도 지구 3위에 머물고 있는 이유다.

방금 이용운이 꺼낸 말에 담긴 의미였다.

"그래서 오늘 경기는 마이애미 말린스가 승리할 가능성이 높다."

"……?"

"LA 에인절스는 상하위 타선의 밸런스가 무너졌다는 약점을 해결하지 못했지만, 마이애미 말린스는 이미 해결했으니까."

2회 말 마이애미 말린스의 공격.

선두타자로 나선 박건이 LA 에인절스의 선발투수인 앤드류 헤네시를 상대했다.

'브레이킹볼.'

하던 대로 대충 수 싸움을 마친 박건이 타석에서 잔뜩 웅크렸다.

슈악.

앤드류 헤네시가 초구로 바깥쪽 슬라이더를 구사한 순간, 박건이 배트를 휘둘렀다.

딱.

배트 끝부분에 걸린 타구는 멀리 뻗지 못했다.

LA 에인절스 좌익수가 원래 수비위치에서 거의 이동하지 않으며 포구에 성공하면서 첫 번째 아웃카운트가 올라갔다.

'참았어야 했나?'

첫 타석에서 상대 투수의 초구를 공략해서 평범한 외야플라이로 물러난 박건이 더그아웃으로 돌아온 후 아쉬움을 드러냈다.

2구 이내에 공략해서 좋은 타구를 만들어내는 것.

일종의 공식이었다.

그래서 이번에도 그동안 하던 대로 초구를 과감하게 공략했는데 범타로 물러나고 말았다.

'너무 빠졌어.'

앤드류 헤네시가 초구로 던진 바깥쪽 슬라이더는 스트라이크존을 한참 벗어났다. 그러다 보니 공을 배트 중심에 맞추기 위해서 쫓아가는 과정에서 타격 밸런스가 무너졌고, 이것이 타구가 멀리 뻗지 못한 이유였다.

슈아악.

따악.

박건이 지난 타석에서의 아쉬움을 곱씹고 있을 때, 경쾌한 타격음이 들렸다.

5번 타자 브라이언 할리데이가 앤드류 헤네시의 바깥쪽 직구를 받아 쳐서 중전안타를 때려내며 1루에 출루했다.

1사 1루 상황에서 타석에 들어선 6번 타자 커티스 그랜더슨은 앤드류 헤네시와 끈질긴 승부를 펼쳤다.

풀카운트까지 이어진 승부.

슈아악.

앤드류 헤네시가 6구째로 몸 쪽 직구를 선택했다.

본능적으로 배트를 휘두르던 커티스 그랜더슨이 도중에 배트를 멈춰 세웠다.

"볼넷."

주심이 커티스 그랜더슨의 배트가 돌지 않았다고 판단해서 볼넷을 선언하며 루상의 주자가 둘로 늘어났다.

1사 1, 2루 상황에서 타석에 들어선 것은 7번 타자 앤서니 쉴즈였다.

메이저리그에서 뛰고 있는 투수들을 상대로도 좋은 타구를 만들어낼 수 있다는 자신감이 붙어서일까.

앤서니 쉴즈는 타석에서 망설이지 않았다.

슈아악.

앤드류 헤네시가 3구째로 바깥쪽 직구를 던지자 망설이지 않고 배트를 휘둘렀다.

따악.

배트 중심에 걸린 앤서니 쉴즈의 타구는 우중간 코스를 꿰뚫었다.

원바운드로 펜스를 직격한 타구.

2루 주자 브라이언 할리데이는 여유 있게 홈으로 파고들었다. 그리고 1루 주자였던 커티스 그랜더슨도 3루를 통과해 홈으로 파고들었다.

쉬익.

탓.

LA 에인절스 수비진의 중계 플레이 과정은 깔끔했다.

"세이프."

그렇지만 헤드퍼스트슬라이딩을 감행한 커티스 그랜더슨은

세이프 판정을 받았다.

'빠르다.'

그 일련의 과정을 지켜보던 박건이 커티스 그랜더슨의 주력에 감탄했을 때였다.

포수가 벌떡 일어나며 3루로 송구했다.

홈승부가 이뤄지는 틈을 타서 타자주자 앤서니 쉴즈가 3루를 노리는 것을 확인했기 때문이었다.

쉬익.

탓.

포수의 3루 송구는 정확했다.

그렇지만 헤드퍼스트슬라이딩을 감행한 앤서니 쉴즈의 손이 베이스를 터치한 것이 태그가 이뤄진 것보다 조금 더 빨랐다.

"세이프."

'기동력 야구.'

3루심이 세이프를 선언한 순간, 박건이 머릿속으로 떠올린 것은 기동력 야구였다.

현재 마이애미 말린스의 선발 라인업에 포함된 모든 야수들은 주력이 뛰어난 편이었다. 그래서 한 베이스씩 더 진루하는 과감한 베이스러닝으로 LA 에인절스 수비진을 흔들며 당혹스럽게 만들고 있었다. 그리고 앤서니 쉴즈의 과감한 베이스러닝은 결과적으로 추가득점을 올리는 원동력이 됐다.

슈악.

따악.

8번 타자 제이 콥스가 우익수플라이를 때려냈을 때, 3루까지 진루했던 앤서니 쉴즈는 태그업을 시도해서 추가득점을 올렸다.

3—0.

마이애미 말린스는 하위타선의 활약으로 일찌감치 석 점 차의 리드를 잡는 데 성공했다.

9회 초 LA 에인절스의 공격.

슈악.

따악.

2사 주자 없는 상황에서 타석에 들어섰던 마이크 트라웃이 브래들리 쿡의 3구째 커브를 걸어 올렸다.

높게 포물선을 그린 타구는 외야 펜스 상단에 떨어졌다.

'힘이 장사긴 하네.'

마이크 트라웃이 9회 초 2사 후에 때린 솔로홈런의 비거리를 확인한 박건이 혀를 내두르며 전광판을 살폈다.

5—2.

마이크 트라웃이 솔로홈런을 터뜨리며 양 팀의 점수 차는 석 점으로 줄어들어 있었다.

'이름값은 하는구나.'

LA 에인절스가 오늘 경기에서 올린 2득점.

솔로홈런 두 방으로 만들어낸 점수였다.

앨버트 푸욜스와 마이크 트라웃이 각각 솔로홈런 하나씩을 터뜨렸지만, 다른 타자들은 모두 부진했다.

특히 하위타순에 포진한 타자들의 부진이 뼈아팠다.

반면 마이애미 말린스가 올린 점수는 달랐다.

상위타순에 포진한 박건과 폴 바셋이 각각 1타점씩을 올렸고, 하위타순에 포진했던 앤서니 쉴즈와 제이 콥스도 각각 2타점과 1타점씩을 올리며 상하위 타선이 고루 활약한 셈이었다.

슈아악.

따악.

그때, LA 에인절스의 4번 타자인 앨버트 푸욜스가 브래들리 쿡의 직구를 밀어 쳤다.

배트 중심에 걸렸지만, 타이밍이 살짝 밀린 탓에 타구는 마지막 순간 더 뻗지 못하고 펜스 앞에서 기다리고 있던 피터 알론소에게 잡혔다.

최종 스코어 5—2.

경기가 종료되면서 마이애미 말린스는 파죽의 11연승을 달성했다.

*　　　　*　　　　*

"박건?"

조 매팅리 감독이 예고한 내일 경기 마이애미 말린스 선발투수의 이름을 확인한 조 매든이 눈살을 찌푸렸다.

"이건… 어떻게 해석해야 하지?"

조 매든이 예상했던 내일 경기 마이애미 말린스의 선발투수는 팀의 2선발인 헥터 노에사였다. 그런데 조 매팅리 감독은 전혀 예상치 못했던 선수를 내일 경기 선발투수로 예고했다.

"오프너… 인가?"

박건의 이름을 확인한 조 매든이 가장 먼저 떠올린 것은 오프너였다.

오프너(Opener)란 3회까지의 경기 초반을 무실점으로 막는 것을 목표로 하는 새로운 불펜 포지션으로 투수들 중 첫 번째로 등판하긴 하지만 기존 선발과는 달리 짧은 이닝을 소화한 후 마운드를 내려가는 투수를 통칭했다.

그리고 오프너 전략을 쓰는 팀들은 일반적으로 오프너를 내린 직후 실질적 선발 역할을 하는 롱릴리프를 기용하는 것이 일반적이었다.

그렇지만 조 매든은 이내 고개를 흔들었다.

현재 마이애미 말린스 선발 로테이션은 큰 무리 없이 잘 굴러가고 있었다.

불펜투수도 아니고 올 시즌 내내 야수로 출전한 박건을 굳이 등판시키며 오프너 전략을 사용할 만한 이유가 없다는 생각이 들었다.

"불펜 데이도 아냐."

불펜 데이란 말 그대로 불펜 총력전을 말했다.

선발투수의 체력 소모를 막거나, 루틴을 재정비하기 위해서 경기 시작부터 끝까지 불펜투수들을 차례로 투입시키는 것이었다.

그런데 박건은 불펜투수가 아니었다. 게다가 마이애미 말린스는 불펜 총력전을 펼칠 정도로 불펜진에 여유가 있는 팀도 아니었다.

해서 불펜 데이 가능성도 머릿속에서 지워 버린 조 매든이 마지막으로 떠올린 것은 '위장선발'이었다.

위장선발은 일종의 기만전술.

메이저리그의 오래된 관행대로 경기 하루 전에 선발투수가 예고되면 상대 팀은 그 선발투수에 맞춰서 선발 라인업을 결정하고, 작전을 세우게 마련이었다. 그런데 선발투수로 예고됐던 투수가 마운드에서 한 타자만 상대하고 다른 투수로 교체되는 것이 바로 위장선발 전력이었다.

이런 위장선발 전략을 사용하는 이유는 하나.

상대 팀을 속이는 것이었다.

만약 위장선발로 예고된 투수가 우투수였다면?

상대 팀은 좌타자 위주의 선발 라인업을 작성했을 것이었다.

그런데 경기 전 예고대로 선발투수로 등판했던 우투수가 딱 한 타자만 상대하고 마운드에서 내려가 버린 후 좌투수가 뒤이어 마운드에 오른다면?

좌타자 위주의 선발 라인업을 내보냈던 상대 팀은 혼란에 빠질 수밖에 없는 것이었다.

"위장선발 전략을 제외하고는 달리 가능성이 없어."

조 매든이 확신을 품은 채 선발 라인업을 작성하기 시작했다.

*　　　　*　　　　*

"메이저리그 선발투수 데뷔전을 앞둔 기분이 어떠냐?"

경기를 앞두고 이용운이 웃으며 질문했다.

"꼭 고등학교 시절로 돌아간 것 같네요."

〈마이애미 말린스 예상 선발 라인업〉

1. 브라이언 마일스.

2. 피터 알론소.

3. 폴 잭슨.

4. 박건.

5. 브라이언 할리데이.

6. 커티스 그랜더슨.

7. 데릭 로이스.

8. 제이 콥스.

9. 토미 맥그리거.

Pitcher. 박건.

조 매팅리 감독이 발표했던 선발 라인업을 떠올리며 박건이
대답했다.

투수 겸 4번 타자로 출전한 것.

고등학교 시절 이후로 처음이었기 때문이었다.

"장원고 4번 타자 박건은 괜찮은 선수였지."

이용운의 평가를 들은 박건이 환하게 웃었다.

괜찮은 선수였다는 이용운의 평가.

극찬이나 다름없단 사실을 알고 있어서였다.

"그때처럼만 해라."

잠시 후, 이용운이 덧붙였다.

"경기가 끝나고 나면 스타플레이어가 돼 있을 테니까."

*　　　　　*　　　　　*

1회 초 LA 에인절스의 공격.

마운드에 오른 박건이 크게 심호흡을 했다.

메이저리그 마운드에 선 것.

이번이 처음이 아니었다.

뉴욕 메츠 소속 선수였을 당시, 1이닝에 불과했지만 마운드

에 섰던 적이 있었다.

하지만 당시와는 느낌이 전혀 달랐다.

우선 선발투수라는 보직이 달랐고, 경기의 무게 추가 한쪽으로 크게 기울어진 상황에서 마운드에 오른 게 아니라 0−0 상황에서 마운드에 올랐다는 것도 달랐다.

'잘할 수 있을까?'

자꾸 의심이 깃드는 건 어쩔 수 없었다. 그래서 박건이 로진백을 집어 들고 마운드 위를 배회할 때였다.

"건은 잘 던질 거야. 아니, 잘 던질 수밖에 없어. 메이저리그 데뷔 후에 4할이 넘는 타율을 기록하고 있는 최고의 타자인 날 삼구삼진으로 돌려세웠던 좋은 투수이니까."

앤서니 쉴즈가 경기 전에 다가와서 건넸던 말이 떠올랐다.

처음 그 이야기를 들었을 당시에는 코웃음을 쳤었는데.

가만히 생각해 보니 틀린 이야기는 하나도 없었다.

마이애미 말린스 소속 선수로 경기에 출전한 후 앤서니 쉴즈는 현재까지 4할 중반대의 고타율을 기록하고 있었고, 그런 앤서니 쉴즈를 상대로 예전에 내기를 해서 삼구삼진으로 돌려세웠던 것도 엄연한 사실이었다.

'내가 위기를 맞으면 다른 투수를 올리겠지. 그리고 설령 오늘 경기에서 부진한 투구를 하더라도 내가 잃을 건 없어.'

거기까지 생각이 미치고 나서야 박건이 마운드를 배회하던 것을 멈췄다.

"플레이볼."

비로소 긴장과 중압감을 내려놓은 순간, 주심이 경기 시작을 선언했다.

슈아악.

"스트라이크."

박건이 LA 에인절스의 리드오프 저스틴 업튼을 상대로 초구를 던진 순간, 조 매든이 자리에서 벌떡 일어났다.

"이거… 뭐야?"

조 매든의 나이는 일흔둘.

반백 년 가까이 야구계에 붙어 있었다.

박건이 던진 공은 단 하나에 불과했지만, 조 매든이 방금 박건이 던진 공이 얼마나 좋은 공인지 알아채지 못할 리 없었다.

잠시 후 조 매든이 전광판 쪽으로 고개를 돌렸다.

96마일의 구속이 찍혀 있는 전광판을 확인한 조 매든의 입매가 일그러졌다.

"한참 잘못 짚었군."

마이애미 말린스의 조 매팅리 감독이 오늘 경기 선발투수로 박건을 예고했을 때, 조 매든은 위장선발 전략일 거라 예측했었다.

그렇지만 방금 박건이 던진 공을 확인한 후, 조 매든은 자신의 예측이 빗나갔단 사실을 깨달을 수 있었다.

"위장선발이 아니라… 진짜였군."

반백 년 동안 야구와 함께 살아왔던 조 매든이 생각하는 야구의 진짜 묘미는 바로 의외성이었다.

그래서일까.

자신의 예측이 빗나갔다는 사실을 깨달았고, 조 매팅리 감독에게 제대로 한 방 얻어맞았다는 사실을 알았음에도 불구하고 전혀 화가 나지 않았다.

오히려 조 매든은 흥미를 느꼈다.

'박건은 어떤 투수일까?'

이런 호기심이 깃들었기 때문이었다.

"자, 어서 다음 공을 던져보라고."

조 매든이 참지 못하고 재촉한 순간, 박건이 마운드에서 2구째 공을 던졌다.

제2장

슈아악.

딱.

LA 에인절스의 2번 타자 앤서니 렌돈이 바깥쪽 직구를 공략했지만, 타구는 멀리 뻗지 못했다.

우익수 피터 알론소가 여유 있게 포구하며 두 번째 아웃카운트가 올라갔다.

2사 주자 없는 상황에서 타석에 들어선 것은 3번 타자 마이크 트라웃.

현존하는 세계 최고의 타자와의 맞상대를 앞두고 박건이 호흡을 고르며 모자를 고쳐 쓸 때였다.

"정면 승부를 피해라."

이용운이 조언했다.

마이크 트라웃과 정면 승부를 펼치다가 장타를 허용하는 것을 우려하는 것이리라.

그러나 박건은 생각이 달랐다.

"자신 있습니다."

"메이저리그 최고 타자인 마이크 트라웃을 상대로 자신이 있다?"

"네. 선배님이 일전에 말씀하셨잖습니까?"

"내가 무슨 말을 했었지?"

"투수와 타자가 처음 상대할 경우 유리한 쪽은 투수라고 말씀하셨습니다. 이래 봬도 제가 앤서니 쉴즈도 삼구삼진으로 돌려세웠던 사람입니다."

"상대가 다르다."

"네?"

"앤서니 쉴즈와 마이크 트라웃, 한참 수준 차가 난다."

마이크 트라웃이 앤서니 쉴즈보다 훨씬 타격 기량이 뛰어난 타자다. 그러니 다른 결과가 나올 것이다.

이게 이용운이 방금 한 말에 담긴 의미였다. 그러나 박건은 그 의견에 동의할 수 없다는 듯 고개를 흔들었다.

"앤서니 쉴즈도 좋은 타자입니다. 타율만 놓고 보면 앤서니 쉴즈가 마이크 트라웃에 비해 무려 1할 이상 높다는 것, 선배님도 아시지 않습니까?"

조건이 다른 만큼, 신뢰할 수 없는 비교.

그 사실을 이용운이 모를 리 없었다.

그럼에도 불구하고 이용운은 그 점을 지적하지 않았다.

"기어이 정면 승부를 하겠다는 뜻이로구나."

함께 지낸 시간이 길어져서일까.

이용운도 박건의 고집에 대해서 파악한 후였다. 그래서 박건이 마이크 트라웃과 정면 승부를 펼치기로 결심을 굳혔다는 사실을 알아챈 것이었다.

"생각해 보니… 그것도 나쁘지 않겠구나."

잠시 후 이용운이 말했다.

"왜 갑자기 생각이 바뀌신 겁니까?"

"더 주목받을 수 있는 기회인 것 같아서."

"……?"

"투수로서, 또 타자로서 리그 최고 타자인 마이크 트라웃과의 맞대결에서 압승을 거두면 후배가 더 주목받는 게 당연한 일이지."

이용운이 설명을 마친 후 질문했다.

"마이크 트라웃을 상대할 전략은 무엇이냐?"

그 질문에 박건이 대답했다.

"투구 패턴을 바꿀 겁니다."

'완벽하게 반대로 간다.'

마이크 트라웃은 투수 박건에 대해서 전혀 모르는 상태였다.

현재 그가 참고할 수 있는 것은 박건이 앞서 두 타자와 상대할 때 던졌던 공들뿐이었다.

'직구만 던졌지.'

저스틴 업튼, 그리고 앤서니 렌돈을 상대하며 박건이 던진 공은 총 여덟 개였다.

그 여덟 개 공의 구종은 모두 직구.

마이크 트라웃은 박건이 앞선 두 타자를 상대할 때 직구만 구사했다는 것을 더그아웃과 대기타석에서 지켜보았을 것이었다.

'시작하자.'

박건이 마이크 트라웃을 상대로 초구를 던지기 위해서 투구 동작에 돌입했다.

슈아악.

그런 박건이 선택한 구종은 직구.

그것도 몸 쪽 직구였다.

부우웅.

예상대로 마이크 트라웃이 배트를 휘둘렀다. 그러나 그가 휘두른 배트는 컨택에 실패하며 허공을 갈랐다.

헛스윙을 한 마이크 트라웃이 고개를 갸웃하는 것을 박건이 지켜보고 있을 때였다.

"투구 패턴을 바꾼다더니?"

이용운이 깜짝 놀란 목소리로 질문했다.

"투구 패턴을 바꿀 겁니다."

아까 마이크 트라웃을 상대할 전략이 무엇이냐고 이용운이 질문했을 때, 박건이 꺼냈던 대답이었다.

그런데 마이크 트라웃을 상대로도 초구로 브레이킹볼이 아니라 직구를 던지자 이용운이 당황한 것이었다.

"투구 패턴을 바꿨습니다."

박건이 웃으며 대답하자, 이용운이 다시 입을 뗐다.

"직구를 던졌지 않느냐?"

"그랬죠. 그런데 스트라이크가 아니라 볼을 던졌습니다."

"……?"

"저스틴 업튼과 앤서니 렌돈을 상대할 때는 초구로 스트라이크를 던졌습니다. 그런데 이번에는 볼을 던졌습니다."

몸 쪽 높은 코스의 직구.

스트라이크존에서 공 두 개가량 높았기 때문에 마이크 트라웃이 조금 전 헛스윙을 했던 것이었다.

"후배의 배짱도 참 대단하구나."

비로소 말뜻을 이해한 이용운은 더 핀잔을 건네지 않았다.

대신 감탄한 목소리를 꺼냈다.

이어진 2구째.

박건이 선택한 구종은 슬라이더였다.

슈악.

당연히 직구가 들어올 거라 예상하고 타석에서 기다렸던 마이크 트라웃은 배트를 내밀다가 도중에 멈췄다.

"스트라이크."

그러나 주심은 박건이 구사한 슬라이더가 바깥쪽 스트라이크존에 걸쳤다고 판단해서 스트라이크를 선언했다.

노 볼 2스트라이크.

유리한 볼카운트를 선점한 박건이 시간을 끌지 않고 바로 투구 동작에 돌입했다.

슈아악.

그리고 박건이 3구째로 선택한 구종은 직구였다.

파앙.

바깥쪽 꽉 찬 코스로 파고든 직구가 포수의 미트에 꽂힌 순간, 주심이 망설이지 않고 선언했다.

"스트라이크아웃."

1회 말 마이애미 말린스의 공격.

깜짝 선발투수로 출전한 박건이 1회 초 수비에서 삼진 두 개를 잡아내며 가볍게 삼자범퇴로 막아냈기 때문일까.

"와아!"

"와아아!"

마이애미 말린스 홈 팬들은 경기 초반임에도 불구하고 열성적인 응원을 펼치기 시작했다. 그리고 일찌감치 들떠 있는 경기장의 분위기는 마이애미 말린스 타자들에게도 영향을 미쳤다.

테이블 세터진을 구축하고 있는 브라이언 마일스와 피터 알론소는 LA 에인절스의 선발투수인 마이크 마이어스를 상대로 연속안타를 빼앗아냈다.

슈악.

"볼넷."

3번 타자 폴 바셋이 뛰어난 선구안을 발휘하면서 사사구를 얻어내 출루하며 무사만루의 득점 찬스가 만들어졌다.

슈아악.

타석에 들어선 박건이 초구를 그대로 지켜보았다.

LA 에인절스의 선발투수인 마이크 마이어스가 초구로 브레이킹볼 계열의 공을 던질 거란 예상이 빗나갔기 때문이었다.

"볼."

다행인 점은 직구가 낮게 형성된 탓에 볼로 선언된 것이었다.

이어진 2구째.

슈악.

마이크 마이어스가 선택한 구종은 싱커였다.

싱커를 구사한 목적은 내야 땅볼을 유도하는 것.

그러나 마이크 마이어스가 던진 싱커는 제대로 꺾이지 못하고 밋밋하게 홈플레이트를 통과했다.

따악.

박건이 실투를 놓치지 않고 힘껏 받아 쳤다.

좌중간으로 향하는 타구.

마이크 트라웃이 펜스 앞까지 열심히 쫓아갔지만, 타구를 잡아내기에는 역부족이었다.

'넘어갔다!'

메이저리그 진출 후, 첫 그랜드슬램을 터뜨린 박건이 달리던 속도를 줄이며 불끈 쥔 주먹을 높이 들어 올렸다.

9회 초 LA 에인절스의 정규이닝 마지막 공격.

6—0.

전광판을 확인한 조 매든이 이내 맞은편 더그아웃 쪽으로 고개를 돌렸다.

그런 조 매든의 눈에 더그아웃을 빠져나와 마운드로 걸어 올라가기 시작하는 박건의 모습이 들어왔다.

"와아!"

"와아아!"

말 그대로 깜짝 호투를 펼치고 있는 박건이 9회 초에도 마운드에 올라오자, 마이애미 말린스 팬들은 열렬한 환호를 보내기 시작했다.

"또… 올라왔군."

그런 박건의 모습을 확인한 후, 조 매든이 눈살을 찌푸렸다.

LA 에인절스 타자들은 자신이 위장선발이라고 판단했던 투수 박건을 공략하는 데 실패했다. 그리고 이제 아웃카운트 세 개를 더 빼앗기면 투수 박건에게 완봉패를 당하는 치욕스러운 결과를 맞이할 위기에 처해 있었다.

만약 LA 에인절스가 투수 박건에게 철저하게 막히며 영봉패를 당한다면?

팬들의 비난은 거셀 것이었다.

심하면 조롱을 받을 수도 있었다.

그렇지만 조 매든이 아까 눈살을 찌푸렸던 이유는 비난과 조롱을 받는 것이 두려워서가 아니었다.

오랫동안 야구를 해왔던 조 매든은 잘 알고 있었다.

떠들썩한 하루가 지나고 나면 새로운 경기가 펼쳐지고, 그럼 지난 경기는 금세 잊혀진다는 사실을.

"실수하고 있네."

잠시 후 조 매든이 맞은편 더그아웃 감독석에 여유롭게 앉아 있는 조 매팅리 감독을 바라보며 작게 혼잣말을 꺼냈다.

최선은 5회가 끝나고 승부의 추가 어느 정도 기울었을 때, 박건을 마운드에서 내리는 것이었다.

하지만 조 매팅리 감독은 그 후에도 박건을 계속 마운드에 올렸다.

"타이밍을 놓쳤을 거야."

조 매튼이 다시 혼잣말을 꺼냈다.

조 매팅리 감독 역시 박건의 교체 타이밍에 대해서 고민을 거듭했을 것이었다.

그렇지만 투수 박건의 깜짝 호투에 고무되고 흥분한 탓에 교체 타이밍을 놓쳤을 가능성이 높았다.

지금도 마찬가지였다.

세 개의 아웃카운트만 더 잡아내면 투수 박건은 완봉승을 거두게 됐다. 그리고 완봉승을 거둘 수 있는 기회를 뺏을 수 없다는 생각에 조 매팅리 감독은 9회 초에도 투수 박건을 마운드에 올리는 결정을 내렸으리라.

"후회하게 될 걸세."

조 매튼이 한숨을 내쉬며 고개를 돌렸다.

더그아웃 구석, 비어 있는 자리가 보였다.

원래 저 빈자리의 주인은 현재 로스터에 제외되어 있었다.

부상으로 인해 수술을 하고 긴 재활을 거치는 중이었다.

그 선수는 바로 오타니 쇼에이.

투타 겸업을 하는 야구 천재인 오타니 쇼에이는 LA 에인절스에서 무척 중요한 역할을 맡았던 선수였다.

선발 로테이션의 한 축, 그리고 하위타선을 이끄는 타자.

자신에게 부여됐던 두 가지 중요한 역할을 오타니 쇼에이는 시즌 초반에 아주 잘해냈다. 그러나 정규시즌이 중반부로 접어든 후, 오타니 쇼에이는 체력적으로 힘들어하기 시작했다.

그때 오타니 쇼에이의 상태를 빨리 체크하고 어떤 조치를 취했어야 했었는데.

오타니 쇼에이는 힘들다는 얘기를 한 번도 꺼낸 적이 없었다.

그로 인해 조 매든은 안타깝게도 오타니 쇼에이가 체력적으로 힘들어한다는 사실을 체크하지 못하고 그냥 지나쳤다.

그 실수는 오타니 쇼에이의 부상이란 최악의 결과로 이어졌다. 그리고 오타니 쇼에이가 부상으로 이탈하고 난 후, 지구 선두를 다투던 LA 에인절스는 동력을 잃어버리고 속절없이 지구 3위로 추락했다.

"재밌는 야구를 선사해 준 보답으로 알려줘야 하나?"

조 매든이 생각하는 야구의 최대 묘미는 의외성.

그리고 투수 박건은 오늘 경기에서 의외의 깜짝 호투를 펼치면서 조 매든을 무척 즐겁게 만들어 주었다.

그 보답으로 경기가 끝난 후 조 매팅리 감독을 찾아가서 자신과 같은 실수를 반복하지 말란 조언을 건넬지 여부에 대해 조 매든이 고민했다. 그러나 결국 그는 고개를 흔들었다.

조 매팅리 감독이 자신의 조언을 간섭으로 받아들일 가능성이 높다는 우려가 들어서였다.

그때였다.

"와아!"

"와아아!"

고요하게 변했던 마이애미 말린스 홈구장이 뜨겁게 달아올랐다.

"끝났군."

9회 초에도 마운드에 오른 박건이 세 번째 아웃카운트를 잡아내며 기어이 완봉승을 달성했다는 사실을 알아챈 조 매든이 천천히 자리에서 일어났다. 그리고 환하게 웃으며 완봉승을 합작한 포수 브라이언 할리데이와 포옹하는 박건을 향해 조 매든이 닿지 못할 이야기를 건넸다.

"아주 재밌는 경기였네. 그리고 야구의 신의 가호가 자네에게 함께하길 빌지."

$$*\qquad *\qquad *$$

14승 6패.

인터리그 20경기를 치른 마이애미 말린스가 받아 든 성적표였다.

'나쁘지 않은 성적표.'

이용운이 내린 평가였다. 그리고 마이애미 말린스가 인터리그에서 7할의 고승률을 기록했음에도 불구하고, 이용운이 박한 평가를 내린 데는 몇 가지 이유가 있었다.

우선 투수 박건의 선발 등판이 한 차례로 끝나지 않았다는 점이 마음에 걸렸다.

LA 에인절스와의 경기에서 완봉승을 거둔 투수 박건의 활약상은 경기가 끝난 후 커다란 이슈가 됐다.

메이저리그 홈페이지가 박건으로 도배됐으니 더 말해 무엇할까.

당시 박건의 활약상과 함께 부각됐던 것이 조 매팅리 감독의 지략이었다.

인터리그 경기가 시작될 때까지 투수 박건을 아끼고 아꼈다가 가장 중요한 순간에 투수 박건이란 카드를 꺼냈다는 호평에 조 매팅리 감독은 무척 고무됐다. 그래서 남은 인터리그 경기에서도 박건을 두 차례 더 선발투수로 활용했다.

투타 겸업을 한 박건이 주목받는 것.

이용운도 내심 바랐던 바였다.

그렇지만 문제는 박건이 선발투수로 등판한 횟수가 너무 잦았다는 점이었다.

또, 박건에 대한 관리도 제대로 이뤄지지 않았다.

세 차례 등판에서 가장 적게 던졌던 것이 6이닝이었고, 선발투수로 등판한 다음 경기에 휴식을 부여한다거나 지명타자로 출전시키는 등의 배려도 없었다.

다음으로 마음에 걸리는 점은 마이애미 말린스는 인터리그가 시작된 후 연승을 이어나가며 좋았던 흐름을 잃어버렸다는 것이었다.

9승 1패.

인터리그 초반 열 경기에서 마이애미 말린스가 거둔 성적.

5승 5패.

나머지 열 경기에서 마이애미 말린스가 거둔 성적.

확연히 차이가 발생했다.

이런 차이가 발생한 가장 큰 원인은 박건의 부진이었다.

해결사 역할을 도맡다시피 하면서 마이애미 말린스 타석의 핵이었던 박건은 인터리그가 후반으로 접어들수록 타석에서 부진했다.

'우려했던 체력적인 문제가 발생했어. 게다가 타자 박건에 대한 분석이 되면서 견제가 심해졌어.'

박건이 타석에서 부진한 이유에 대해서 고민한 끝에 이용운이 내린 결론이었다.

투타 겸업을 하는 데다가 관리까지 제대로 이뤄지지 않은 탓에 우려했던 대로 체력적인 문제가 발생하자 박건의 타격 밸런스가 무너졌다.

또, 배트 스피드가 느려지며 직구에 대한 대처가 제대로 되지 않았다.

그리고 하나 더, 타자 박건에 대한 분석이 이뤄진 것이 컸다.

—투수와의 승부 시 2구 이내에 타격하는 경우가 80%를 상회한다. 2구 이내에 타격할 시 타율은 5할에 육박하는 반면, 3구 이후에 타격할 시 타율이 2할대 초반으로 떨어진다.

박건이 투수와 상대할 때 2구 이내에 빠른 승부를 선호한다는 것이 분석됐다.

또, 2구 이내 승부에서는 타석에서 좋은 결과를 얻지만, 3구 이후 승부에서는 좋은 결과를 만들어낼 확률이 줄어든다는 사실도.

그래서일까.

투수들은 타석에 들어선 박건을 상대하는 과정에서 초구와 2구를 철저하게 유인구 위주로 가져갔다.

예전의 박건은 이런 투수들의 유인구도 어떻게든 안타로 만들어내는 경우가 많았다.

그렇지만 체력적인 문제가 발생하면서 타격 밸런스가 무너져 버린 후에는 상황이 달라졌다.

유인구를 공략해서 안타를 만들어내는 빈도보다 범타로 물러나는 빈도가 확연히 늘어 있었다.

또 하나 마음에 걸리는 것은 특정 팀에 패배가 몰렸다는 점이었다.

마이애미 말린스는 인터리그에서 6패를 당했다. 그중 4패가 휴스턴 애스트로스에게 당한 것이었다.

'엄청나게 강하다.'

시즌이 시작하기 전, 휴스턴 애스트로스의 약진을 예상한 전문가들은 드물었다.

그렇지만 막상 뚜껑이 열린 후 휴스턴 애스트로스는 압도적인 격차를 벌리면서 아메리칸리그 서부 지구 선두를 질주하고 있었다.

'공수주, 어디에도 약점이 없어.'

호세 알투베를 비롯한 비교적 젊은 선수들의 기량이 만개하기 시작한 휴스턴 애스트로스는 딱히 약점을 찾기 힘들 정도로 강팀이었다.

트레이드와 선수 영입을 통해서 마이애미 말린스도 강팀으로 변모하는 데 성공했지만, 휴스턴 애스트로스와의 네 차례 맞대결에서 말 그대로 완패를 했을 정도였다.

'어디서부터 바로잡아야 할까?'

이용운이 고심에 빠졌다.

인터리그에서 7할의 고승률을 기록한 덕분에 마이애미 말린스는 지구 2위 워싱턴 내셔널스와의 격차를 한 경기로 줄이는 데 성공했다.

그 고무적인 결과에 가려져 있었지만, 마이애미 말린스는 분명 잘못된 방향으로 나아가고 있었다.

그 잘못된 부분을 어디서부터 바로잡아야 하는가에 대해서 고민하던 이용운이 '더 독해져서 돌아온 독한 야구'의 녹화를 준비했다.

*　　　　　*　　　　　*

　마이애미 말린스 VS 워싱턴 내셔널스.

　지구 3위인 마이애미 말린스와 지구 2위인 워싱턴 내셔널스의 격차는 단 한 경기.

　이번 3연전 결과에 따라서 순위가 바뀔 수도 있는 상황이었다.

　그래서 양 팀 감독인 조 매팅리와 데이브 마르티네즈가 일찌감치 총력전을 선언한 가운데 3연전 1차전 경기가 시작됐다.

　워싱턴 내셔널스가 내세운 1차전 선발투수는 스티븐 스트라스버그.

　마이애미 말린스가 내세운 1차전 선발투수는 더스틴 메이.

　명목상으로는 1선발과 5선발의 맞대결이었다.

　그렇지만 더스틴 메이는 실질적으로 샌디 알칸트라와 함께 마이애미 말린스 선발진을 이끌어가는 2선발급 투수라고 해도 과언이 아니었다.

　'투수전.'

　해서 박건은 오늘 경기가 투수전 양상으로 흘러갈 거라 예상했다.

　'3점 이내 승부, 어느 팀이 득점 찬스를 놓치지 않으며 선취점을 올리는가 여부가 무척 중요해.'

1회 초 마이애미 말린스의 공격.

슈악.

딱.

브라이언 마일스는 스티븐 스트라스버그의 2구째 커브를 공략했다.

빗맞은 땅볼타구였지만, 코스가 좋았고 타구의 속도가 느렸기 때문에 전력 질주 한 브라이언 마일스는 1루에서 세이프가 됐다.

2번 타자 피터 알론소가 내야플라이로 물러나며 진루타를 기록하지 못했지만, 3번 타자 폴 바셋이 끈질긴 승부 끝에 사사구를 얻어내며 1사 1, 2루의 득점 찬스가 만들어진 상황에서 박건이 타석에 들어섰다.

'장타를 노린다.'

타석에 들어선 박건이 두 눈을 빛냈다.

투구폼을 통해서 정확한 구종 예측이 가능했기에 박건은 스티븐 스트라스버그의 확실한 천적으로 자리를 잡은 상황.

루상에 주자가 나가 있는 득점 찬스가 찾아온 만큼 승기를 확실히 잡을 수 있는 장타를 때려내겠다는 각오를 다진 것이었다.

스윽.

스티븐 스트라스버그가 신중하게 포수와 사인을 주고받은 후, 투구 동작에 돌입했다.

'늦다. 두 바퀴.'

글러브 속에서 그립을 잡고 손을 빼내는 스티븐 스트라스버그의 동작이 늦다는 사실을 박건은 놓치지 않았다..

즉, 스티븐 스트라스버그는 초구로 파워커브를 던진다는 뜻이었다.

슈악.

'하나, 둘, 둘 반!'

예측대로 스티븐 스트라스버그가 초구로 파워커브를 구사한 순간, 박건이 마음속으로 타이밍을 계산하며 힘껏 배트를 휘둘렀다.

따악.

경쾌한 타격음이 흘러나온 순간, 스티븐 스트라스버그의 표정이 와락 구겨지는 것이 보였다.

올 시즌 본인의 새로운 천적으로 자리를 잡은 박건에게 또 한 번 적시타를 허용했기 때문이리라.

워싱턴 내셔널스의 3루수가 펄쩍 뛰어오르며 점프캐치를 시도했다. 그러나 높이 들어 올린 글러브는 타구에 살짝 미치지 못했다.

툭. 툭.

3루 측 라인 안쪽에 떨어진 타구를 처리하기 위해서 달려든 좌익수는 홈승부 대신 3루로 송구했다.

덕분에 1루 주자 폴 바셋의 3루 진루는 막아냈지만, 2루 주자 브라이언 마일스가 홈으로 파고드는 것은 막을 수 없었다.

1—0.

박건의 적시타가 나오면서 마이애미 말린스가 선취점을 올리는 데 성공했다. 그렇지만 정작 적시타를 때려낸 박건의 표정은 밝지 않았다.

'이게… 아냐!'

박건이 못마땅한 표정으로 고개를 절레절레 내저었다.

스티븐 스트라스버그가 파워커브를 던질 것을 알고 있었다. 그래서 완벽한 타이밍에 배트 중심에 공을 맞춰서 스티븐 스트라스버그를 상대로 홈런을 빼앗아내는 것이 박건의 목표였다.

하지만 박건이 때려낸 타구는 홈런과는 거리가 멀었다.

1타점 적시타가 되긴 했지만, 점프캐치를 시도한 3루수의 글러브를 살짝 넘겼을 정도로 타구의 비거리가 짧았다.

'왜?'

그 이유에 대해 박건이 고민하고 있을 때였다.

"타이밍이 빨랐다."

이용운이 박건이 고민하던 부분에 대한 답을 알려주었다.

'타이밍이 빨랐다?'

그렇지만 박건은 이용운의 지적에 순순히 수긍하기 어려웠다.

마음속으로 타이밍을 계산한 후, 정확한 타이밍에 배트에 공을 맞혔다는 확신이 있었기 때문이었다.

"결국은 체력 문제다. 내가 우려했던 대로 체력이 떨어져서 문제가 발생하기 시작한 것이다."

"……?"

"솔직히 말해봐. 후배도 느끼고 있었잖아?"

언제나 그렇듯이 이용운의 지적은 아플 정도로 정확했다.

인터리그가 후반으로 접어들면서 박건의 타격 페이스는 주춤했다.

박건은 타격 페이스가 떨어지는 원인을 찾기 위해서 고심했고, 고심 끝에 찾아낸 답은 배트 스피드였다.

체력 문제가 발생하며 배트 스피드가 줄어들자, 타격 시에 타이밍이 조금씩 빗나갔다.

완벽한 타이밍에 타격을 했다고 생각했지만, 정작 밀린 타구가 나오는 것이었다.

그 문제를 해결하기 위해서 박건은 배트를 휘두르기 시작하는 타이밍을 좀 더 빠르게 가져가는 것을 선택했다.

기존에 마음속으로 셋을 세고 난 후 타격했다면, 지금은 둘 반을 세고 타격을 하는 것이었다.

"내 배트 스피드가 떨어졌다. 그 사실을 깨닫고 난 후에 후배는 배트를 내미는 타이밍을 좀 더 빠르게 가져가기 시작했다. 그럼에도 불구하고 정확한 타이밍에 타격하는 경우는 드물었지. 그러다 보니 후배의 마음은 부지불식간에 조급해졌다. 그래서 배트를 내미는 타이밍이 점점 더 빨라졌고, 이번에도 완벽한 타이밍에 스윙했다고 판단했지만 타격 타이밍이 빨랐던 것이다."

박건이 반박하지 못하고 고개를 끄덕이며 이용운의 의견에 수긍했다.

그런 박건의 낯빛이 어두워졌다.

투구폼을 간파해서 스티븐 스트라스버그가 파워커브를 던질 거란 사실을 이미 알고 있는 상태에서 타격을 했음에도 불구하고 정확한 타이밍에 타격을 하지 못했다는 게 시사하는 바는 컸다.

대충 수 싸움을 하고 타격을 할 때는 정확한 타이밍에 타격을 할 확률이 훨씬 더 낮아진다는 의미였으니까.

'이대로는 곤란해.'

박건이 심각한 표정으로 이용운에게 질문했다.

"해법은 없습니까?"

잠시 후, 이용운에게서 대답이 돌아왔다.

"예전으로 돌아가야지."

최종 스코어 3-1.

경기 전 예측대로 투수전이 펼쳐졌고, 마이애미 말린스는 더스틴 메이의 8이닝 1실점 호투를 바탕으로 3연전 1차전에서 승리를 거두며 기선을 제압하는 데 성공했다.

"마이애미 말린스가 마침내 지구 2위에 올랐네요. 박건 선수, 축하드립니다."

전화 인터뷰 도중 채선경 아나운서가 축하 인사를 건넸다.

"감사합니다."

"이제 지구 선두로 올라서는 것만 남았네요. 지구 선두를 탈환하는 것도 가능할까요?"

"최선을 다해서 지구 선두를 차지할 수 있도록 노력해 보겠습니다."

"많은 팬들이 궁금해하고 있는 질문을 하나 드릴게요. 앞으로도 투타 겸업을 계속하시는 건가요?"

"그 부분은 제가 말씀드리기 애매합니다. 선수 기용은 어디까지나 감독님의 권한이니까요."

박건이 담담한 목소리로 질문에 대한 대답을 마쳤을 때였다.

"참, 성의 없다."

이용운이 핀잔을 건넸다.

"그래서 제가 인터뷰를 하고 싶지 않다고 말씀드렸잖습니까?"

'메이저리그 투나잇'을 진행하는 채선경 아나운서와의 전화 인터뷰.

방송 때마다 전화 인터뷰를 할 필요는 없었다.

그래서 박건은 전화 인터뷰에 응하지 않으려고 했다. 그러나 이용운이 전화 인터뷰를 해야 한다고 고집을 피워서 마지못해

전화 인터뷰를 진행하는 중이었다.

"채선경 아나운서 목소리를 들으면서 대화를 하다 보면 힘이 좀 날 줄 알았지."

"별로… 힘이 나지 않네요."

박건이 한숨을 내쉬었다.

"예전으로 돌아가야지."

타격 부진에서 벗어날 방법을 질문했을 때, 이용운에게서 돌아온 대답이었다.

그렇지만 시간을 돌릴 수는 없는 노릇.

그 사실을 잘 알고 있기에 박건은 무척 심란한 것이었다.

"어쨌든 고생했다. 이제 내 차례구나."

"네?"

"'더 독해져서 돌아온 독한 야구' 녹화분이 방송될 테니까."

'아!'

박건이 그제야 오늘 '메이저리그 투나잇'에서 '더 독해져서 돌아온 독한 야구' 녹화분 중 일부가 방송된다는 사실을 떠올리고 질문했다.

"과연 감독님의 생각이 바뀔까요?"

이용운이 대답했다.

"바뀌길 기대해야지."

"너튜브 개인 방송 '더 독해져서 돌아온 독한 야구'는 선수, 감독, 심지어 팬들까지 모두 독하게 까는 해설 방송입니다. 심장이 약한 분들과 임산부, 그리고 노약자는 가능한 시청을 금해주시기 바라며, 한층 더 독해져서 돌아온 만큼 일반인들 중에서도 마음의 평온을 유지하는 데 어려움을 겪고 있는 분들은 시청하지 않으시는 편이 좋은 것 같습니다. 그럼 '더 독해져서 돌아온 독한 야구' 방송을 시작하겠습니다. 현재 마이애미 말린스는 엄청난 위기에 처해 있습니다."

잭 대니얼스가 슬쩍 눈살을 찌푸렸다.
"마이애미 말린스가… 위기에 처했다고?"
'더 독해져서 돌아온 독한 야구'의 진행자는 방송을 시작하자마자 마이애미 말린스가 위기에 처했다는 말부터 꺼냈다.
그렇지만 잭 대니얼스는 그 의견에 동의하기 힘들었다.
마이애미 말린스가 꾸준히 고승률을 기록한 끝에 지구 공동 2위까지 오른 상황이었기 때문이었다.
그때, 진행자의 멘트가 이어졌다.

"박건, 그리고 조 매팅리 감독, 이 두 사람이 마이애미 말린스가 위기에 처한 이유입니다. 우선 박건 선수에 대해서 이야기해 보죠. 인터리그에서 박건 선수는 투타 겸업을 시작했습니다. 세 차례 선발투수로 등판했던 투수 박건의 활약은 아주 뛰어났습니다. 그렇지만 투수 박건이 활약할수록 타자 박건은 부진에 빠졌습니다."

잭 대니얼스가 팔짱을 꼈다.

박건의 타격 페이스가 예전에 비해 떨어졌다는 사실쯤은 잭 대니얼스도 알고 있었다.

그렇지만 잭 대니얼스는 크게 걱정하지 않았다.

타격에는 원래 사이클이 존재하는 법이었다.

타격 컨디션이 좋을 때도 있고, 나쁠 때도 있는 것이었다.

즉, 박건의 타격 사이클이 고점에서 저점으로 일시적으로 내려왔을 뿐이라고 판단했다.

오히려 지금까지 박건이 타격 사이클이 고점에 머물렀던 기간이 무척 길었던 것이 오히려 이상한 일이었다.

"일시적인 타격 부진이다. 아마 이렇게 생각하시는 분들도 많을 겁니다. 그렇지만 제 생각은 다릅니다. 박건 선수가 타격 부진에 빠진 이유는 크게 두 가지입니다. 첫째는 타 팀들에게 분석을 당했다는 것이고, 두 번째는 타격 밸런스가 무너진 것입니다. 물론 상대 팀들에게 분석을 당하는 것은 어쩌면 당연한 일입니다. 그리고 분석을 당했다고 해서 무조건 타격 부진에 빠지는 것은 아닙니다. 그동안 박건 선수는 상대 팀의 분석이 무색할 정도로 꾸준히 좋은 타격을 해왔으니까요. 그런데 문제는 두 가지가 동시에 겹쳤다는 점이다. 상대 팀들에 의해서 철저하게 분석을 당한 상태, 거기에 체력적인 한계가 찾아오면서 타격 밸런스까지 무너진 탓에 박건 선수가 타격 부진에 빠진 겁니다."

　　방송을 보고 있던 잭 대니얼스의 표정이 심각하게 변했다.
　　박건이 최근 경기에서 타격 부진에 빠진 것.
　　단순하게 넘길 사안이 아님을 깨달았기 때문이었다.
　　'만약 박건이 계속 부진하면?'
　　지구 최하위였던 마이애미 말린스가 지구 2위까지 치고 올라온 것.
　　선수단에 큰 폭의 변화가 생기면서 팀 전력이 강해졌기 때문이었다.
　　그렇지만 트레이드를 통해서 마이애미 말린스로 이적한 박건의 맹활약이 가장 큰 요인이었음은 부인할 수 없었다.
　　오죽하면 박건이 혼자서 마이애미 말린스의 멱살을 끌고 순위를 끌어올리고 있다는 평가까지 나왔을까.
　　그런데 가장 중요한 시점에 박건이 타격 부진에 빠진다면?
　　마이애미 말린스는 상승 동력을 잃어버리고 다시 추락할 가능성이 높았다.
　　'어떻게 하면 이 문제를 해결할 수 있지?'

잭 대니얼스가 심각한 표정으로 고민에 잠겼다. 그리고 '더 독해져서 돌아온 독한 야구' 진행자가 이 문제를 해결할 방법을 제시해 주길 기대했는데.

그 기대와 달리 진행자는 해법을 제시하지 않고 화제를 전환했다.

"다음은 조 매팅리 감독입니다. 경험이 많지 않은 감독이라는 점을 감안하면 조 매팅리 감독은 그동안 꽤 준수하게 마이애미 말린스라는 팀을 이끌어왔습니다. 기동력 야구로 팀 컬러를 전환한 것도 훌륭한 판단이었죠. 그렇지만 문제는 조 매팅리 감독이 정규시즌 막바지로 접어들자 욕심을 부리기 시작했다는 점입니다. 올 시즌이 마이애미 말린스가 지구 우승을 차지할 수 있는 적기다. 이렇게 판단했기 때문에 본격적으로 욕심을 내기 시작한 것이죠."

잭 대니얼스 단장이 한숨을 내쉬었다.
지구 우승에 대한 욕심을 내는 것.
조 매팅리 감독만이 아니었다.
자신도 마찬가지였기 때문이었다.

"여기서 확실히 짚고 넘어갈 부분이 있습니다. 바로 조 매팅리 감독의 목표입니다. 그가 원하는 것은 마이애미 말린스의 월드시리즈 우승이 아닙니다. 그의 목표는 어디까지나 지구 우승입니다."

'더 독해져서 돌아온 독한 야구' 진행자가 강조한 이야기를 들은 잭 대니얼스가 고개를 갸웃했다.
"그게 그것 아닌가?"
퍼뜩 그런 생각이 들었기 때문이었다. 그러나 진행자의 생각은 달랐다.

"지구 최약체로 손꼽히고 있는 마이애미 말린스의 지구 우승을 이끌게 되면 조 매팅리 감독의 주가는 치솟을 겁니다. 그리고 조 매팅리 감독의 목표는 자신의 주가가 치솟은 것을 이용해서 월드시리즈 우승이 가능한 팀의 감독을 맡는 겁니다. 즉, 현재 마이애미 말린스를 이끌고 있는 조 매팅리 감독은 오직 지구 우승만을 바라보고 있습니다. 월드시리즈 우승에 대해서는 욕심도 관심도 없는 것이죠. 그래서 지구 우승이라는 목표를 달성하기 위해서 무리하게 팀을 운영하고 있는 겁니다. 박건 선수에게 계속 투타 겸업을 주문하면서 제대로 관리조차 해 주지 않는 것이 조 매팅리 감독이 지구 우승만을 바라보며 무리한 팀 운영을 하고 있다는 증거죠. 만약 마이애미 말린스의 월드시리즈 우승을 목표로 하고 있다면 조 매팅리 감독은 절대 이렇게 무리하게 팀을 운영하지 않을 겁니다."

잭 대니얼스가 독한 위스키가 담긴 잔을 들어 원샷 했다.

지금까지는 당연히 조 매팅리 감독이 마이애미 말린스의 월드시리즈 우승을 목표로 하고 있다고 생각했다.

그런데 '더 독해져서 돌아온 독한 야구' 진행자의 이야기를 듣고 나서 잭 대니얼스는 자신이 그동안 오판하고 있었음을 깨달았다.

그리고 조금 전 '더 독해져서 돌아온 독한 야구' 진행자가 했던 말이 옳았다.

지구 우승을 목표로 하는 것과 월드시리즈 우승을 목표로 하는 것.

무척 큰 차이가 있었다.

비로소 사태의 심각성을 깨달은 잭 대니얼스가 빈 잔에 다시 위스키를 따랐을 때, 진행자가 한마디를 더했다.

"이 문제를 최대한 빨리 해결해야 합니다. 더 늦으면 마이애미 말린스의 창단 첫 월드시리즈 우승 가능성은 사라질 테니까요."

＊　　　　　＊　　　　　＊

"내일 경기, 선발투수 출전을 준비해."

조 매팅리 감독은 경기 전, 워싱턴 내셔널스와의 3연전 마지막 경기에 박건이 선발투수로 출전할 것이라고 예고했다.

'인터리그 경기가 끝나고 나면 투타 겸업 지시를 멈추지 않을까?'

이용운이 내심 기대했던 부분이었다.

그렇지만 이용운의 기대는 빗나갔다.

인터리그가 끝났음에도 불구하고, 조 매팅리 감독은 박건에게 계속 투타 겸업을 할 것을 지시하고 있었다.

'왜 잭 대니얼스 단장이 움직이지 않는 거지?'

이용운의 표정이 심각해졌다.

잭 대니얼스 단장은 '더 독해져서 돌아온 독한 야구'를 시청했을 것이었다.

그럼에도 불구하고 조 매팅리 감독이 박건에게 투타 겸업을 지시하는 것을 막지 않는 것에 대해 의문이 깃든 것이었다.

하지만 이용운은 이내 고개를 내저었다.

'시간이 걸리겠지.'

잭 대니얼스 단장이 움직이기에는 너무 이르다는 생각이 들어서였다.

지금 중요한 것은 박건의 상태였다.

자신이 처한 상황이 좋지 않음을 알고 있기 때문일까.

워싱턴 내셔널스와의 3연전 마지막 경기에 선발투수로 출전할 것이라는 예고를 들은 박건의 표정은 어두웠다.

"대충 던져라."

박건이 안고 있는 부담감을 덜어주기 위해서 이용운이 충고했다.

"그럴 생각입니다."

이용운의 의도를 알아서일까.

박건이 웃으며 대답했다.

그렇지만 박건의 성격상 내일 경기 선발투수로 마운드에 올라서 대충 던지지 못할 것임을 이용운은 알고 있었다.

지구 2위 자리를 두고 마이애미 말린스는 워싱턴 내셔널스와 치열한 경쟁을 벌이고 있는 상황.

팀이 승리할 수 있는 기회를 만들기 위해서 박건은 어깨가 빠져라 최선을 다해 투구할 것이 눈에 불 보듯 훤했다.

'어렵구나.'

한숨을 내쉬던 이용운이 떠올린 것은 잭 대니얼스 단장이었다.

지금으로서는 잭 대니얼스 단장이 최대한 빨리 움직이길 기대하는 수밖에 없었다.

제3장

샌디 알칸트라 VS 멕스 슈어저.

양 팀의 3연전 2차전 선발투수들이었다.

1회 초 워싱턴 내셔널스의 공격.

샌디 알칸트라는 워싱턴 내셔널스의 리드오프인 애덤 이튼을 삼진으로 잡아내며 기분 좋은 스타트를 끊었다. 그러나 2번 타자 브라이언 도우저에게 중전안타를 허용했다.

1사 1루 상황에서 타석에 들어선 것은 3번 타자 후안 소토.

그렇지만 이용운은 경기에 집중하지 못했다.

'박건의 체력이 언제까지 버틸 수 있을까? 박건이 투타 겸업을 계속 하다가 부상을 당할 확률이 얼마나 될까?'

모든 신경이 박건의 상태에 쏠려 있었다.

슈아악.

따악.

그것은 후안 소토가 샌디 알칸트라의 직구를 제대로 받아쳐서 좌중간 코스로 향하는 라인드라이브성 타구를 만들어낸 순간에도 마찬가지였다.

타다닷.

좌익수 박건이 타구를 향해 달려갔다.

중견수 커티스 그랜더슨 역시 후안 소토의 라인드라이브성 타구를 잡아내기 위해서 달려왔다.

"마이 볼!"

커티스 그랜더슨이 소리를 질렀다.

그렇지만 박건은 타구를 쫓기 위해 달리던 속도를 줄이지 않았다.

'왜… 안 멈추지?'

커티스 그랜더슨은 "마이 볼!"이라고 소리친 후 타구를 처리하기 위해서 달리던 속도를 더욱 끌어올렸다.

그렇지만 박건이 달리는 속도를 여전히 줄이지 않는다는 사실을 뒤늦게 알아챈 이용운이 의문을 느꼈다.

그제야 타구만 보면서 달려가는 박건의 모습이 돌아왔다.

"뭐 하는 거야? 멈춰!"

이용운이 다급히 외쳤다.

그러나 너무 늦었다.

퍼억.

후안 소토의 라인드라이브성 타구를 처리하기 위해서 빠르게 달려오던 박건과 커티스 그랜더슨이 충돌했다.

"큭!"

박건이 외마디 비명을 내지르며 쓰러졌다.

커티스 그랜더슨 역시 바닥에 쓰러져 있었다.

'부상?'

두 선수가 충돌의 여파로 동시에 부상을 입었다는 생각이 든 이용운의 눈앞이 아득해졌을 때였다.

커티스 그랜더슨이 벌떡 일어나서 펜스 쪽으로 달려갔다. 그리고 수비 과정에서 충돌하는 바람에 뒤로 빠지며 펜스까지 굴러간 후안 소토의 타구를 잡아내서 3루를 향해 송구했다.

'커티스 그랜더슨은 부상이 아니다.'

공을 쫓아 펜스 쪽으로 달려가서 3루로 송구하는 연결 동작에서 커티스 그랜더슨은 딱히 불편함을 느끼는 기색이 아니었다.

그것을 확인하고 안도의 한숨을 내쉬었던 이용운의 표정이 이내 굳어졌다.

커티스 그랜더슨과 달리 박건은 여전히 일어서지 못하고 그라운드에 쓰러져 있었기 때문이었다.

"괜찮아?"

박건의 상태가 심상치 않음을 본능적으로 알아챈 이용운이 질문했다.

"으으."

그렇지만 박건은 대답조차 하지 못했다.

오른손으로 왼어깨 쪽을 부여잡고 신음성만 흘렸다.

"건, 괜찮아?"

그때 커티스 그랜더슨이 달려와서 물었다. 그리고 박건이 부상을 당했다는 사실을 알아챈 커티스 그랜더슨이 당황한 기색으로 더그아웃을 향해 다급하게 손짓했다.

선수들이 바닥에 쓰러진 박건의 주위로 몰려들었고, 뒤이어 트레이너들이 달려왔다.

'끝났다?'

박건의 부상이 심상치 않음을 직감적으로 알아챈 이용운의 머릿속이 아득하게 변했다.

"안 돼!"

잭 대니얼스가 자리에서 벌떡 일어났다.

데굴데굴.

좌중간으로 향하던 후안 소토의 타구를 쫓던 박건과 커티스 그랜더슨이 충돌하며 타구는 뒤로 빠져서 펜스까지 굴러가고 있었다.

그렇지만 잭 대니얼스의 시선은 타구에 향해 있지 않았다.

커티스 그랜더슨과 충돌 후에 그라운드에 쓰러진 채 일어나지 못하고 고통스러워하는 박건에게 고정되어 있었다.

'부상?'

박건은 엄살을 부리는 선수가 아니었다.

또, 책임감이 무척 강한 선수였다.

그런 박건이 타구가 뒤로 빠져서 펜스까지 굴러갔음에도 불구하고 타구를 처리하기 위해서 벌떡 일어나지 않고 계속 쓰러져 있는 것.

부상을 입었다는 증거였다.

심판이 경기를 중지시키자마자 선수들이 우르르 박건을 향해 달려갔다. 그리고 트레이너들도 빠르게 달려갔다.

마음 같아서는 잭 대니얼스도 직접 그라운드로 들어가서 박건의 부상 정도에 대해 확인하고 싶었다.

그러나 그리할 수는 없기에 잭 대니얼스는 양손을 들어 올려 마른세수를 했다.

마애이미 말린스의 월드시리즈 우승.

한낱 꿈에 불과하다 여겼던 대업을 달성할 수 있다는 희망을 품었다.

그런데 가장 중요한 시점에 팀의 핵심 중 핵심 선수인 박건이 부상을 당하는 불상사가 발생해 버렸다.

'끝났다!'

지구 우승, 그리고 월드시리즈 우승.

박건이 부상을 당한 순간, 잭 대니얼스는 자신이 가졌던 꿈이 한낱 꿈으로 끝났음을 직감했다.

*　　　　*　　　　*

"경기는… 어떻게 됐습니까?"

구단 지정 병원에서 정밀 검진을 마친 후, 박건이 물었다.

"졌다."

'졌구나!'

이용운에게서 마이애미 말린스가 경기에서 패했다는 소식을 전해들은 박건은 무척 아쉬웠다.

마이애미 말린스는 연승을 내달리고 있던 상황.

13연승을 목전에 두고 워싱턴 내셔널스에게 패한 것이 아쉬웠다.

그리고 자신이 부상으로 이탈하면서 팀에 도움이 되지 못한 것이 더욱 강하게 아쉬움을 느낀 이유였다.

"지금 중요한 건 그게 아니다."

그때, 이용운이 덧붙였다.

"후배가 부상을 입었다는 점이 중요하지."

박건이 한숨을 길게 내쉬었다.

부상은 마치 교통사고와 같았다.

전혀 예상치 못했던 순간에 갑자기 닥쳤다.

다시 부상 이전으로 시간을 되돌리고 싶었다.

그러나 그것이 불가능하다는 사실을 알기에 박건이 침통한 목소리로 물었다.

　　"검진 결과가 어떻게 나올까요?"

　　"그걸 내가 어떻게 알아?"

　　"……?"

　　"후배 몸인데 후배가 가장 잘 알 것 아냐?"

　　이용운이 차갑게 쏘아붙였다.

　　불시에 부상을 입어서 가뜩이나 기분이 우울한 상황이었다.

　　그런데 따뜻한 위로의 말은커녕 차갑게 쏘아붙이고 있는 이용운에게 서운한 마음이 들지 않는다면 거짓말이었다.

　　그러나 박건은 곧 이용운을 이해했다.

　　'속상해서 그래.'

　　부상을 입은 자신 못지않게 이용운도 속이 상할 것이었다.

　　그래서 감정을 컨트롤하기 힘든 것이었고.

　　스윽.

　　박건이 부상을 당한 왼팔을 들어 올렸다.

　　"으윽!"

　　그러나 어깨에서 밀려드는 통증으로 인해 도중에 포기했다.

　　'심각하다.'

　　팔을 높이 들어 올리는 것조차 힘들 정도로 통증이 심한 것이 부상이 가볍지 않다는 증거였다.

　　해서 박건이 표정을 딱딱하게 굳혔을 때였다.

"무리하지 마라."

이용운이 아까와 달리 다정한 목소리로 충고했다.

"하지만……."

그러나 박건은 그 충고를 순순히 받아들이기 어려웠다.

마이애미 말린스가 가파른 상승세를 탄 상황.

게다가 정규시즌이 막바지로 치달아가고 있었다.

이제 조금만 더 힘을 내면 마이애미 말린스는 애틀랜타 브레이브스와 지구 우승을 다툴 수 있었다.

그래서 자꾸 마음이 조급해지는 것이었다.

그때, 이용운이 다시 말했다.

"올 시즌이 끝이 아니다."

"무슨… 뜻입니까?"

"후배의 야구 인생은 앞으로도 계속된다는 뜻이다. 올 시즌에 우승을 차지하지 못하더라도 내년, 그리고 내후년에도 기회가 있다. 그러니까… 길게 봐라."

이용운의 충고가 옳았다.

박건도 머리로는 그 충고가 옳다는 사실을 알고 있었다.

그렇지만 가슴이 그 충고를 밀어냈다.

여기서 포기하기에는 지금까지 쌓아온 것이 너무 아쉬웠기 때문이었다.

"많이 아쉽지?"

"네."

"이게 야구다."

'이게 야구다?'

박건이 속으로 그 말을 곱씹을 때, 이용운이 덧붙였다.

"야구도 인생도 전부 때가 있는 법이지. 아직 때가 찾아오지 않았다. 이렇게 생각하고 너무 아쉬워하지 마라."

            *   *   *

2—3.

8회 초가 끝났을 때의 스코어였다.

이어진 8회 말 샌프란시스코 자이언츠의 공격.

호투하던 더스틴 메이는 8회 말의 선두타자인 알렉스 디커슨에게 우전안타를 허용했다.

'여기까지.'

무사 1루가 된 순간, 조 매팅리가 벌떡 일어났다.

'한 점을 더 허용하면?'

9회 초 공격에서 동점 내지 역전을 만들어내는 것이 어려워진다는 사실을 알기에 조 매팅리는 더스틴 메이를 내리고 조던 픽스를 마운드에 올리는 투수 교체를 단행했다.

슈악.

틱. 데구르르.

추가점이 중요하다는 사실을 알고 있는 샌프란시스코 자이언츠 게이브 케플러 감독은 2번 타자 에반 롱고리아에게 희생번 트를 지시했다.

에반 롱고리아가 침착하게 희생번트를 성공시키며 1사 2루로 바뀐 상황에서 타석에는 3번 타자 브래드 벨트가 들어섰다.

"막아!"

투수 교체를 단행하고 더그아웃에 돌아온 후에도 조 매팅리 는 감독석에 앉지 못하고 서서 경기를 지켜봤다.

박건이 부상을 당했던 경기에서 패하며 마이애미 말린스의 연승 행진은 끝이 났다. 그리고 거기서 끝이 아니었다.

마이애미 말린스는 현재 4연패에 빠져 있었다.

만약 오늘 경기마저 패한다면 지구 선두인 애틀랜타 브레이 브스를 추격하는 게 더욱 어려워진다는 점이 조 매팅리의 마 음을 조급하게 만들고 있는 것이었다.

슈악.

그때, 조던 픽스가 브래드 벨트를 상대로 초구를 던졌다.

"볼."

바깥쪽 슬라이더는 낮게 형성됐고, 주심은 스트라이크를 선 언하지 않았다.

이어진 2구째.

슈악.

조던 픽스의 선택은 역시 바깥쪽 슬라이더였다.

초구보다 더 낮게 형성된 슬라이더는 바운드를 일으키며 홈플레이트를 통과했다.

그 모습을 지켜보던 조 매팅리가 눈살을 찌푸렸다.

포수 브라이언 할리데이가 블로킹을 시도했지만, 가슴 보호대에 맞은 공이 오른쪽으로 튕겼기 때문이었다.

발이 빠르고 주루플레이에 능한 2루 주자 알렉스 디커슨은 기회를 놓치지 않고 과감하게 스타트를 끊으며 3루를 노렸다.

"세이프."

브라이언 할리데이가 재빨리 공을 잡아서 3루로 송구했지만, 알렉스 디커슨을 3루에서 아웃시키는 데는 실패했다.

1사 3루로 바뀐 상황에서 이어진 3구째 승부.

슈아악.

조던 픽스는 바깥쪽 꽉 찬 코스의 직구를 구사했다.

딱.

브래드 벨트가 때린 타구는 멀리 뻗지 못했다.

좌익수인 네이션 위드가 원래 수비에서 거의 이동하지 않고 잡을 수 있는 타구였다.

"됐다."

타구의 비거리를 확인한 조 매팅리가 안도의 한숨을 내쉬었을 때였다.

타다닷.

3루 주자 알렉스 디커슨이 태그업을 시도했다.

"어?"

예상치 못한 알렉스 디커슨의 과감한 주루플레이에 조 매팅리가 당황했다. 그리고 알렉스 디커슨의 과감한 주루플레이는 결과적으로 최상의 결과를 이끌어 냈다.

"세이프."

홈승부를 펼친 끝에 세이프가 선언되며 샌프란시스코 자이언츠가 추가득점을 올리는 데 성공했기 때문이었다.

2—4.

격차가 두 점 차로 벌어진 순간, 조 매팅리가 낙담한 표정을 지었다.

수비 도중에 커티스 그랜더슨과 충돌하면서 부상을 입고 전력에서 이탈한 박건의 빈자리를 새삼 느꼈기 때문이었다.

'네이션 위드가 아니라 박건이 좌익수로 출전했다면?'

박건의 어깨가 강하고 송구가 정확하다는 것.

이미 정평이 나 있었다.

그런 박건이 좌익수로 출전했다면 아무리 발이 빠른 알렉스 디커슨이라고 해도 짧은 외야플라이에 태그업을 시도해서 홈승부를 펼칠 엄두조차 내지 못했으리라.

박건을 대신해서 좌익수로 출전한 네이션 위드의 어깨가 강하지 않다는 사실을 간파했기 때문에 알렉스 디커슨은 과감하게 태그업을 시도했고, 결과적으로 허용하지 않아도 될 추가 실점을 허용한 셈이었다.

"빈자리가 너무 크군."

공수 양면에서 박건의 빈자리가 크다는 사실을 새삼 깨달은 조 매팅리가 고개를 절레절레 내저었다.

9회 초 마이애미 말린스의 마지막 공격.

두 점의 리드를 지키기 위해서 게이브 케플러 감독은 팀의 마무리투수인 윌 스미스를 마운드에 올렸다.

그렇지만 올 시즌 내내 불안한 모습을 노출하고 있는 윌 스미스는 오늘 경기에서도 제구 난조라는 약점을 드러냈다.

첫 타자인 피터 알론소를 외야플라이로 잡아내며 첫 번째 아웃카운트를 손쉽게 잡아냈지만, 후속 타자인 폴 바셋에게 볼넷을 내주며 주자를 허용했다.

"볼넷."

그리고 4번 타자로 출전한 브라이언 할리데이를 상대로도 정면 승부를 펼치지 못하고 유인구 위주의 피칭을 하다가 연속 볼넷을 허용했다.

"기회가 왔다."

마무리투수 윌 스미스의 제구 난조.

샌프란시스코 자이언츠 입장에서는 악재였지만, 마이애미 말린스 입장에서는 호재였다.

그렇지만 조 매팅리는 환하게 웃을 수 없었다.

1사 1, 2루 상황에서 타석에 들어서는 것이 커티스 그랜더슨이었기 때문이었다.

'대타를 기용하는 편이 낫지 않을까?'

이런 생각이 들 정도로 커티스 그랜더슨의 타격 컨디션은 최악이었다.

16타수 무안타.

마이애미 말린스가 연패에 빠진 지난 네 경기에서 커티스 그랜더슨은 타석에서 단 하나의 안타도 때려내지 못했다. 그리고 오늘 경기에서도 세 차례 타석에 들어섰지만, 모두 범타로 물러났다.

"표정이… 너무 어두워."

커티스 그랜더슨의 타격 컨디션이 최악인 것 못지않게 조 매팅리가 우려하는 점은 그의 어두운 표정이었다. 그리고 조 매팅리는 커티스 그랜더슨의 표정이 무척 어두운 이유를 짐작할 수 있었다.

─박건의 부상으로 마이애미 말린스는 끝났다.

─커티스 그랜더슨은 인종차별주의자입니다. 그래서 수비 중에 일부러 부딪쳐서 박건에게 부상을 입힌 것입니다.

─젠장, 박건이 아니라 커티스 그랜더슨이 다쳤어야 하는데.

─에이스 킬러 커티스 그랜더슨.

박건이 부상을 입은 후, 커티스 그랜더슨에게는 엄청난 비난이 쏟아졌다. 그리고 그를 향한 비난 여론은 좀처럼 가라앉지 않았다.

　박건의 부상 이탈 후 마이애미 말린스가 연패에 빠지자, 커티스 그랜더슨을 향한 비난 여론은 오히려 더욱 거세졌다.

　그로 인해 커티스 그랜더슨이 극심한 스트레스와 부담을 느끼는 탓에 점점 표정이 어두워졌다.

　"이겨내라."

　커티스 그랜더슨은 베테랑 선수.

　조 매팅리는 그가 스스로 부담감을 떨쳐내고 부진에서 벗어나길 바랐다.

　하지만 그 바람은 통하지 않았다.

　슈악.

　딱.

　윌 스미스의 초구를 공략한 커티스 그랜더슨의 땅볼타구는 유격수 정면으로 굴러갔다. 그리고 샌프란시스코 자이언츠의 내야진은 6-4-3으로 이어지는 병살플레이를 깔끔하게 만들어 냈다.

　"게임 오버."

　'너무 서둘러.'

　주심이 경기 종료를 선언한 순간, 조 매팅리가 한숨을 내쉬었다.

　샌프란시스코 자이언츠 마무리투수인 윌 스미스가 제구 난조를 드러내며 연속 볼넷을 허용하고 있었던 상황.

커티스 그랜더슨 입장에서는 승부를 길게 끌고 가는 편이 유리했다.

하지만 그는 초구를 공략해서 병살타를 때려내는 최악의 타격을 했다.

"우우."

"우우우."

경기를 종료시키는 병살타를 때려낸 커티스 그랜더슨을 향해 마이애미 말린스 원정 팬들이 거센 야유를 쏟아냈다.

"끝났군."

그 야유를 듣는 순간, 조 매팅리는 마이애미 말린스의 지구 우승이라는 자신의 꿈이 무산됐음을 직감했다.

*　　　　　*　　　　　*

왼 어깨 염좌.

정밀진단 끝에 도출된 결과였다.

의료진은 최소 한 달의 재활 후에 복귀가 가능하다는 의견을 내놓았다.

그 의견을 들은 순간, 박건은 허탈한 감정을 느꼈다.

한 달 후에 다시 경기에 출전할 수 있다고 했지만, 그때는 이미 정규시즌이 끝나 버린 시점이었기 때문이었다.

'올 시즌은 끝났다.'

메이저리그 도전을 시작한 것, 뉴욕 메츠 소속 선수 시절 극심한 부진을 겪은 것, 트레이드를 통해 마이애미 말린스 이적한 것, 마이애미 말린스로 이적한 후 모두의 예상을 깨고 최고의 활약을 펼친 것 등등.

예기치 못했던 부상으로 인해서 남들보다 일찍 시즌을 마감하게 됐다는 사실을 알게 된 순간, 박건의 머릿속에 주마등처럼 올 시즌에 있었던 일들이 스쳐 지나갔다.

'파란만장했던 시즌.'

박건이 그런 생각을 떠올렸을 때였다.

"아직 안 끝났다."

이용운이 주장했다.

그러나 박건은 고개를 내저었다.

"선배님도 검진 결과를 함께 들었지 않습니까?"

"물론 나도 들었다."

"그런데 왜 그런 말씀을 하시는 겁니까?"

박건이 질문하자, 이용운이 대답했다.

"후배가 재활을 마치고 돌아왔을 때도 마이애미 말린스의 올 시즌이 끝나지 않았을 수도 있으니까."

'포스트시즌을 말씀하시는 거구나.'

박건은 금세 이용운의 말뜻을 이해했다.

하지만 그 이야기에 동조할 수는 없었다.

자신이 부상으로 전력에서 이탈한 후, 마이애미 말린스가 5연패에 빠졌다는 사실을 알고 있기 때문이었다.

지구 3위.

워싱턴 내셔널스와 격차를 좁히며 지구 2위를 넘봤던 마이애미 말린스는 다시 지구 3위에 머물고 있었다.

정규시즌 종료까지 채 한 달도 남지 않은 상황.

지구 선두 애틀랜타 브레이브스를 제치고 마이애미 말린스가 지구 우승을 차지할 가능성은 희박했다.

그런데 마이애미 말린스가 포스트시즌에 진출하는 것이 가능할 리가 없지 않은가.

"기적은 믿지 않으신다고 일전에 말씀하셨지 않습니까?"

"후배 말처럼 난 기적을 믿지 않는다."

"마이애미 말린스가 포스트시즌에 진출하는 게 기적입니다."

박건이 일침을 가했지만, 이용운의 의견은 달랐다.

"기적을 바라는 것이 아니다."

"그럼?"

"극적인 반전을 바라는 것이지."

"극적인 반전!"

박건이 그 말을 작게 되뇌었을 때, 이용운이 덧붙였다.

"후배가 부상을 입은 것, 어쩌면 전화위복이 될 수도 있다는 생각이 들었다."

전화위복(轉禍爲福).

화가 복이 되어 돌아온다는 뜻의 사자성어였다.

마이애미 말린스 입장에서 박건이 예기치 못한 부상을 당한 것은 큰 화를 입은 셈이었다.

그리고 박건의 입장에서도 부상을 당한 것이 화라고 생각했다.

그런데 곰곰이 생각해 보니, 박건 입장에서는 부상을 당한 것이 화가 아닐 수도 있다는 생각이 들었다.

'더 큰 부상을 입었을 가능성이 커.'

만약 박건이 수비 중에 커티스 그랜더슨과 충돌하며 부상을 당하지 않았다면, 조 매팅리 감독은 계속 투타 겸업을 지시했을 것이었다.

그로 인해 체력적으로 한계에 닥쳤을 경우, 박건은 지금보다 더 큰 부상을 당했을 수도 있었다.

단순한 추측이 아니었다.

이미 오타니 쇼에이라는 선례가 있었다.

그래서 오히려 부상을 당해서 일찍 휴식을 부여받은 것이 박건 입장에서는 다행이란 생각을 하고 나자, 이용운의 생각이 또 바뀌기 시작했다.

'마이애미 말린스 입장에서도 화가 아니라 복이 될 수도 있지 않을까?'

만약 박건이 부상을 당하지 않았다면?

박건은 계속 팀의 4번 타자로 경기에 출전했을 것이었다.

그렇지만 이미 체력적인 한계가 닥친 상황이라, 박건의 타격 밸런스는 무너져 버린 상태였다. 그리고 타격 밸런스가 무너진 채 경기에 출전해 봐야 타석에서 좋은 결과를 기대하기는 어려웠다.

하지만 박건이 마이애미 말린스로 이적한 후 펼친 활약이 워낙 뛰어났던 탓에, 타석에서 부진하더라도 조 매팅리 감독이 엔트리에서 제외하는 것은 불가능했을 것이었다.

즉, 마이애미 말린스는 타격 슬럼프에 빠진 박건을 계속 4번 타자로 기용해야 했던 셈이었다.

'오히려 박건이 타선에서 빠지는 것이 나을 수도 있어.'

거기까지 생각이 미친 순간, 이용운은 머릿속으로 새로운 그림을 그리기 시작했다.

〈마이애미 말린스 선발 라인업〉

1. 브라이언 마일스.

2. 피터 알론소.

3. 폴 잭슨.

4. 브라이언 할리데이.

5. 커티스 그랜더슨.

6. 앤서니 쉴즈.

7. 제이 콥스.

8. 토미 맥그리거.

9. Pitcher.

"이게… 뭡니까?"

자신이 부르는 대로 선발 라인업을 받아 적은 후, 박건이 질문했다.

"극적인 반전을 만들어낼 마이애미 말린스의 새로운 선발 라인업이다."

이용운이 대답하자, 박건이 고개를 갸웃하며 입을 뗐다.

"토미 맥그리거는 선발 라인업에서 제외됐습니다."

박건이 선발투수로 출전했을 당시, 토미 맥그리거는 박건을 대신해서 좌익수로 출전했던 신인 선수였다.

오스틴 딘과 피터슨 오브라이언.

경험을 갖춘 베테랑 외야수들이 트레이드를 통해서 타 팀으로 이적한 후였기에 조 매팅리 감독은 신인급 선수인 토미 맥그리거를 좌익수로 출전시켰던 것이었다.

하지만 지금은 조 매팅리 감독의 선택이 달라졌다.

박건이 부상으로 전력에서 이탈한 후, 조 매팅리 감독은 토미 맥그리거가 아닌 네이션 위드를 줄곧 좌익수로 기용하고 있었다.

박건이 지적한 점은 바로 이 부분이었다.

"조 매팅리 감독이 토미 맥그리거 대신 네이션 위드를 중용하고 있는 것은 공격력을 강화하기 위함이다."

팀내 최고의 타자였던 박건이 부상으로 전력에서 이탈한

상황.

조 매팅리 감독은 본능적으로 팀의 공격력을 강화할 방안을 찾기 시작했다.

그래서 토미 맥그리거보다 타격 능력이 좋다고 평가받은 네이션 위드를 좌익수로 출전시키기 시작한 것이었다.

"그런데 그 선택은 틀렸다. 오늘 경기가 조 매팅리 감독의 선택이 틀렸다는 것을 증명한 경기였지."

"……?"

"만약 네이션 위드가 아니라 토미 맥그리거가 출전했다면 8회 말 수비에서 추가 실점을 허용했을까?"

"그건……."

"내 생각에는 추가 실점을 허용하지 않고 이닝을 마무리했을 가능성이 높다. 토미 맥그리거는 네이션 위드에 비해서 어깨가 훨씬 더 강하니까. 그래도 마이애미 말린스는 9회 초 마지막 공격에서 득점을 올리지 못했으니까 어차피 경기에서 패한 건 마찬가지 아니냐? 이렇게 생각할 수도 있지만, 야구는 그렇게 간단하지 않다. 2—4가 아니라 2—3 상황이었다면, 샌프란시스코 자이언츠의 마무리투수인 윌 스미스는 더 큰 압박감에 시달리면서 실투를 던졌을 가능성이 있다. 또 커티스 그랜더슨의 스윙도 달라졌겠지. 동점을 만들기 위해서 2점이 아니라 1점이 필요한 상황이었으니까. 이렇게 사소해 보이지만 큰 차이가 야구의 승패를 바꾸는 법이다."

네이션 위드의 타격 능력이 토미 맥그리거보다 낮다는 평가가 있었지만, 그렇다고 해서 큰 격차는 아니었다.

네이션 위드의 공격력보다 토미 맥그리거의 수비력이 지금 마이애미 말린스에는 더 필요하다고 이용운은 판단했다.

게다가 토미 맥그리거는 신인 선수.

메이저리그에 적응하는 데는 시간이 필요했다.

충분한 시간과 기회가 주어진다면, 토미 맥그리거의 타격 잠재력이 폭발할 여지도 남아 있었다.

그러나 박건의 생각은 이용운과 달랐다.

"타선의 폭발력이 약해진 건 부인할 수 없습니다."

"후배가 타선에서 빠졌기 때문에?"

"꼭 제가 빠졌기 때문에 드리는 말씀은 아닙니다. 그렇지만 중심타선의 중압감이 너무 떨어지는 것은 사실 아닙니까?"

"내 생각은 다르다."

"네?"

"도긴개긴이거든."

박건이 부상을 당하기 전 출전한 10경기에서 기록한 타율은 2할 6푼대였다.

마이애미 말린스가 연승 행진을 내달리고 있었고, 박건의 투타 겸업이 워낙 화제가 된 탓에 묻혔지만, 박건의 타석에서의 성적은 부진했다.

"브라이언 할리데이의 최근 다섯 경기 타율이 얼마인지 아느냐?"

"잘 모르겠습니다."

"4할 2푼대다."

"잘하네요."

그 사실을 미처 알지 못했던 박건이 깜짝 놀라는 것을 확인한 이용운이 덧붙였다.

"후배 덕분이다."

"제 덕분이라고요?"

"후배가 올스타전 출전까지 포기하면서 자극을 준 덕분에 브라이언 할리데이가 늦게나마 정신을 차렸거든. 어쨌든 중요한 것은 브라이언 할리데이가 후배 못지않은, 아니, 현 시점에서는 후배보다 더 좋은 4번 타자라는 점이다."

반박하지 못하는 박건을 확인한 이용운이 다시 입을 뗐다.

"그럼에도 불구하고 브라이언 할리데이의 활약상이 도드라지지 않는 이유는 커티스 그랜더슨 때문이다. 5번 타순에 포진한 커티스 그랜더슨이 속된 표현으로 죽을 쑤면서 찬스를 다 끊어 먹고 있거든."

"최근 커티스 그랜더슨의 부진은 심각하죠."

문제는 커티스 그랜더슨의 심각한 타격 부진이라고 지적하자, 박건은 이번에도 반박하지 못하고 수긍했다.

"그런데 만약 커티스 그랜더슨이 타격 슬럼프에서 탈출한다면? 그래서 브라이언 할리데이 못지않은 맹타를 휘두른다면 어떻게 될까? 장담컨대 타격 밸런스가 무너진 후배가 타선에 머무를 때보다 마이애미 말린스 타선의 파괴력이 더 강해질 것이다."

이용운이 열변을 토해냈다.

그렇지만 박건의 반응은 기대와 달리 시큰둥했다.

"그게 말처럼 쉬운 일이 아닙니다."

"응?"

"타격 슬럼프에서 벗어나는 것 말입니다."

박건의 지적을 들은 이용운이 다시 말했다.

"일반적인 경우라면 후배의 말이 맞다. 그런데 커티스 그랜더슨의 타격 슬럼프에는 특수성이 있다."

"특수성이라니요?"

"커티스 그랜더슨이 타격 슬럼프에 빠진 것은 심리적인 요인 때문이거든. 쉽게 말해 후배 때문이지."

"저… 요?"

"몰랐어?"

"전혀 몰랐습니다."

이용운이 몰랐다고 대답하는 박건을 탓하는 대신 고개를 끄덕였다.

예기치 못한 부상을 당한 탓에 박건은 무척 당황했다.

또, 정규시즌이 끝나기 전에 그라운드로 복귀할 수 없다는 검진 결과를 듣고, 허탈감과 아쉬움 때문에 다른 데 신경을 쓸

겨를이 없었을 것이었다.

"아까도 말했듯이 커티스 그랜더슨이 타격 슬럼프에 빠진 건 후배 때문이다. 후배가 가장 중요한 시점에 부상을 당한 것이 커티스 그랜더슨 때문이라고 판단한 팬들이 맹비난을 쏟아붓고 있거든. 단순한 비난만이 아니라 인신공격성 발언은 물론이고 애꿎은 커티스 그랜더슨의 가족들까지 비난하고 있다."

박건이 부상을 당한 후 마이애미 말린스 팬들의 상실감은 무척 컸다.

그 상실감은 이내 분노로 바뀌었고, 그 분노를 표출할 대상으로 커티스 그랜더슨을 점찍은 것이었다.

그런 팬들의 심정을 이해하지 못하는 것은 아니었다.

하지만 이건 도가 지나쳤다. 그리고 커티스 그랜더슨을 향한 팬들의 비난은 마이애미 말린스에 플러스가 되지 않았다.

오히려 마이너스가 됐다.

팬들의 비난 집중포화를 받은 커티스 그랜더슨이 심리적인 압박감을 느끼며 타격 슬럼프에 빠졌기 때문이었다.

"만약 심리적인 문제만 해결할 수 있다면, 커티스 그랜더슨은 금세 타격 슬럼프에서 빠져나올 가능성이 높다."

"제발 그랬으면 좋겠습니다."

이용운이 말을 마친 순간, 박건이 화답했다.

그러나 이용운은 다시 고개를 내저었다.

"후배가 할 일은 커티스 그랜더슨이 심리적인 문제를 해결하며 타격 슬럼프에서 벗어나길 바라는 게 아니다."

"그럼 제가 해야 할 일은 뭡니까?"

"결자해지(結者解之)."

이용운이 덧붙였다.

"후배로 인해 커티스 그랜더슨이 타격 슬럼프에 빠졌으니까 후배가 나서서 이 문제를 해결해야지."

*　　　　*　　　　*

―커티스 그랜더슨이 마이애미 말린스의 올 시즌을 망쳤다.

―연봉은 많이 받으면서 팀에 전혀 도움이 안 됨. 그때 이안 카스트로랑 함께 다른 구단으로 보내 버렸어야 했는데.

―커티스 그랜더슨 집 주소 아는 사람 있으면 내게 알려다오. 돌 들고 찾아갈 테니까.

―박건에게 부상을 입힌 것. 분명 고의였다.

이용운의 말대로였다.

커티스 그랜더슨에 대한 마이애미 말린스 팬들의 비난은 도가 지나친 면이 있었다. 그리고 박건이 부상당한 모든 책임을 커티스 그랜더슨에게 돌리고 있었다.

'내 잘못이야!'

그렇지만 당사자인 박건은 알았다.

그날 자신이 부상을 입은 것은 커티스 그랜더슨 때문이 아니라는 사실을.

진짜 원인 제공자는 박건이었다.

당시 커티스 그랜더슨은 "마이 볼!"이라고 먼저 외쳤다.

그러나 박건은 그 외침을 듣지 못했다.

그 이유는 청력 이상 때문이었다.

이용운이라도 경기에 집중하고 있었다면, 충돌에 대한 경고를 해줬을 텐데.

"내 잘못이기도 하다."

하필이면 마침 그때 이용운도 딴 데 정신이 팔려 있었던 터라 경고를 하는 것이 너무 늦었다.

"내가 나서는 게 맞아."

잠시 후 박건이 결심을 굳혔다.

아무 죄도 없는 커티스 그랜더슨이 팬들의 비난을 받는 것을 강 건너 불구경하듯 그냥 지켜보고만 있을 수는 없었다.

그리고 박건이 직접 나서기로 결심한 데는 한 가지 이유가 더 있었다.

예기치 못한 부상으로 팀 전력에서 이탈한 상황.

비록 그라운드에서 함께 경기를 하면서 팀에 도움이 될 수는 없었지만, 어떻게든 마이애미 말린스를 위해서 도움을 주고 싶었기 때문이었다.

마이애미 말린스 소식을 주로 다루는 유력 지역지의 베테랑 기자인 폴 도슨을 만나 인터뷰를 한 내용은 바로 기사로 올라왔다.

〈내 부상은 커티스 그랜더슨 때문이 아니다.〉
나와 커티스 그랜더슨은 좋은 팀 동료다.

내가 트레이드를 통해서 마이애미 말린스로 이적한 후 적응에 어려움을 겪을 때, 커티스 그랜더슨은 내게 먼저 손을 내밀어 준 고마운 동료 중 한 명이다. 그런 커티스 그랜더슨이 날 부상 입힌 원흉으로 지목된 채 팬들의 비난을 받는 것을 곁에서 지켜보는 것은 힘든 일이다.

부상은 불시에 발생하는 교통사고와 흡사하다. 그리고 과실 비율을 따지면 내 과실이 훨씬 더 크다. 그러니 더 이상 커티스 그랜더슨에 대한 비난을 멈춰달라.

박건이 폴 도슨을 만나서 했던 이야기들은 대부분 기사에 실렸다. 그리고 박건의 인터뷰가 실린 기사를 읽은 팬들이 커티스 그랜더슨에 대해 비난을 쏟아내는 것을 멈춰주기를 바랐는데, 상황은 박건의 바람대로 흘러가지 않았다.

＊   ＊   ＊

1—1.

마이애미 말린스와 필라델피아 필리스의 3연전 1차전 경기는 팽팽한 투수전 양상을 띤 채 경기 후반으로 접어들었다.

7회 말 마이애미 말린스의 공격.

마운드는 여전히 선발투수 제이크 아리에타가 지키고 있었다.

선두타자는 피터 알론소.

슈악.

틱, 데구르르.

피터 알론소는 2구째에 기습번트를 감행했다.

3루측으로 댄 번트 타구의 코스는 좋았다.

타구의 강도가 조금 강한 편이긴 했지만, 피터 알론소의 빠른 발을 감안하면 1루에서 세이프가 될 거라고 박건이 판단했을 때였다.

제이크 아리에타가 빠르게 달려가서 번트 타구를 잡아낸 후 1루로 송구했다.

"아웃."

간발의 차로 송구가 도착하는 것이 빨랐다고 판단한 1루심이 아웃을 선언했다.

"예측했다."

함께 TV 중계를 보고 있던 이용운이 말했다.

박건의 의견도 같았다.

제이크 아리에타의 번트 수비 동작은 빠르고 간결했다.

피터 알론소가 기습번트를 감행할 것을 예측했기 때문에 이런 호수비를 펼칠 수 있었던 것이었다.

"쉽지 않다."

제이크 아리에타는 필라델피아 필리스의 에이스답게 오늘 경기에서 대단한 호투를 펼치고 있었다.

그로 인해 마이애미 말린스 타선은 꽁꽁 묶여 있었다.

4번 타자 브라이언 할리데이의 솔로홈런으로 유일한 득점을 올리는 데 성공했지만, 그 외에는 이렇다 할 득점 기회조차 만들지 못했다.

1사 주자 없는 상황에서 타석에는 3번 타자 폴 바셋이 등장했다.

슈악.

틱.

타석에 선 폴 바셋은 초구에 허를 찌르는 기습번트를 감행했다.

조금 전 피터 알론소가 댄 기습번트와 같은 코스로 향하는 번트 타구.

그러나 이번에는 아까와 결과가 달랐다.

제이크 아리에타는 번트 타구를 처리하기 위해 빠르게 달려가서 글러브를 내밀었다. 그러나 글러브는 타구에 미치지 못했다.

데구르르.

3루 선상을 타고 흐르는 번트 타구를 향해 3루수가 대시한 후 잡아내서 1루로 송구했지만, 너무 늦었다.

"세이프."

폴 바셋은 송구가 1루수의 글러브에 도착하기 전에 이미 1루 베이스를 통과한 후였다.

'예측을 못 했어.'

7회 말의 선두타자인 피터 알론소가 기습번트를 감행했다가 호수비에 막혀서 아웃이 된 상황이었다.

그래서 다음 타자인 폴 바셋이 또 기습번트를 감행할 것까지는 예측하지 못했던 제이크 아리에타와 3루수의 허를 찔렀기에 이번에는 결과가 달랐던 것이었다.

1사 1루 상황에서 타석에는 4번 타자 브라이언 할리데이가 들어섰다.

오늘 경기에서 브라이언 할리데이에게 솔로홈런을 허용했기 때문일까.

제이크 아리에타는 브라이언 할리데이를 상대로 신중한 승부를 펼쳤다.

풀카운트까지 이어진 승부.

슈악.

제이크 아리에타가 결정구로 선택한 구종은 몸 쪽 싱커였다.

내야 땅볼을 유도해서 병살플레이를 이끌어내기 위해 선택한 결정구.

예전의 브라이언 할리데이였다면 배트를 내밀었으리라.

그러나 이제는 달랐다.

4번 타자답게 뛰어난 선구안을 발휘하며 미동도 하지 않고 그냥 지켜보았다.

"볼넷."

브라이언 할리데이가 볼넷을 얻어내며 1사 1, 2루로 상황이 바뀌었다. 그리고 지금이 관전 포인트였다.

득점 찬스에서 5번 타자 커티스 그랜더슨이 타석에 들어섰기 때문이었다.

슈아악.

제이크 아리에타는 초구로 몸 쪽 직구를 선택했다. 그리고 커티스 그랜더슨은 힘껏 배트를 휘둘렀다.

딱.

둔탁한 타격음과 함께 타구는 높이 솟구쳤다.

그러나 멀리 뻗지는 못했다.

3루수가 라인 밖에서 기다리다가 안전하게 포구하며 파울 플라이로 아까운 아웃카운트가 하나 올라갔다.

"다행이라고 해야 하나."

그때 이용운이 평가했다.

"왜 다행이란 겁니까?"

"혼자 죽었으니까."

"……?"

"지금 커티스 그랜더슨은 병살타를 때리지 않고 혼자 죽은 것이 다행일 정도로 타격 슬럼프가 깊다."

이용운의 주장에 박건이 반박하지 못하고 한숨을 내쉬었다.

일단 커티스 그랜더슨은 타석에서 너무 서두르고 있었다.

그래서 배트를 끌어내기 위해서 던지는 투수의 유인구를 참지 못했다.

또, 타격 시에 힘이 너무 들어갔다.

'장타를 노리기 때문이야.'

커티스 그랜더슨 역시 자신에게 쏟아지는 비난 여론을 모를 리 없었다.

그래서 타석에서 만회하고 싶은 욕심에 부지불식간에 타격 시 몸에 힘이 잔뜩 들어가는 것이었다.

'쉽지 않네.'

박건의 인터뷰 기사가 나간 후에도 커티스 그랜더슨에 대한 팬들의 비난은 줄어들지 않았다.

오히려 비난 여론이 더욱 거세졌다.

―박건이 이런 인터뷰를 한 이유에 대해 고민해 봤는데. 커티스 그랜더슨이 시켰기 때문이 아닐까?

―물 타기 시도.

—재활하기도 바쁜 팀 동료에게 이런 인터뷰를 억지로 시키는 커티스 그랜더슨 인성.

—그럴 시간에 야구 연습 좀 해라. 이게 5번 타자 성적이냐?

미운 털이 이미 박혔기 때문일까.

팬들은 없는 사실까지 추측해 가면서 커티스 그랜더슨을 비난하는 강도를 더욱 높였다.

2사 1, 2로 바뀐 상황에서 타석에는 6번 타자 앤서니 쉴즈가 들어섰다. 그리고 앤서니 쉴즈는 커티스 그랜더슨과 달랐다.

2볼 노 스트라이크.

좋은 선구안을 발휘하며 유리한 볼카운트를 선점한 후, 제이크 아리에타가 카운트를 잡기 위해 던진 3구째 슬라이더를 제대로 공략했다.

슈악.

따악.

1루수의 키를 훌쩍 넘긴 앤서니 쉴즈의 타구가 라인 선상 안쪽에 떨어졌다.

그사이 2루 주자 폴 바셋이 여유 있게 홈으로 파고들면서 마이애미 말린스는 추가점을 올리는 데 성공했다.

최종 스코어 2—1.

말 그대로 신승을 거두면서 마이애미 말린스는 연패에서 탈출하는 데 성공했다.

"오랜만에 재밌는 야구였다."

이용운은 재밌는 야구를 봤다고 평가했다. 그러나 박건은 달랐다.

고작 한 점 차의 리드.

행여나 불펜투수들과 마무리투수들이 동점 내지 역전을 허용하지 않을까 마음을 잔뜩 졸이며 경기를 지켜볼 수밖에 없었다.

"어렵네요."

"응?"

"1승 거두기가 참 어렵습니다."

박건이 한숨을 내쉬며 말하자, 이용운이 화답했다.

"엑스맨 때문이지."

"엑스맨… 요?"

"커티스 그랜더슨 말이다."

"……?"

"커티스 그랜더슨이 득점 찬스를 살리긴커녕 공격의 맥을 딱딱 끊어놓으니까 마이애미 말린스가 어렵게 득점을 올리고 어렵게 승리할 수밖에 없는 구조가 됐거든."

이용운의 설명이 옳았다.

마이애미 말린스가 좀 더 쉽게 승리하기 위해서는, 아니, 어렵든 쉽든 경기에서 승리를 거두기 위해서는 깊은 부진의 늪에 빠져 있는 커티스 그랜더슨이 살아나야 했다.

'이대로는 안 돼.'

박건이 인터뷰를 한 후에도 커티스 그랜더슨에 대한 팬들의 비난 여론은 사그라들지 않았다.

이대로라면 커티스 그랜더슨의 부진이 더 길어질 수밖에 없다는 사실을 잘 알고 있는 박건이 무슨 방법이 없는가에 대해서 고민할 때였다.

"한국, 들어갈래?"

이용운이 불쑥 질문했다.

"네?"

아직 정규시즌이 진행 중인 상황.

당연히 한국에 돌아간다는 생각은 전혀 해 본 적이 없었다.

그래서 박건이 당황했을 때, 이용운이 덧붙였다.

"여기 후배가 계속 머문다고 해서 마이애미 말린스에 도움이 될 것도 없잖아?"

그리고 이번에도 이용운의 말이 옳았다.

DL에 올라서 엔트리에서 제외된 상황.

어차피 정규시즌이 끝나기 전에는 엔트리에 복귀할 수 없는 만큼, 계속 미국에 머물러 봐야 박건이 팀을 위해 도움이 될 수 있는 것은 없었다.

"하지만……."

그럼에도 불구하고 박건이 망설인 이유.

지금 한국에 돌아가고 나면, 어쩌면 꽤 오랫동안 돌아올 수 없을 수도 있다는 불길한 예감이 들어서였다.

그때, 이용운이 다시 입을 뗐다.

"내가 한국에 돌아가자고 제안한 데는 이유가 있다."

"어떤 이유입니까?"

이용운이 대답했다.

"눈에 보이지 않아야 관심에서 멀어지니까."

제4장

"몸 상태는 어떤가?"

잭 대니얼스는 박건을 만나자마자 몸 상태에 대한 질문부터 던졌다.

'생각보다 표정이 괜찮네.'

박건이 부상으로 마이애미 말린스 전력에서 이탈한 상황.

내심 월드시리즈 우승을 노리고 있던 잭 대니얼스의 입장에서는 커다란 비보였다.

그래서 그가 크게 낙담한 표정을 짓고 있을 거라 예상했는데.

박건의 예상과 달리 자신에게 질문을 던지며 바라보는 잭 대니얼스의 시선은 강렬했다.

'기적을 바라는 거야.'

그 시선을 확인한 박건이 속으로 생각했다.

정밀검진 결과 박건은 재활을 거쳐서 복귀까지 최소 1개월 이상이 걸린다는 진단을 받았다.

그렇지만 세상에는 기적이란 것이 존재했다.

잭 대니얼스는 박건이 상식을 벗어나는 놀라운 회복력을 보이며 더 일찍 그라운드에 복귀하는 기적을 바라고 있었다.

'포기하세요.'

박건이 속으로 말했다.

기적은 그리 자주 일어나는 것이 아니었다.

"느긋하게 복귀해라."

그리고 잭 대니얼스 단장이 바라는 기적이 일어나도록 박건은 이를 악물고 재활에 매진할 생각이 없었다.

이용운의 조언이 있었기 때문이었다.

박건이 그 조언을 받아들인 이유는 오타니 쇼에이 때문이었다.

야구 천재라 불리는 일본인 야구선수 오타니 쇼에이는 LA 에인절스에서 투타 겸업을 했다. 그리고 야구 천재답게 오타니 쇼에이는 투타에서 모두 준수한 활약을 펼쳤다.

그런 오타니 쇼에이의 활약 덕분에 LA 에인절스는 정규시즌 초반에 지구 선두를 달렸었다. 하지만 오타니 쇼에이의 활약은 오래가지 못했다.

체력적인 한계 상황에 닥쳤음에도 투타 겸업을 계속 고집하다가 시즌아웃이 될 정도로 큰 부상을 입었기 때문이었다.

그리고 오타니 쇼에이가 부상을 입자 팬들과 전문가들의 반응은 싸늘했다.

LA 에인절스의 성적이 부진한 원인과 책임을 일제히 오타니 쇼에이에게 돌렸다.

"메이저리그는 냉정한 곳이다. 부상 위험을 무릅쓰고 열심히 뛰어봐야 인정해 주지 않는다. 내 몸은 내가 알아서 챙겨야 한다는 뜻이다."

이용운이 덧붙인 충고를 듣고 박건은 완벽히 재활을 마치고, 체력적으로도 100% 충전이 된 후에야 그라운드에 복귀하기로 결심을 굳힌 후였다.

"재활에 최선을 다하고 있습니다."

그렇지만 굳이 그 사실을 알려줘서 잭 대니얼스 단장의 희망마저 꺾어버릴 정도로 박건은 모진 성격이 아니었다.

"듣던 중 반가운 소리로군."

예상대로 표정이 밝아진 잭 대니얼스 단장이 화제를 전환했다.

"내가 자넬 부른 이유는… 재계약 문제를 상의하기 위함이네."

'선배님 예상이 맞았네.'

갑자기 잭 대니얼스 단장이 찾는다는 소식을 전하자 이용운은 계약 문제 때문일 거라고 예상했었다.

"올 시즌을 끝으로 자네와 우리 팀의 계약이 만료되더군. 그러니 재계약에 대한 논의를 할 필요가 있다고 판단했지."

"조건을 듣고 싶습니다."

"응?"

"재계약 조건을 듣고 싶다고 말씀드린 겁니다."

박건이 단도직입적으로 재계약 조건에 대해서 질문할 거라고 예상치 못한 탓일까.

잭 대니얼스 단장은 살짝 당황한 기색이었다.

그러나 그도 잠시, 잭 대니얼스 단장은 순순히 준비했던 재계약 조건을 밝혔다.

"4년 총액 5,000만 달러를 생각하고 있네."

'연봉 1,250만 달러.'

한화로 환산하면 연봉이 무려 백억이 넘어가는 셈이었다.

'무려 열 배가량 뛰었네.'

뉴욕 메츠와 계약을 맺을 당시보다 몸값이 대략 열 배가량 뛴 셈이었다.

'좋은 조건.'

잭 대니얼스가 후한 재계약 조건을 제시했단 생각이 들어서 박건이 호의가 담긴 시선을 던지고 있을 때, 이용운이 언짢은 표정으로 말했다.

"그동안 좋게 봤는데 안 되겠네."

"……?"

"후배의 몸값을 후려치려고 하잖아."

'연봉 100억이 넘는데 몸값을 후려치려는 거라고?'

박건이 당황하며 이용운에게 물었다.

"이 정도면 좋은 조건이지 않습니까?"

"벌써 걱정이 앞선다."

"왜……?"

"내가 떠나고 나면 순진한 후배가 호구 될 게 눈에 선하니까. 그래서 장기 계약을 맺어야겠다."

이용운이 강한 의욕을 감추지 않고 드러낸 순간, 박건이 물었다.

"4년이면 장기 계약 아닙니까?"

"몸값을 후려쳤잖아."

'이 정도가 후한 조건이 아닌가?'

이용운의 의견과 박건의 의견이 갈렸다.

4년 총액 5000만 달러의 계약 조건이라면 박건은 몸값을 후려친 게 아니라 후한 조건이라고 판단했기 때문이었다.

"내 말을 옮겨라."

잠시 후, 이용운이 지시했다.

'손해 본 적은 없으니까.'

그 지시를 듣는 순간 살짝 불안한 감이 없지는 않았지만, 이용운이 시키는 대로 해서 손해를 본 적이 없었기에 박건은 그에 대한 믿음이 있었다. 그래서 지시대로 이용운이 꺼내는 이야기를 잭 대니얼스에게 옮겼다.

"재계약 관련 이야기는 좀 더 뒤로 미뤘으면 합니다."

그 이야기를 전해 들은 잭 대니얼스가 불안한 표정을 지었다.

"혹시… 이적을 생각하는 건가?"

"아직 접촉한 팀은 없습니다."

'표정이 싹 바뀌었네.'

아직 접촉한 팀이 없다는 대답.

기회가 있고, 조건이 좋다면 언제든지 다른 팀으로 이적할 수 있다는 의미를 담고 있다는 말이었다.

그 사실을 알기에 잭 대니얼스가 긴장한 표정으로 물었다.

"그런데 왜 재계약 관련 이야기를 뒤로 미루자는 건가?"

"아직 올 시즌이 안 끝났으니까요. 마이애미 말린스가 월드시리즈 우승을 차지한 후에 재계약 협상을 하고 싶습니다."

박건의 입에서 월드시리즈 우승이란 단어가 흘러나오자, 잭 대니얼스가 당황한 기색을 드러냈다.

"방금 월드시리즈 우승을 차지한 후에 재계약 협상을 다시 하자고 말했나?"

"네. 그 편이 제게 더 유리할 것 같아서요."

더 확실한 성과를 보인 후에 좀 더 유리한 입장에서 재계약 협상을 다시 하고 싶다는 의미가 담긴 대답을 꺼내자, 잭 대니얼스가 다시 물었다.

"어떻게 말인가?"

"네?"

"진심으로 아직 마이애미 말린스가 월드시리즈 우승을 차지할 수 있다고 판단하고 있는 건가?"

"그렇습니다."

"하지만……."

"끝날 때까지 끝난 게 아니다."

"……?"

"극적인 대반전이 벌어질 가능성은 아직 남아 있다고 생각합니다."

잭 대니얼스는 희망을 엿본 표정이었다.

'귀가 얇은 편이긴 하네.'

그 표정 변화를 확인한 박건이 떠올린 생각이었다.

"단, 몇 가지 조건이 있습니다."

"어떤 조건인가?"

잭 대니얼스가 바로 질문했다.

만약 마이애미 말린스가 월드시리즈 우승을 차지할 수만 있다면, 어떤 조건이라도 수용할 기세였다.

"첫 번째 조건은 선발 라인업에 변화를 줘야 합니다. 좌익수로 네이선 위드가 아니라, 토미 맥그리거가 출전해야 합니다."

"이유는?"

"지키는 야구가 더 중요해졌기 때문입니다."

자신이 전력에서 이탈하며 마이애미 말린스의 공격력은 약해졌다. 득점이 줄어드는 것은 당연하니 대신 실점을 줄여서 지키는 야구로 꾸역승이라도 계속 거둬야 한다.

박건이 이렇게 부연을 더하자, 잭 대니얼스는 수긍한 기색이었다.

"다음은?"

"조 매팅리 감독의 생각이 바뀌어야 합니다."

"무슨 뜻인가?"

"조 매팅리 감독의 목표는 지구 우승을 차지하는 것입니다. 그래서 페이스 조절을 못 하고 있습니다."

"페이스 조절?"

"포스트시즌, 그리고 월드시리즈를 미리 대비해 가면서 팀 운영을 하지 않고 있다는 뜻입니다."

이미 '더 독해져서 돌아온 독한 야구'에서 이용운이 지적한 부분이었다.

그래서일까.

잭 대니얼스는 반박하는 대신 심각한 표정으로 질문했다.

"해고할까?"

"너무 극단적인 방법입니다."

"하지만……."

"지금은 그냥 내버려 두는 것이 상책인 것 같습니다."

"왜 그리 판단하나?"

"의욕을 잃어버렸으니까요."

"조 매팅리 감독이 의욕을 잃었다?"

"지구 우승이 물 건너갔다고 판단하고 있으니까요."

박건이 부상을 당하며 전력에서 이탈한 후, 마이애미 말린스는 5연패에 빠졌다.

그로 인해 지구 선두를 달리고 있는 애틀랜타 브레이브스와의 격차는 더욱 크게 벌어졌다.

아직 산술적으로는 마이애미 말린스의 지구 우승이 남아 있었지만, 현실적으로는 애틀랜타 브레이브스와 벌어져 있는 격차를 따라잡는 것이 불가능하다는 것이 전문가들의 평가였다.

그래서 조 매팅리 감독도 의욕을 잃어버린 것이었다.

"차라리 아무것도 안 하는 편이 낫다."

이용운이 했던 말이었다.

지구 우승이 거의 물 건너간 상황.

조 매팅리 감독 입장에서는 지구 2위로 정규시즌을 마무리하거나 지구 3위로 정규시즌을 마무리하더라도 별 차이가 없을 터였다.

그러니 승패에 연연하면서 적극적으로 작전을 지시하며 경기에 개입할 가능성이 낮았다.

물론 상황은 변하게 마련이었다.

만약 마이애미 말린스가 박건의 기대대로 극적인 대반전을 이뤄내면서 정규시즌 막바지에 역전 지구 우승을 차지할 가능성을 보인다면?

조 매팅리 감독은 다시 의욕을 되찾고 경기에 개입할 것이었다.

잭 대니얼스 단장이 나서야 할 때는 바로 그 때였다.

"대충 무슨 뜻인지 이해했네. 또 남았나?"

"마지막 조건이 남아 있습니다."

"무엇인가?"

"커티스 그랜더슨이 타격 슬럼프에서 벗어나야 합니다."

박건이 마지막 세 번째 조건을 알려준 순간, 잭 대니얼스가 깊은 한숨을 내쉬었다.

그 역시 커티스 그랜더슨이 끝이 보이지 않는 깊은 슬럼프에 빠져 있다는 사실을 잘 알고 있기 때문이었다.

또, 커티스 그랜더슨이 슬럼프에 빠진 원인도 알고 있기에 더욱 답답할 터였다.

"방법이 마땅치 않아."

커티스 그랜더슨은 베테랑 선수.

스스로 슬럼프를 벗어날 때까지 기다리는 것이 최선이었다.

그러나 마냥 기다리기에는 마이애미 말린스의 상황이 너무 급했다.

대반전을 일으키며 극적으로 포스트시즌에 진출하기 위해서 마이애미 말린스는 연승이 필요했다. 그리고 연승 가도를 달리기 위해서는 커티스 그랜더슨이 최대한 빨리 슬럼프에서 빠져나오는 것이 필수 조건이었다.

문제는 방법이 마땅치 않다는 점.

그래서 잭 대니얼스 단장이 답답해하는 것이었다.

"제가 방법을 알고 있습니다."

박건이 슬쩍 운을 떼자, 잭 대니얼스가 반색했다.

"어떤 방법인가?"

"제가 떠나는 겁니다."

"응?"

"눈에서 멀어지면, 관심도 멀어지는 법이니까요. 제가 떠나면 커티스 그랜더슨에 대한 팬들의 비난 여론도 줄어들 겁니다."

"어디로 떠난다는 건가?"

"한국에 잠시 다녀올까 합니다."

"한국?"

이런 전개는 전혀 예상치 못했던 걸까.

잭 대니얼스 단장이 팔짱을 끼며 물었다.

"자네의 의도는 대충 알겠네. 그런데… 그 정도로 충분할까?"

커티스 그랜더슨에 대한 팬들의 비난 여론은 아직까지도 무척 거셌다.

박건이 DL에 올라 있는 동안 미국이 아니라 한국에서 머무른다고 해서 그 비난 여론이 과연 사그라들지 잭 대니얼스는 의문을 품은 것이었다.

"곧 인터뷰를 다시 할 겁니다."

잭 대니얼스 단장이 품은 의문을 알고 있는 박건이 덧붙였다.

"인터뷰라면 이미 하지 않았나? 그런데 또 무슨 인터뷰를 한단 건가?"

"두고 보시면 알게 될 겁니다. 한 차례 더 인터뷰를 하고 나면 커티스 그랜더슨을 향한 비난 여론은 사그라들 가능성이 높습니다."

잭 대니얼스 단장은 여전히 못미더운 시선을 던지고 있었지만, 박건은 더 설명하는 대신 화제를 바꿨다.

"그리고 제가 한국에 가려는 데는 한 가지 이유가 더 있습니다."

"또 어떤 이유인가?"

"한의학 때문입니다."

"한의학?"

"신비로운 동양 의술이죠. 꾸준히 침 맞고 부황 뜨면 제 복귀 시점을 더 앞당길 수도 있을 겁니다."

잭 대니얼스 단장이 바라는 것은 기적.

신비의 동양 의술인 한의학이 그 기적을 일으키는 데 일조할 수 있다는 이야기를 듣고 나면 잭 대니얼스 단장은 박건의 한국행을 막지 않을 것이라는 이용운의 예상은 적중했다.

"그럼 막을 수 없지. 잘 다녀오게."

　　　　＊　　　　　＊　　　　　＊

"롤러코스터를 타는 기분이네."

배동국이 길게 한숨을 내쉬었다.

윗선을 설득해서 메이저리그 중계권을 따내고 난 후, 배동국은 지옥과 천국을 여러 차례 오가는 경험을 했다.

그리고 얼마 전까지만 해도 배동국은 천국에 머물러 있었다.

마이애미 말린스와 LA 에인절스의 인터리그 경기.

인터리그가 시작되자마자 투타 겸업을 한 박건이 투수로서, 또 타자로서 세계 최고의 타자라고 불리는 마이크 트라웃을 완벽하게 압도한 경기의 시청률은 무려 20%에 육박했다.

케이블 채널, 그것도 스포츠 전문 채널의 시청률로는 역사에 남을 대단한 시청률이었다.

얼마 전 공중파에서 중계했던 아시안컵 축구 결승 한일전보다도 시청률이 높았으니 더 말해 무엇 할까.

그때만 해도 배동국은 앞으로 꽃길만 걷게 될 거라 예상했다.

그러나 자신의 앞에 펼쳐진 꽃길은 길지 않았다.

박건이 예기치 못한 부상을 당한 순간, 배동국은 지옥으로 추락했다.

당시 배동국은 박건의 부상이 깊지 않기를 기도했다.

장담컨대 부상을 당한 박건 못지않게 간절히 기도하며 바랐었다.

그러나 상황은 배동국의 바람대로 흘러가지 않았다.

부상 회복과 재활에 최소 1개월이 걸린다는 검진 결과가 나왔으니까.

—박건 원맨팀.

마이애미 말린스에 대한 평가였다.

그런데 박건이 부상으로 전력으로 이탈하자, 연승 행진을 달리던 마이애미 말린스는 언제 그랬냐는 듯 연패 행진에 빠져들었다.

그리고 마치 당연하다는 듯이 마이애미 말린스 경기를 중계하는 시청률도 하락 곡선을 그리기 시작했다.

"올 시즌은 끝났네."

배동국이 길게 한숨을 내쉬었다.

박건이 부상 복귀를 할 시점은 정규시즌이 끝난 후였다. 그리고 마이애미 말린스가 지구 우승을 차지해서 포스트시즌에 진출할 가능성은 희박했다.

그러니 박건이 출전하는 마이애미 말린스 경기를 올 시즌에 중계하는 일은 더 이상 없을 것이었다.

지이잉. 지이잉.

그때, 배동국의 휴대전화가 진동했다.

"박… 건?"

발신자가 박건임을 확인한 배동국이 쓴웃음을 머금었다.

호랑이도 제 말 하면 찾아온다는 속담이 떠올랐기 때문이었다.

"몸은 괜찮습니까?"

배동국이 전화를 받자마자 박건의 몸 상태부터 물었다.

메이저리그 중계권 계약을 맺을 때 1년 계약을 맺은 게 아니었다.

무려 4년 계약을 맺었다.

그러니 올 시즌이 끝이 아니었다.

박건이 메이저리그에서 계속 좋은 활약을 펼쳐야만 투자금 이상의 이득을 챙겨올 수 있었다.

"열심히 재활 중입니다."

"그렇군요."

"부탁이 있어서 연락드렸습니다."

"어떤 부탁이죠?"

"'메이저리그 투나잇'에서 인터뷰를 하고 싶습니다."

"그건 부탁이 아니죠."

"네?"

"언제나 환영입니다."

박건이 인터뷰를 할 때마다 '메이저리그 투나잇'의 시청률은 급상승했다.

그러니 오히려 배동국이 인터뷰를 해달라고 부탁하고 싶은 심정이었다.

"그런데 어떤 내용의 인터뷰를 하실 생각입니까? 메이저리그 첫 시즌을 마친 소회를 밝히시려는 겁니까?"

"그건 너무 이릅니다."

"네?"

"아직 올 시즌은 끝나지 않았으니까요."

"그렇긴 하지만……."

부상으로 인해 정규시즌이 끝나기 전까지 그라운드에 복귀하는 것이 불가능하니, 올 시즌은 실질적으로 끝난 것이 아니냐?

이게 원래 배동국이 하려던 말이었다.

그러나 그 말을 끝맺지 못하고 슬그머니 말끝을 흐렸을 때였다.

"기대하셔도 좋습니다. 대단한 이슈가 될 법한 이야기를 인터뷰 도중에 할 테니까요."

박건이 덧붙였다.

'대단한 이슈가 될 법한 이야기?'

배동국이 흥미를 느끼며 물었다.

"대체 어떤 이야기입니까?"

*　　　　*　　　　*

"마이애미 말린스와 필라델피아 필리스의 오늘 경기 하이라이트를 보고 왔습니다. 최종 스코어 1-0. 팽팽한 투수전이 펼쳐진 양 팀의 경기 결과, 마이애미 말린스가 신승을 거두며 2연승을 달렸습니다. 마이애미 말린스가 승리를 거둔 것, 국내 팬들에게 무척 기쁜 소식이지만, 박건 선수가 부상으로 인해 경기에 출전하지 못한 점은 무척 아쉬우셨을 겁니다. 그 아쉬움을 달래 드리기 위해서 미리 예고해 드렸던 대로 박건 선수와의 전화 인터뷰가 준비되어 있습니다. 바로 연결하겠습니다. 박건 선수, 들리시나요?"

"안녕하세요? 잘 지내셨나요?"

"그건 제가 드려야 할 질문 같습니다. 부상당한 어깨 상황은 어떠십니까?"

박건의 부상이 아쉬운 것.

채선경도 마찬가지였다.

가장 중요한 시점이라 할 수 있는 정규시즌 후반부에 큰 부상을 당했기에 박건이 느낄 상실감이 무척 클 것은 충분히 짐작할 수 있었다.

솔직한 내심은 미국으로 건너가 박건의 곁을 지키고 싶을 정도였다.

"열심히 재활하고 있습니다."

"네. 박건 선수의 빠른 쾌유를 빌겠습니다."

"감사합니다."

"요즘 마이애미 말린스 경기는 챙겨 보시고 계신가요?"

"물론 보고 있습니다."

"박건 선수가 빠진 후, 마이애미 말린스 타선의 파괴력이 현

저히 줄어들었다는 평가가 많습니다. 같은 의견이신가요?"

"타선의 파괴력이 이전에 비해 줄어든 것은 부인할 수 없지만, 그 원인은 제가 빠졌기 때문이 아닙니다."

"네?"

"저를 대신해서 4번 타순에 포진한 브라이언 할리데이 선수는 타석에서 예전 저보다 더 뛰어난 활약을 펼치고 있으니까요."

"하지만……."

"그리고 저를 대신해서 좌익수로 출전하고 있는 토미 맥그리거 선수의 평균 타율은 이 할 중반대입니다. 예전에 브라이언 할리데이 선수가 부진할 때와 타율이 엇비슷하죠. 즉, 제가 빠졌다고 해도 브라이언 할리데이 선수가 좋은 활약을 펼치며 제 공백을 메우고도 남는 상황입니다. 그럼에도 불구하고 마이애미 말린스 타선의 파괴력이 줄어든 이유는… 커티스 그랜더슨 선수의 부진입니다."

"아, 네."

채선경 역시 커티스 그랜더슨이 부진하다는 사실을 알고 있었다.

"커티스 그랜더슨 선수가 요즘 표정이 무척 어둡습니다."

"깊은 타격 슬럼프 때문에요?"

"저 때문에 욕을 많이 먹어서요."

채선경이 무심코 터져 나올 뻔한 실소를 간신히 참았다.

이렇게 뜬금없이 농담을 던지는 것이 박건의 매력 중 하나였다.

"커티스 그랜더슨 선수가 박건 선수가 부상을 당한 원인 제공자로 지목된 탓에 팬들에게 많은 비난을 듣고 있는가 보네요."

"네, 맞습니다."

"그래도 다행이네요."

"뭐가 다행인가요?"

"커티스 그랜더슨 선수가 한국어를 모른다는 점이요."

"……?"

"한국 팬들의 비난 댓글은 더 심하거든요."

마이애미 말린스로 이적한 후 박건이 맹활약을 펼치기 시작하자, 자연스레 한국 팬들도 늘어났다.

특히 인터리그에서 투타 겸업을 하면서 세계 최고의 타자인 마이크 트라웃을 상대로 투타 양면에서 압도하는 모습을 보인 것이 결정적이었다.

그날 이후 메이저리그에서 활약하는 박건의 팬들은 기하급수적으로 늘었다.

그런데 박건이 가장 중요한 시점에 부상을 당해 버렸다.

그리고 박건이 부상을 당하게 만든 원인 제공자라 할 수 있는 것이 커티스 그랜더슨이었다.

당연히 한국 팬들은 커티스 그랜더슨에게 엄청난 비난을 쏟아냈다.

아니, 비난이란 표현으로는 부족했다.

저주에 가까운 댓글들이 달렸었다.

"커티스 그랜더슨의 잘못이 아닙니다."

"네, 저도 알고 있습니다."

외야뜬공을 처리하기 위해서 의욕적으로 달려오던 두 선수의 충돌.

누군가의 일방적인 잘못이라고 표현하기는 어려웠다.

두 선수에게 모두 책임이 있었다.

"쌍방 과실이죠. 그렇지만 국내 팬들은……."

"쌍방 과실이 아니라 일방과실입니다."

"네?"

"전적으로 제 잘못이었다는 겁니다."

"하지만……."

전문가들 역시 어느 한 선수의 잘못이 아니라 쌍방 과실이라 평가했다고 채선경이 주장하려 했지만, 박건이 입을 여는 것이 한 박자 더 빨랐다.

"제 청각에 이상이 있거든요."

"꼭… 그렇게까지 해야겠냐?"

박건이 인터뷰 도중에 청력에 문제가 있다는 사실을 말하겠다고 밝힌 순간, 이용운은 우려했다.

그리고 박건은 이용운이 우려하는 이유를 충분히 짐작할 수 있었다.

청력에 문제가 있다고 고백하는 것.

야구선수 박건의 가치를 하락시키는 행동이었기 때문이었다.

게다가 아직 재계약이 확정된 상황이 아니었다.

청력에 문제가 있다는 사실을 고백한다면 재계약 협상에서 불리해질 수 있었고, 최악의 경우에는 재계약이 무산될 수도 있었다.

그럼에도 불구하고 박건이 결심을 굳힌 이유.

아무런 잘못도 없는 커티스 그랜더슨이 자신으로 인해 비난을 받는 것을 계속 지켜볼 수 없었기 때문이었다.

"청각에… 이상이 있다고 했나요?"

충격적인 고백이기 때문일까.

채선경이 확인하기 위해서 재차 질문했다.

"네, 맞습니다. 그리고 청각에 이상이 생긴 지 꽤 됐습니다."

"언제부터였나요?"

"KBO 리그에서 뛸 때부터였습니다."

"그게 정말인가요?"

채선경이 깜짝 놀라며 말했다.

"전혀 눈치채지 못했어요."

"성공했네요."

"네?"

"청각에 이상이 있다는 사실을 들키지 않기 위해서 필사적으로 노력했거든요."

"아!"

"제 욕심 때문이 아니었습니다."

"……?"

"야구를 좋아했기 때문입니다. 그래서 좀 더 야구를 오래하고 싶어서 더 열심히 노력했습니다."

박건이 담담한 목소리로 고백을 이어나갔다.

'어쩌면 더 일찍 꺼냈을 수도 있는 이야기.'

만약 영혼의 파트너(?)인 이용운을 만나지 않았다면, 박건은 이미 은퇴를 했을 것이었다.

이용운 덕분에 연장된 선수 생활.

그리고 이용운의 조력 덕에 그동안은 별문제가 없었다.

하지만 이번에는 명백히 박건의 실수였다.

경기 도중 집중력이 떨어진 탓에 벌어진 실수.

그 실수를 감추고 도망치고 싶지 않았다.

"커티스 그랜더슨은 자신이 공을 잡겠다고 제게 외쳤습니다. 그렇지만 청각 이상 때문에 제가 그 외침을 듣지 못해 서로 충돌하는 불상사가 발생했습니다. 그러니 제 부상에 커티스 그랜더슨은 아무 잘못도 없습니다. 다시 한번 말씀드리지만 전적으로 제 잘못입니다."

*　　　　*　　　　*

"벌써 자고 있던 건 아니죠?"

송이현이 묻자, 제임스 윤이 대답했다.

"물론 안 잤습니다."

"그럼 뭐 하고 있었어요?"

"캡틴이 제게 전화하길 기다리고 있었습니다."

"내가 전화할 걸 기다리고 있었다고요?"

"네."

"그 말은 내가 전화할 걸 예상했다는 건가요?"

"그렇습니다."

"어떻게 예상했어요?"

"충격적인 소식을 접했으니, 캡틴도 술 생각이 날 거라고 판단했거든요."

'귀신이 따로 없네.'

송이현이 속으로 혀를 내둘렀다.

방금 제임스 윤이 했던 예측들이 모두 정확했기 때문이었다.

"제 청각에 이상이 있거든요."

'메이저리그 투나잇' 방송 도중 박건이 했던 고백은 엄청난 이슈가 됐다.

박건, 박건 고백, 청각 이상, 커티스 그랜더슨 등등.

실시간 검색어 순위가 온통 박건으로 도배되다시피 했을 정도였다.

송이현도 그 고백을 듣고 큰 충격을 받았다. 그래서 제임스 윤에게 전화해서 술을 마시자고 제안한 것이었고.

"치맥, 괜찮죠?"

"캡틴, 오늘은 소주로 마시겠습니다."

평소 치맥 마니아였던 제임스 윤이었는데.

오늘 그는 맥주가 아닌 소주를 마시겠다고 말했다. 그리고 주문한 소주가 나오자마자 제임스 윤을 자시의 잔을 채워 원 샷 했다.

독한 소주를 마시고 인상을 팍 쓰면서도 제임스 윤은 다시 잔을 채우고 있었다.

"왜 그래요?"

그 모습을 지켜보던 송이현이 묻자, 제임스 윤이 대답했다.

"벌을 주고 있는 겁니다."

"벌… 요?"

"그렇게 오랫동안 곁에서 지켜봤으면서도 박건 선수의 청각 에 문제가 있다는 사실을 전혀 알아채지 못했으니까 벌을 받아 마땅하죠."

제임스 윤이 자책하며 대답했다.

"그럼 나도 벌 받아야겠네요."

"캡틴은 왜…?"

"나도 전혀 알아채지 못했거든요."

송이현이 잔을 가득 채운 소주를 단숨에 비운 후 말했다.

"박건 선수, 참 대단한 선수네요. 본인 입으로 고백하기 전에 어느 누구도 청각에 문제가 있다는 사실을 알아채지 못했으니까요."

"아마 엄청난 노력을 했을 겁니다."

"……?"

"청각 이상을 갖고 야구를 계속하는 것, 결코 쉬운 일이 아닙니다. 굳이 비유를 하자면 후각과 미각이 마비된 채 요리사 일을 하는 것과 비슷합니다."

"그 정도로… 어려운 일인가요?"

"네."

"그걸 오롯이 노력으로 커버했다?"

"노력에 재능이 더해진 거죠."

청우 로얄스가 통합 우승을 차지했던 지난 시즌.

박건은 청우 로얄스의 구심점 역할을 했던 핵심 선수였다.

그리고 박건은 청력 이상이 있다는 사실을 어느 누구도 알아채지 못했을 정도로 최고의 활약을 펼쳤었다.

"이제… 어떻게 될까요?"

송이현이 소주잔을 들며 질문했다.

박건이 했던 청력에 이상이 있다는 고백.

이미 국내에서 큰 이슈가 됐다.

머잖아 미국에도 그 소식이 전해질 터.

박건 선수의 입지와 향후 선수 생활에도 영향을 미칠 가능성이 높았다.

'악재.'

그리고 청력에 이상이 있다는 고백은 프로선수 박건에게 분명히 악재였다.

"저도 모르겠습니다."

잠시 후, 제임스 윤에게서 모르겠다는 대답이 돌아왔다.

"제임스가 왜 몰라요?"

"이런 경우는 처음이니까요."

그 대답을 들은 송이현이 천천히 고개를 끄덕였다.

청력 이상을 숨기고 선수 생활을 이어 나간 프로 야구선수에 대한 이야기.

한 번도 들어본 적이 없었다.

"그래도 유사한 사례를 찾자면… 부상 사실을 숨기고 계약한 경우가 되겠네요."

"그 경우의 결말은 어땠죠?"

"괘씸죄로 퇴출되는 경우가 대부분이었죠."

'괘씸죄!'

송이현이 그 표현을 속으로 되뇔 때, 제임스 윤이 물었다.

"캡틴은 어떻습니까?"

"뭐가요?"

"박건 선수가 괘씸하신가요?"

그 질문을 받은 송이현이 고개를 내저었다.

"전혀요."

만약 박건이 청력 이상이란 문제를 숨긴 채 청우 로얄스로 이적한 후에 부진한 모습을 보였다면?

송이현도 박건을 원망하고 괘씸해했을 것이었다.

그러나 박건은 청력 이상이란 문제를 갖고 있단 사실을 전혀 눈치채지 못했을 정도로 최고의 활약을 펼치며 만년 하위권 팀이었던 청우 로얄스가 통합 우승을 차지하는 데 결정적인 역할을 해냈다.

그러니 괘씸할 것이 무엇이 있을까.

그때, 제임스 윤이 다시 질문했다.

"그럼 만약 박건 선수가 올 시즌을 마친 후 KBO 리그로 복귀한다면 다시 청우 로얄스로 영입할 겁니까?"

"박건 선수가 올 시즌을 마치고 KBO 리그로 복귀할 가능성이 없는데 그 질문이 의미가 있나요?"

"모릅니다."

"모르다니요?"

"메이저리그는 냉정하거든요. 청력 이상이란 부상을 안고 있는 박건 선수를 영입할 구단이 없을 수도 있습니다."

"하지만……."

"가능성은 열려 있습니다."

송이현에 비해서는 제임스 윤이 메이저리그에 대해서 훨씬 잘 알고 있었다.

그래서 송이현의 생각이 바뀌었다.

'만약 청력 이상이란 문제를 안고 있는 박건 선수가 KBO 리그로 복귀한다면 청우 로얄스로 영입해야 하나?'

아까와 달리 심각하게 고민하던 송이현이 한참 만에 대답했다.

"저는… 영입할 겁니다."

그때, 낯익은 목소리가 들려왔다.

"서운합니다."

*　　　　*　　　　*

"곧 인터뷰를 다시 할 겁니다. 그리고 제가 한 차례 더 인터뷰를 하고 나면 커티스 그랜더슨을 향한 비난 여론은 사그라들 가능성이 높습니다."

일전에 박건이 장담했던 말이었다.

그 이야기를 듣고 난 후, 잭 대니얼스는 박건이 대체 어떤 내용의 인터뷰를 할지가 계속 궁금했다.

그렇지만 박건이 인터뷰 도중에 자신의 청력에 문제가 있다는 고백을 할 거라고는 꿈에도 예상치 못했다.

한국의 스포츠채널에서 방송되는 프로그램에서 했던 인터뷰였지만, 그 소식은 이내 미국에도 전해졌다. 그리고 잇따라 기사화되면서 박건이 청력에 문제가 있다는 고백은 현지에서도 커다란 이슈가 됐다.

"하여간… 참 극단적이야."

잭 대니얼스가 고개를 절레절레 흔들었다. 그렇지만 이내 그의 입가로 옅은 미소가 떠올랐다.

"극단적이긴 하지만… 가장 확실한 방법이긴 해."

내 청력에 문제가 있다. 그래서 커티스 그랜더슨이 타구를 잡겠다고 먼저 콜을 했음에도 미처 듣지 못해서 충돌을 했고 부상을 입었다. 그 과정에서 커티스 그랜더슨의 잘못은 전혀 없다는 박건의 주장은 분명히 효과가 있었다.

커티스 그랜더슨을 향해 일방적으로 쏟아지던 비난이 언제 그랬냐는 듯 사라졌으니까.

똑똑.

그때, 노크 소리가 들려왔다.

잭 대니얼스가 문을 열자, 커티스 그랜더슨이 서 있었다.

"들어오게."

"네."

"편히 앉게."

커티스 그랜더슨이 소파에 앉는 것을 확인한 잭 대니얼스가 입을 뗐다.

"박건이 한 인터뷰 내용은 알고 있나?"

"저도 들어서 알고 있습니다."

"그 인터뷰를 듣고 무슨 생각이 들었나?"

    잭 대니얼스가 물었지만, 커티스 그랜더슨은 선뜻 대답하지
못했다.

    그 모습을 확인한 잭 대니얼스가 다시 입을 뗐다.

    "생각이 많이 복잡한가 보군. 그럼 박건의 인터뷰 내용을 듣
고 난 후 내가 했던 생각을 먼저 말하겠네. 솔직히 말하면 제
대로 속았다는 생각이 가장 먼저 들더군. 박건에게 청력 문제
가 있다는 사실을 모른 채 뉴욕 메츠와 트레이드를 성사시켰으
니까. 그런데… 불쾌하거나 괘씸하단 생각은 들지 않았네."

    "왜입니까?"

    "마이애미 말린스 소속 선수가 된 후에 박건이 야구를 아주
잘했으니까."

    "저도 인정합니다."

    "그리고 시간이 더 지나고 나니 생각이 또 바뀌더군."

    "어떻게 생각이 바뀌셨습니까?"

    "존경심이 들었네."

    "……?"

    "난 박건의 청력에 문제가 있다는 사실을 전혀 알아채지 못
했네. 그리고 청력에 문제가 있다는 사실을 들키지 않는 것은
절대 쉬운 일이 아니라는 것은 자네도 알고 있겠지? 그런데 박
건은 그 어려운 일을 해냈네. 그리고 그 어려운 일을 해내기 위
해서 얼마나 많은 노력을 했을지를 능히 짐작할 수 있기에 나
이를 떠나서 존경심이 생겼네."

빈말이 아니었다.

잭 대니얼스는 박건이란 야구선수이자 인간에게 진심으로 존경심이 들었다.

"그리고 내가 박건에게 존경심을 느낀 데는 한 가지 이유가 더 있네."

"어떤 이유입니까?"

"팀을 위해 본인을 희생했으니까."

잭 대니얼스가 물을 한 모금 마신 후 덧붙였다.

"박건의 계약은 올 시즌에 끝이 나네. 우리 구단과 재계약을 하든가 다른 구단과 재계약을 맺어야 하지. 그런데 청력에 문제가 있다는 사실을 스스로 고백하면서 박건의 재계약 전선에는 먹구름이 끼었네. 야구는 비즈니스. 부상을 안고 있는 선수를 거액을 지급하고 재계약하려는 단장은 없으니까 말일세. 그 사실을 박건이 몰랐을까? 당연히 알고 있었을 거야. 그럼에도 불구하고 박건이 그런 선택을 내렸던 것, 마이애미 말린스를 위해서라네."

"좀 더 자세히 설명해 주십시오."

"자네를 걱정했네. 부상을 당한 것은 본인의 잘못 때문인데 애꿎은 자네가 팬들에게 비난을 받는 것으로 인해 박건은 그동안 무척 힘들어했지. 또, 심적 부담 때문에 자네가 타격 슬럼프에 빠졌던 것도 안타까워했지. 그래서 자네에게 팬들의 비난이 더 이상 향하지 않도록 이런 극단적인 선택을 내린 걸세. 그리

고 자네가 타격 슬럼프에서 벗어나야 마이애미 말린스가 정규
시즌 마지막까지 좋은 팀으로 남을 수 있다고 판단했기 때문에
스스로를 희생하는 선택을 내린 것이지."

잭 대니얼스가 무척 길었던 설명을 마친 후, 커티스 그랜더슨
을 바라보았다.

여기까지는 생각하지 못했던 걸까.

커티스 그랜더슨은 지그시 입술을 깨물고 있었다.

그런 그에게 잭 대니얼스가 당부했다.

"박건의 희생이 헛되지 않게 해주게."

제5장

"진짜 박건 선수가… 맞아요?"

낯익은 목소리의 주인은 박건이었다. 그리고 마이애미 말린스 구단 로고가 박혀 있는 야구 모자를 푹 눌러쓴 채 앞에 서 있는 것은 박건이 맞았다.

그럼에도 불구하고 송이현이 불신 어린 시선으로 바라보며 진짜 박건 선수가 맞느냐는 질문을 던졌던 이유.

박건이 여기 있어서는 안 될 사람이었기 때문이었다.

"벌써 제 얼굴도 잊어버리셨습니까?"

"그게 아니라… 박건 선수가 왜 여기 있어요?"

"비행기 타고 왔습니다."

"……?"

"재미없었나요?"

박건이 썰렁한 농담을 던진 후, 빈자리에 앉았다.

"생맥주 한 잔 마셔도 되죠?"

그리고 생맥주를 주문하려는 박건을 확인한 송이현이 두 눈을 빛냈다.

"박건 선수가 아닌 게 확실해졌네요."

"네?"

"박건 선수는 시즌 중에 술을 입에도 안 댔거든요."

송이현이 주장하자, 박건이 틀렸다는 듯 고개를 흔들었다.

"술 마셨습니다."

"……?"

"몰래."

송이현이 제임스 윤에게 고개를 돌리며 물었다.

"제임스가 보기에도……."

그러나 송이현은 말을 끝마치지 못했다.

"사인 한 장만 해주세요. 완전 팬입니다."

"사진 한 장만 찍어도 될까요?"

"어머, 진짜 박건이 맞나 봐."

"헐, 대박. 그런데 박건이 왜 미국이 아니라 한국에 있어?"

"나도 몰라. 일단 사진부터 찍자."

치킨 가게에 찾아와 있던 손님들이 박건의 얼굴을 알아보

고 우르르 몰려들었기 때문이었다. 그리고 그들이 다가 아니
었다.

　길을 걷던 사람들마저 박건을 알아보고 모여들었다.

　"박건 선수가 맞긴 하네."

　사인을 받고 함께 사진을 찍기 위해서 박건의 앞으로 우르르
몰려들어 있는 팬들의 모습을 확인한 송이현이 혼잣말을 꺼냈
다.

　박건이 팬들의 사인과 사진 공세에서 간신히 벗어난 것은 그
로부터 약 20여 분이 흐르고 나서였다.

　그제야 송이현이 박건에게 질문을 던졌다.

　"박건 선수가 왜 한국에 있는 거예요?"

　"미국에 있어도 딱히 할 게 없어서 그냥 한국에 들어왔습니
다. 일종의 휴가인 셈이죠."

　"휴가… 요?"

　"그리고 휴가 중이니까 맥주 한잔 정도는 괜찮습니다."

　사인을 하고 사진을 찍느라 김이 빠져 버린 생맥주를 들어
올린 박건이 한 모금 마셨다.

　그 모습을 바라보던 송이현이 박건이 사인 공세에 시달리는
사이에 품었던 의문들에 대한 질문을 던지기 시작했다.

　"그런데 내가 여기 있다는 건 어떻게 알고 찾아온 거예요?"

　"제임스에게 들었습니다."

　"누구요?"

"제임스요. 그가 여기서 단장님과 만날 거라고 알려줬습니다."

제임스 윤은 박건이 한국에 도착했다는 사실을 이미 알고 있었다는 뜻이었다.

그런데 자신에게 언질도 주지 않았던 제임스 윤을 향해 못마땅한 시선을 던지던 송이현이 두 눈을 가늘게 좁혔다.

"제임스."

"말씀하시죠."

"아까 내게 던졌던 질문, 혹시 박건 선수가 대신 물어봐 달라고 했던 건가요?"

"맞습니다."

"헐."

자신의 예상이 맞다는 사실을 알게 된 송이현이 혀를 내둘렀을 때였다.

"그래서 서운했습니다."

박건이 다시 서운하단 말을 꺼냈다.

그 말을 들은 송이현이 억울하단 표정으로 반박했다.

"난 박건 선수가 KBO 리그에 복귀하면 청우 로얄스로 영입할 거라고 대답했거든요."

"저도 들었습니다."

"그런데 왜 서운하단 거예요?"

"시간이 너무 오래 걸렸거든요."

"……?"

"저를 영입하겠다는 결정을 내리기까지 꽤 오랜 시간이 걸렸습니다. 단장님이 망설였다는 증거죠."

'예리하네.'

송이현의 말문이 일순 막혔을 때, 박건이 덧붙였다.

"제가 믿는 구석이었습니다."

"뭐가요?"

"단장님요."

"……?"

"단장님을 믿었기 때문에 그런 인터뷰를 했던 겁니다. 그런데 믿는 구석에 발등을 찍힐 뻔했네요."

'변했네.'

송이현이 박건에게 새삼스러운 시선을 던졌다.

청우 로얄스 소속 선수였을 당시와 마이애미 말린스 소속 선수인 지금의 박건.

많이 달라졌다는 생각이 들었다.

'여유가 생겼어.'

송이현이 기억하는 청우 로얄스 소속 선수 시절의 박건은 스스로에게 무척 엄격했다.

어지간해서는 농담도 하지 않았고, 말수도 많지 않았던 편이었다.

그런데 오늘 만난 박건은 말수도 늘었고, 농담을 하는 빈도도 늘어나 있었다.

예전보다 여유가 생겼다는 증거였다.

'메이저리거니까.'

송이현이 박건이 달라진 이유가 메이저리그라는 세계 최고의 무대에서 뛰고 있기 때문이라고 판단했을 때였다.

"내일 바쁘세요?"

박건이 불쑥 물었다.

"내일… 요?"

"아니, 자정이 지났으니 오늘이네요. 오늘, 바쁘세요?"

"특별한 스케줄은 없어요."

송이현이 대답하자, 박건이 제임스 윤에게도 같은 질문을 던졌다.

"저도 바쁜 일은 없습니다."

제임스 윤도 바쁘지 않다고 대답하자, 박건이 제안했다.

"그럼 같이 야구 보시겠습니까?"

"야구… 요?"

"네. 곧 마이애미 말린스와 애틀랜타 브레이브스가 맞붙는 경기가 중계될 겁니다. 지구 우승 팀이 가려질 수도 있는 나름 빅 매치인데, 함께 보시겠습니까?"

'지구 우승 팀은 이미 가려진 것 같은데.'

송이현이 판단하기에 내셔널리그 동부 지구 우승 팀은 이미 가려진 셈이나 마찬가지였다.

정규시즌 초반부터 지구 1위 자리를 놓치지 않고 지금까지 지구 1위를 고수하고 있는 애틀랜타 브레이브스가 지구 우승을 차지하는 것이 유력했다.

마이애미 말린스는 현재 지구 3위.

게다가 투타의 핵심이었던 박건도 전력에서 이탈한 상황이었다.

그러니 양 팀의 경기를 빅 매치라고 부르기에도 애매하다고 송이현이 판단했을 때였다.

"저는 좋습니다."

제임스 윤이 박건의 제안을 승낙한 후 물었다.

"그런데 어디서 볼 겁니까?"

"여기서 보려고 합니다."

"여기서요?"

"안에 큰 TV가 있더라고요. 제가 여쭤봤더니 오늘은 특별히 경기 끝날 때까지 영업하시겠다고 했습니다. 사장님이 제 팬이라고 하시더군요."

"장거리 비행을 하셨는데 안 피곤하십니까?"

"시차 때문에 잠도 안 옵니다. 그리고 어차피 휴가 기간이니까요."

씩 웃으며 대답한 박건이 다시 송이현에게 물었다.

"단장님도 함께 보실 겁니까?"

"그러죠."

송이현이 수락한 순간, 박건이 환하게 웃으며 휴대전화를 꺼냈다.

*   *   *

　―치맥 같이할래요?

　휴대전화에 도착한 문자 메시지를 확인한 채선경이 당황했
다.

　아닌 밤중에 홍두깨라더니.

　자정이 넘은 시간에 미국에 있는 박건이 치맥을 같이 하자는
뜬금없는 문자메시지를 보냈으니 어찌 당황하지 않을 수 있을
까.

　일단 상황을 파악하는 것이 급선무라고 판단한 채선경이 서
둘러 통화 버튼을 눌렀다.

　"선경 씨, 벌써 잤던 건 아니죠?"

　"아직요. 그런데 이 문자는 뭐예요?"

　"선경 씨와 같이 치맥을 하고 싶단 생각이 문득 들어서 보냈
어요."

　"하지만 박건 선수는 지금 미국에 있잖아요?"

　"미국 아닙니다."

　"네?"

　"한국에 들어왔습니다."

　"언제… 요?"

"오늘요."

박건이 미국이 아니라 한국에 있다는 이야기를 전해 듣고 깜짝 놀랐던 채선경은 이내 서운함을 느꼈다.

박건이 미리 언질도 주지 않고 한국에 도착한 것이 못내 서운하게 느껴진 것이었다.

그러나 서운함도 잠시였다.

서운함보다 반가움이 더 컸기 때문이었다.

"아직 대답 안 하셨습니다."

그때, 박건이 말했다.

'대답? 무슨 대답?'

채선경이 당황한 와중에도 답을 찾아냈다.

치맥을 함께할 거냐는 박건의 제안에 대해서 아직 답을 하지 않았다는 뜻이었다.

'화장을 아직 안 지운 게 다행이네.'

채선경이 희미하게 웃으며 대답했다.

"갈게요, 당연히."

설령 화장을 이미 지운 후였다고 해도 채선경의 대답은 마찬가지였을 것이었다.

화장을 다시 하는 귀찮음을 감수하더라도 박건을 만나고 싶었으니까.

"지금 어디예요?"

채선경의 마음이 조급해졌다.

＊　　　　＊　　　　＊

새벽 2시.

논현역 인근 치킨 가게는 슬슬 문을 닫을 준비를 해야 하는 시간이었다.

그렇지만 오늘은 달랐다.

치킨 가게 내부는 만석이었고, 가게 밖에도 수많은 사람들이 몰려들어 있었다.

'왜……?'

예상치 못했던 광경을 마주한 채선경이 의문을 품은 채 치킨 가게 앞으로 다가갔다.

어깨를 부딪치며 인파를 헤치고 안으로 파고든 후에야 채선경은 반가운 얼굴을 볼 수 있었다.

그리고 그 반가운 얼굴이 마침 고개를 돌렸다.

"선경 씨, 여기예요."

손을 번쩍 들어 올리고 손짓하는 박건을 확인한 채선경이 가게 안으로 들어갔다.

'박건 선수 때문이었어.'

폐점 시간이 가까워진 치킨 가게에 사람들이 이렇게 몰려 있는 이유가 박건 때문임을 송이현은 금세 알아챘다.

박건의 인기는 대단했고, 그 인기가 사람들을 이렇게 불러

모은 것이었다.

"와, 채선경이다."

"채선경은 여기 또 왜 온 거야?"

"박건이랑 진짜 친한가 봐."

"완전 존예다."

"그게 여자 친구 앞에서 할 소리야?"

채선경을 알아본 손님들이 술렁였다.

"여기 앉아요."

박건이 웃으며 비어 있던 자리를 권했다.

"정말… 도깨비 같은 사람이네요."

채선경이 말하자, 박건이 웃으며 대답했다.

"잘생겼단 뜻이죠?"

"네?"

"도깨비 역할 맡았던 배우분이 잘생겼었잖아요."

박건이 농담을 던진 순간, 합석하고 있던 여자가 말했다.

"채선경 아나운서님, 만나서 반가워요."

'청우 로얄스 송이현 단장.'

채선경이 국내 프로야구 10개 구단 단장 중 유일한 여성 단장인 송이현을 모를 리 없었다.

"이렇게 만나 뵙게 돼서 영광입니다, 송이현 단장님."

"좀 당황스럽죠?"

"네? 네."

"저도 마찬가지예요. 우리 팀 스카우트 팀장과 치맥 하러 왔다가 갑자기 당연히 미국에 있을 줄 알았던 박건 선수를 만난 걸로 모자라 함께 마이애미 말린스 야구 중계까지 보게 됐거든요."

송이현의 설명 덕분에 채선경은 또 한 명의 동석자가 청우 로얄스 구단 스카우트 팀장인 제임스 윤임을 알 수 있었다.

제임스 윤과 가볍게 목례를 한 후에야 채선경이 비어 있던 박건의 옆자리에 앉았을 때였다.

"꼭 한번 해보고 싶었습니다."

"뭘요?"

박건이 대답했다.

"선경 씨와 치맥하면서 함께 야구를 보는 것요."

박건이 웃으며 작게 말했다.

"좋네요."

"한국에서 재활하자."

이용운이 먼저 꺼냈던 제안이었다.

처음 그 제안을 들었을 때는 별로 내키지 않았다.

왕복하느라 아까운 시간만 허공에 날리는 것 같아서였다.

그러나 한국에 돌아온 직후 박건은 이용운의 제안을 받아들이길 잘했다는 생각이 들었다.

반가운 사람들을 다시 만나는 것만으로도 기분이 좋아졌으
니까.

"내 말대로 해서 언제 손해 본 적 있었느냐?"

어김없이 생색을 내는 이용운의 이야기를 들으며 박건이 TV로
시선을 던졌다.

"빅 매치가 시작됐네요."

마이애미 말린스 VS 애틀랜타 브레이브스.

내셔널리그 동부 지구 3위와 1위를 달리는 두 팀의 맞대결이
시작된 순간, 박건이 입을 뗐다.

"빅 매치는 아닌 것 같은데요."

그 말이 끝나기 무섭게 송이현이 반박했다.

"이미 지구 우승은 애틀랜타 브레이브스가 차지하는 게 확정
되다시피 했고, 마이애미 말린스의 현재 성적으로는 와일드카
드로 포스트시즌에 진출하는 것도 어려운 것이 사실이니까요."

"아직 확정 안 됐습니다."

"네?"

"애틀랜타 브레이브스의 지구 우승, 아직 확정된 것 아닙니
다."

"하지만……."

"마이애미 말린스도 지구 우승이라는 목표를 여전히 포기하
지 않았습니다. 이번 애틀랜타 브레이브스와의 3연전에서 스윕
을 거두면 양 팀의 격차가 확 줄어들 겁니다. 그리고 역전 지구

우승에 대한 희망이 보이면 상황은 또 어떻게 달라질지 알 수 없습니다."

마이애미 말린스와 애틀랜타 브레이브스의 3연전을 박건이 빅 매치라고 평가하고 주장하는 데는 이유가 있었다.

현재 지구 3위 마이애미 말린스와 지구 선두 애틀랜타 브레이브스의 격차는 7경기.

정규시즌 남은 경기 수는 20여 경기에 불과했다.

그래서 대부분의 전문가들, 아니, 거의 모든 전문가들이 애틀랜타 브레이브스가 동부 지구 우승을 차지한 것이나 마찬가지라고 확정적으로 말하고 있는 상황이었다.

송이현도 그런 전문가들과 같은 의견이리라.

그러나 박건의 의견은 달랐다.

만약 애틀랜타 브레이브스와의 이번 3연전에서 마이애미 말린스가 스윕을 거둔다면?

두 팀의 격차는 4경기 차로 좁혀진다.

물론 4경기도 적지 않은 격차였다.

그렇지만 역전 지구 우승에 대한 희망을 품을 수 있는 격차로 좁혀지는 것은 사실이었다.

그리고 하나 더.

이번 3연전 결과에 따라 두 팀의 입장도 바뀔 수 있었다.

'박건이 없어도 우리는 강팀이다. 역전 지구 우승을 포기하기에는 아직 이르다.'

마이애미 말린스가 스윕을 거둔다면, 이런 자신감을 얻을 수 있을 것이었다.

또, 추격자 입장에 서며 애틀랜타 브레이브스를 압박할 수 있었다.

'아직 지구 우승이 확정된 것은 아니다. 그리고 직접 맞붙어 본 마이애미 말린스는 강하다.'

반면 애틀랜타 브레이브스가 스윕패를 당한다면, 쫓기는 입장이 될 것이었다.

그리고 쫓기는 입장이 되면 마음이 조급해지고, 실수가 나오게 마련이었다.

'이겨야 해.'

어쩌면 올 시즌을 통틀어 가장 중요하다고 할 수 있는 오늘 경기.

박건은 부상으로 인해 함께 경기에 뛸 수 없다는 점이 못내 아쉬웠다. 그리고 그 아쉬운 마음까지 담아서 마이애미 말린스의 승리를 기원했다.

그런 박건의 기원이 통한 걸까.

마이애미 말린스는 1회 초 공격부터 찬스를 창출했다.

슈악.

딱.

리드오프 브라이언 마일스는 애틀랜타 브레이브스의 선발투수인 마이클 소로카의 3구째 싱커를 받아 쳤다.

크게 바운드를 일으킨 땅볼타구는 3루수 방면으로 굴러갔다.

"세이프."

3루수가 안정적으로 포구해서 1루로 송구했지만, 주심은 브라이언 마일스의 발이 베이스에 닿는 것이 송구가 도착한 것보다 더 빨랐다고 판단했다.

"운이 좋았네요."

브라이언 마일스의 땅볼타구가 내야안타가 된 순간, 제임스 윤은 운이 좋았다고 평가했다.

그렇지만 박건의 의견은 달랐다.

"운이 좋았던 게 아니라, 아주 영리한 플레이였습니다. 브라이언 마일스가 기습번트를 시도할 수도 있다고 판단한 3루수와 1루수가 평소보다 전진해 있는 것을 확인하고 의도적으로 바운드가 큰 땅볼타구를 때려낸 겁니다. 그로 인해 전진 수비를 펼치던 3루수가 뒤로 물러나면서 타구를 잡았던 탓에 송구를 하는 과정에서 약간의 딜레이가 발생했죠. 그리고 약간의 딜레이가 발생한다면 내가 빠른 발을 이용해서 1루에서 살 수 있다는 판단을 브라이언 마일스가 빠르게 내렸던 것이죠."

제임스 윤도 야구 전문가였다.

그렇지만 박건은 불과 며칠 전까지 저 선수들과 함께 그라운드에서 뛰었었다.

그래서 제임스 윤이 보지 못하는 것을 볼 수 있는 것이었다.

슈악.

"볼."

마이클 소로카가 피터 알론소를 상대로 던진 초구는 몸 쪽에 너무 바짝 붙으며 볼로 판정됐다.

"1루 주자인 브라이언 마일스가 이번에 스타트를 끊을 겁니다. 그리고 피터 알론소는 브라이언 마일스가 스타트를 끊은 덕분에 평소보다 넓어진 1, 2 간으로 타구를 보낼 겁니다."

박건이 예측하자, 제임스 윤이 흥미를 드러냈다.

"히트앤드런 작전이 걸린다는 겁니까?"

"작전이 걸린 건 아닙니다."

"그럼?"

"브라이언 마일스와 피터 알론소 사이에 이미 얘기가 된 걸 실천으로 옮기는 겁니다."

슈아악.

딱.

그때, 마이클 소로카가 2구를 던졌고 피터 알론소가 타구를 받아 쳤다.

원래라면 2루수가 충분히 처리할 수 있을 땅볼타구.

그러나 브라이언 마일스가 스타트를 끊었기 때문에 2루 베이스커버에 들어갔던 2루수가 처리하기에는 역부족이었다.

피터 알론소의 땅볼타구는 외야로 빠져나갔고, 그사이 1루 주자였던 브라이언 마일스는 여유 있게 3루까지 도착했다.

무사 1, 3루로 바뀐 상황.

타석에는 3번 타자 폴 바셋이 들어섰다.

"폴 바셋은 외야플라이를 때려내서 타점을 올릴 겁니다."

슈악.

따악.

박건이 말이 끝나기 무섭게 폴 바셋이 마이클 소로카의 초구를 공략해 중견수 방면 외야플라이를 때려냈다.

타다닷.

쉬익.

중견수가 포구하자마자 홈으로 송구했지만, 태그업을 시도한 3루 주자 브라이언 마일스를 홈에서 아웃시키기에는 역부족이었다.

1—0.

마이애미 말린스가 손쉽게 선취점을 올렸고, 타석에는 박건을 대신해 4번 타자로 출전하고 있는 브라이언 할리데이가 들어섰다.

"브라이언 할리데이는 볼넷을 얻어낼 겁니다."

이번에도 박건의 예측이 옳았다.

슈악.

"볼넷."

브라이언 할리데이는 풀카운트 승부 끝에 볼넷을 얻어내서 1루로 걸어나갔다.

"와, 대박."

"지금까지 정확히 박건의 예측대로 경기가 진행되고 있어."

"완전 소름."

"해설해도 대박 날 듯."

"진짜 무당 해설."

박건의 예측대로 경기가 흘러가자 치킨 가게에서 함께 경기 중계를 지켜보고 있던 손님들이 감탄하기 시작했다.

"커티스 그랜더슨이 병살타를 때리면서 이닝이 종료될 거니 주자가 모여봐야 아무 소용이 없죠."

그때 송이현이 시니컬한 목소리로 말했다.

커티스 그랜더슨이 극도의 타격 부진에 빠져 있다는 사실을 알고 있기에 한 예측.

그러나 박건은 다른 예측을 했다.

"커티스 그랜더슨은 적시타를 때려낼 겁니다."

그 예측이 끝나기 무섭게 송이현이 반박했다.

"아닐걸요. 병살타를 때릴 게 틀림없어요."

"그럼 내기할까요?"

"무슨 내기요?"

"커티스 그랜더슨이 적시타를 때려내면 제가 이기는 거고, 커티스 그랜더슨이 적시타를 때려내지 못하면 단장님이 이기는 걸로 하죠.."

"좋아요. 뭘 걸까요?"

"골든 벨을 울리는 것, 어떻습니까?"

"후회할걸요."

"후회는 단장님이 할 겁니다."

"콜!"

"와아!"

"와아아!"

송이현이 "콜!"을 외친 순간, 치킨 가게 내부의 분위기가 한껏 달아올랐다.

*　　　　*　　　　*

후우.

커티스 그랜더슨이 타석에 들어서기 전 크게 심호흡을 했다.

"멍청한 놈."

그런 그가 작게 혼잣말을 꺼냈다.

수비 도중 충돌하면서 팀의 핵심 선수였던 박건의 부상을 유발했다는 이유로 커티스 그랜더슨은 팬들로부터 거센 비난을 받았다.

그 비난으로 인해 심적으로 위축됐던 것은 부인할 수 없는 사실이었다.

그렇지만 선수 생활을 하다 보면 팬들의 비난을 받는 것은 다반사였다

그래서 스스로 이겨내야 하는 과제라고 생각했는데.

박건은 인터뷰 도중에 청력에 이상이 있다는 고백을 하면서 부상이 오롯이 자신의 탓이라고 밝혀 버렸다.

청력에 이상이 있다는 사실을 공개하는 것.

잭 대니얼스 단장의 우려처럼 박건의 재계약에 큰 악영향을 미칠 가능성이 높았다.

그래서 박건을 멍청한 놈이라고 욕하던 커티스 그랜더슨은 잭 대니얼스 단장이 했던 당부를 떠올렸다.

"자네에게 팬들의 비난이 더 이상 향하지 않도록 이런 선택을 내린 걸세. 그리고 자네가 타격 슬럼프에서 벗어나야 마이애미 말린스가 정규시즌 마지막까지 좋은 팀으로 남을 수 있다고 판단했기 때문에 스스로 희생한 것이지. 그런 박건의 희생을 헛되지 않게 해주게."

만약 미국에 남아 있었다면 박건을 찾아가서 멱살을 틀어쥐고 내가 시키지도 않았는데 왜 그리 멍청한 짓을 했느냐고 화를 냈을 것이었다.

그러나 박건은 치료와 재활에 전념하기 위해서 한국으로 돌아가 버린 후였기에 찾아가서 만날 수도, 화를 낼 수도 없었다.

'돌아오면 두고 보자.'

만약 마이애미 말린스가 지구 우승을 차지하지 못한다면?

그래서 포스트시즌에 진출하지 못한다면?

박건은 다시 미국으로 돌아오지 않을 수도 있었다.

그리고 박건과 마이애미 말린스의 계약기간은 올 시즌까지였다.

박건이 메이저리그 내 다른 구단으로 이적할 수도 있고, KBO 리그로 복귀할 가능성도 열려 있었다.

즉, 박건을 영원히 다시 만나지 못하게 될 가능성도 충분했다.

'그건 내가 절대 용납 못 하지.'

커티스 그랜더슨이 마운드에 서 있는 마이클 소로카를 매섭게 노려보았다.

'싱커.'

잠시 후, 커티스 그랜더슨이 머릿속에 떠올린 구종 예측이었다.

박건의 부상 이후, 커티스 그랜더슨은 타석에서 극도로 부진했다.

마이클 소로카도 그 사실을 잘 알고 있을 터.

극도의 타격 부진에 빠져 있는 자신을 삼진으로 잡아내는 것으로도 만족하지 못할 가능성이 높았다.

마이클 소로카는 병살타를 유도해 내면서 이닝을 종료시키고 싶다는 욕심을 품었을 터였고, 그래서 싱커를 구사할 가능성이 높다고 판단한 것이었다.

슈악.

그런 마이클 소로카의 구종 예측은 적중했다.

따악.

커티스 그랜더슨이 이를 악 물고 휘두른 배트 중심에 걸린 타구가 3루수의 키를 훌쩍 넘기고 라인 선상 안쪽에 떨어졌다.

툭. 툭.

타구가 무심한 바운드를 일으키며 펜스까지 굴러간 사이, 2루 주자였던 피터 알론소가 여유 있게 홈으로 파고들었다.

2—0.

추가득점을 올리는 적시 2루타를 때려 낸 커티스 그랜더슨 이 기뻐하는 대신 작게 혼잣말을 꺼냈다.

"이제 시작이다."

*   *   *

"와아!"

"와아아!"

커티스 그랜더슨이 추가득점을 올리는 적시 2루타를 때려낸 순간, 치킨 가게의 분위기가 더욱 달아올랐다.

박건의 소속 팀이란 이유로 마이애미 말린스는 한국에서 가 장 인기 있는 메이저리그 구단이 됐다.

그래서 치킨 가게에서 함께 경기 중계를 보고 있는 손님들도 모두 마이애미 말린스를 응원하고 있었다.

그런데 커티스 그랜더슨이 길었던 슬럼프의 늪을 탈출하며 적시타를 터뜨렸으니 모두 한마음으로 기뻐하는 것이었다.

그리고 손님들이 기뻐하는 이유는 한 가지 더 있었다.

커티스 그랜더슨이 적시타를 터뜨리면서 송이현이 골든 벨을 울리게 됐기 때문이었다.

치킨 가게 안에서 표정이 유일하게 굳어진 것은 송이현뿐이었다.

그러나 박건은 별로 미안하지 않았다.

치킨 가게에서 골든 벨을 울리는 것이 송이현에게 전혀 타격이 되지 않는다는 사실을 알고 있기 때문이었다.

"내 편이 하나도 없는 것 같아서 좀 서운하네요."

송이현이 짤막한 한숨을 내쉰 후, 다시 TV로 시선을 던졌다.

"반가운 얼굴이네요."

1사 2, 3루의 추가득점 찬스에서 타석에 들어서는 앤서니 쉴즈를 발견한 송이현이 말했다.

"장점과 단점이 극명한 선수죠."

박건의 평가를 들은 송이현이 흥미를 드러냈다.

"앤서니 쉴즈의 장점은 뭐죠?"

"배짱이 좋아서 기죽지 않고 메이저리그에 빠르게 적응했다는 점입니다."

"그럼 단점은 뭐죠?"

"말이 너무 많다는 겁니다."

"……?"

"제가 한국에서 치료와 재활을 하기로 결정한 데는 앤서니 쉴즈의 영향도 없지 않아 있습니다."

박건이 설명을 마친 후 예측했다.

"분위기를 탄 앤서니 쉴즈는 2타점 적시타를 때려낼 겁니다."

슈아악.

따악.

박건의 예측대로 앤서니 쉴즈는 마이클 소로카의 바깥쪽 직구를 결대로 밀어 쳐 2타점 적시타를 때려냈다.

4─0.

마이애미 말린스는 1회 초 공격부터 대량 득점을 뽑아내는 데 성공했다. 그리고 박건의 예측이 족집게처럼 적중하자, 치킨 가게 안 손님들이 질문했다.

"박건 선수, 다음은 어떻게 됩니까?"

"또 안타인가요?"

그 질문을 받은 박건이 웃으며 대답했다.

"이제 더 경기 예측을 할 필요가 없을 것 같습니다. 오늘 경기는 마이애미 말린스가 이겼으니까요."

*   *   *

"식탁은 언제 사셨어요?"

구수한 된장찌개와 여러 밑반찬들이 놓여 있는 식탁 앞으로 다가가며 박건이 물었다.

"며칠 전에 샀어."

"왜요?"

"어깨 다친 아들이 무거운 밥상 들고 다니면 안 되니까."

"심한 부상 아닙니다."

"야구선수는 몸이 재산이라고 네 아버지가 그랬어. 그러니까 항상 조심, 또 조심해야 해. 그나저나 찬이 부실해서 어떡해?"

"진수성찬입니다."

빈말이 아니었다.

미국 생활을 하는 동안 한식, 특히 어머니표 음식들이 무척 그리웠는데.

한국으로 건너와 어머니표 음식들을 실컷 먹고 나니, 그동안 방전됐던 체력이 다 회복된 느낌이었다.

"잘 먹겠습니다."

박건이 숟가락을 들어 밥을 크게 퍼서 입속에 밀어 넣었다. 그리고 된장찌개 국물을 막 떴을 때였다.

"아들, 고생했다."

어머니가 떨리는 목소리로 말씀하셨다.

"저 고생 안 합니다. 메이저리거라서 구단 대우가 엄청 좋습니다. 밥도 잘 나오고 동료들도 잘해주고……."

"왜 말 안 했어?"

"뭘요?"

"귀 말이야."

'청력 이상을 말씀하시는 거구나.'

박건이 청력에 문제가 있다고 고백했던 것은 국내외에서 엄청난 이슈가 됐었다.

어머니도 뉴스를 통해 그 소식을 접했을 것이었다.

"엄마가 미안해."

그때 어머니가 손수건으로 눈물을 닦으시며 사과했다.

"어머니가 왜 미안하세요?"

"전부 다."

"……?"

"아들이 아픈 것을 몰랐던 것도 미안하고, 아들이 아픈 줄도 모르고 끝가지 포기하지 않고 계속 야구를 했으면 좋겠다고 말했던 것도 미안해."

"어머니."

"엄마도 신문 봐. 청력에 문제가 있는 아들이 그 사실을 들키지 않기 위해서, 그리고 다른 선수들보다 더 야구를 잘하기 위해서는 일반인들이 감히 상상할 수조차 없을 정도로 엄청난 노력을 했을 거라고 그랬어. 그동안… 우리 아들이 얼마나 힘들었을까?"

어머니가 흐느끼는 소리가 더 커졌다.

"이제는 괜찮습니다."

"그래도……."

"진짜 괜찮습니다. 그리고 제가 원했던 겁니다. 야구가 진짜 좋았거든요."

"……."

"내일이면 미국으로 돌아가야 하는데 계속 우는 모습만 보여 주실 거예요?"

"아냐. 이제 안 울게."

울음을 그치신 어머니가 다시 물었다.

"왜 벌써 미국으로 돌아가? 좀 더 쉬지."

"푹 쉬었어요. 그리고 걱정이 돼서요."

"뭐가 걱정돼?"

"어머니 가게요."

"응?"

"가게 주인이 이렇게 오래 가게를 비우는데 걱정이 안 될 수가 없잖아요."

"가게는 걱정 마. 매니저인 혜경이가 아주 야무지게 일을 잘하거든. 엄마가 없어도 가게는 괜찮아. 참, 혜경이가 마음씨도 곱고 얼굴도 예쁘장한데, 한번 소개시켜 줄까?"

어머니는 가게에서 매니저로 일하고 있는 혜경이란 아가씨가 마음에 쏙 든 모양이었다.

"제가 결혼해서 빨리 가정을 이뤘으면 좋으시겠어요?"

"응? 그렇지."

"혜경이란 아가씨가 며느릿감으로 마음에 드시는 것이고요?"

"요즘 애들 같지 않게 아주 싹싹하고……."

"그런데 어머니 며느릿감 유력 후보는 이미 있어요."

"사귀는 사람이… 있는 거야?"

"네."

"누구야? 엄마도 아는 아가씨야?"

박건이 연애하는 상대가 있다는 사실을 전해 들은 어머니의 눈빛이 바뀌었다.

"음, 어쩌면 알고 계실 수도 있겠네요."

"누군데?"

"저녁에 TV 꼭 보세요. 어머니 며느릿감 유력 후보를 보실 수 있을 테니까요."

"연예인이야?"

"연예인은 아닙니다."

"그런데 왜 TV에 나와?"

원래 박건의 계획은 어머니가 TV 화면을 통해서 며느릿감인 채선경을 만나게 하는 것이었다.

그러나 어머니가 너무 궁금해하셨기에 마음이 약해진 박건이 더 버티지 못하고 입을 열었다.

"'메이저리그 투나잇'이란 프로그램, 혹시 아세요?"

"당연히 알지. 아들 보려고 엄마가 하루도 빼놓지 않고 챙겨 보는 프로그램인데. 그런데 갑자기 그 프로그램 이야기는 왜 꺼낸 거야?"

"'메이저리그 투나잇'의 진행자인 채선경 아나운서가 어머니 며느릿감 유력 후보거든요."

"정말… 이야?"

"안 믿기세요?"

"그 예쁘고 참한 아가씨가 우리 아들이랑 만난다는 게 잘……."

"어머니."

"응?"

"어머니 아들 잘나갑니다. 이래 봬도 메이저리거입니다."

"그건 엄마도 알지만……."

"아니요. 아직 잘 모르시는 것 같네요."

박건이 억울한 표정으로 덧붙였다.

"아들이 유명 인사라는 것을 직접 확인시켜 드리겠습니다."

제6장

　청우 로얄스 홈구장 앞에 도착한 박건이 우두커니 경기장을
바라보았다.

　다시 이곳에 찾아오니 감회가 새로웠기 때문이었다.

　"금의환향하니 좋으냐?"

　이용운이 던진 질문을 들은 박건이 힘껏 고개를 끄덕였다.

　"좋습니다."

　"나도 좋다. 생각해 보니 후배가 청우 로얄스 소속 선수일 때
야구가 제일 재밌었던 것 같거든."

　"그때 참… 재밌었었죠."

　이렇게 웃으며 당시의 기억을 추억할 수 있는 기회가 찾아왔

다는 것이 무척 만족스러웠다.

"어머니 먼저 가게에 가 계세요. 저는 예전 팀 동료들에게 인사를 한 후에 가게로 찾아가겠습니다."

어머니에게 양해를 구한 후 박건이 청우 로얄스 홈구장으로 들어갔다.

"이게 누구야?"

"오랜만에 뵙습니다."

"박건 선수, 정말 반갑습니다."

"갑자기 왜 존대하시는 겁니까?"

"아, 그게… 예전의 박건 선수가 아니니까요."

"그냥 편하게 말씀하십시오."

안면이 있던 청우 로얄스 구단 프런트 직원들이 박건을 알아보고 앞다투어 인사를 건넸다.

그런 그들은 모두 뿌듯한 표정을 짓고 있었다.

집 떠난 자식이 성공해서 금의환향한 느낌을 받았기 때문이리라.

프런트 직원들과 일일이 인사를 나눈 후, 박건이 더그아웃으로 향했다. 그리고 더그아웃에 도착했을 때, 가장 먼저 마주친 것은 낯선 얼굴이었다.

'누구지?'

박건이 아직 앳된 얼굴의 선수를 무심한 눈길로 바라보고 있을 때, 그 선수가 갑자기 괴성을 내질렀다.

"으아아악!"

예상치 못했던 격한 반응이 돌아온 순간, 박건이 당황했다.

"왜 저러는 걸까요?"

"나도 모르지."

"혹시……."

"혹시 뭐?"

"귀신을 보는 것 아닐까요? 그래서 선배님을 보고 놀라서 저렇게 괴성을 내지르는 게 아닐까요?"

박건이 이용운과 의견을 교환하고 있을 때, 괴성을 듣고 놀란 청우 로얄스 선수들이 더그아웃으로 뛰어 들어왔다.

"무슨 일이야? 왜 그래?"

주장인 백선형의 질문을 받은 아까 괴성을 내지른 선수가 박건을 손으로 가리켰다.

"저기… 저기……."

"이거 꼭 귀신이 된 느낌이네요."

어깨를 으쓱하는 박건을 발견한 백선형의 두 눈이 커졌다.

"너… 너……."

그리고 너란 말만 반복하고 있는 백선형에게 박건이 웃으며 인사를 했다.

"오랜만입니다, 선배님."

"선배님."

박건이 고개를 들자, 아까 괴성을 내질렀던 앳된 외양의 선수
인 고순철이 보였다.

전역한 후 올 시즌에 트레이드를 통해 청우 로얄스에 입단한
고순철은 박건과 함께 뛴 적이 없었기에 얼굴이 낯설었던 것이
었다.

"존경합니다."

고순철은 존경한단 말과 함께 박건의 앞으로 배트를 내밀었다.

"사인해 주시면 가보로 간직하겠습니다."

"꼭 가보로 간직해야 해."

'넉살 좋네.'

생글생글 웃으며 배트에 사인을 부탁하는 고순철이 마음에
들었다. 그래서 배트에 사인을 해서 건네며 제안했다.

"타격자세 한번 취해봐."

"네?"

"타석에 들어서서 투수를 상대한다고 생각하고 배트 한번
휘둘러 보라고."

상황 파악이 덜 된 걸까.

영문을 모르겠다는 표정이었지만, 고순철은 박건의 지시를
순순히 따랐다.

부웅.

그가 배트를 휘두른 후 물었다.

"됐습니까?"

"아니, 안 됐어. 어깨가 너무 빨리 열려."

"네?"

"변화구에 약점이 있지?"

"그걸… 어떻게 아셨습니까?"

"스윙을 보면 알아. 어깨가 너무 빨리 열려서 변화구에 제대로 대처가 안 되는 거야. 어깨가 빨리 열리니까 고개도 빨리 돌아가. 공을 끝까지 보지 못한다는 뜻이지. 손 줘봐."

"제… 손요?"

"그래. 손을 내밀어봐."

스윽.

고순철이 앞으로 내민 손을 박건이 잡았다.

자신에게 손을 잡히고 얼굴이 붉게 달아올라 있는 고순철을 향해 박건이 말했다.

"손이 곱네."

"네? 감사합니다."

"감사할 것 없어. 칭찬 아니니까."

"……?"

"손바닥에 굳은살이 박힐 틈조차 없을 때까지 스윙 연습을 해. 그래서 배트 스피드를 더 끌어올려야만 변화구 대처 능력을 키울 수 있어."

"무슨 뜻인지 알겠습니다."

고순철이 감격한 표정으로 몇 번씩이나 인사했다.

그 후로도 박건은 청우 로얄스 신인급 선수들을 상대로 타격 폼에 대한 조언을 해 주었다.

그렇게 얼마나 시간이 흘렀을까.

양훈정이 앞에 서 있는 것을 발견하고 박건이 깜짝 놀랐다.

"선배님."

"후배들 끝나고 난 후에 나도 좀 봐줘라."

"제가 감히 어떻게 선배님의……."

"최고의 메이저리거니까 자격은 충분하지."

최고의 메이저리거라는 호칭이 부담스러워서 박건이 멋쩍은 표정을 지었을 때였다.

"왜 멋쩍어해? 최고의 메이저리거 맞는데."

백선형이 다가오며 말했다.

"아직… 멀었습니다."

"네가 멀었으면 우린 프로선수도 아니게?"

"그런 뜻이 아니라……."

"우리 아들이 인정했어. 네가 최고의 메이저리거라고. 그래서 말인데… 나도 부탁 하나만 하자."

"어떤 부탁입니까?"

"사인 좀 넉넉히 해주라."

"사인… 요?"

"우리 아들 학교에서 어깨에 힘 좀 들어가게 부탁 좀 하자."

백선형이 야구공이 잔뜩 들어 있는 망을 앞으로 내밀며 사인을 부탁했다.

"기꺼이 해드리겠습니다."

박건이 웃으며 야구공에 사인을 시작했을 때, 백선형이 물었다.

"언제 미국으로 돌아가?"

"내일 출국입니다."

"굳이 미국으로 돌아갈 필요가 있어?"

"네?"

"마이애미 말린스가 역전 지구 우승을 차지하지 못하면 포스트시즌 진출도 물 건너가잖아. 내가 보기에 마이애미 말린스가 역전 지구 우승을 차지하는 건 힘들 것 같으니까, 그냥 한국에 계속 머물러도 되는 것 아냐? 재계약 협상이야 에이전트에게 맡기면 되는 거니까. 아니면, 이 참에 청우 로얄스로 복귀해도 좋고."

"……?"

"너랑 같이 야구할 때가 재밌었거든. 은퇴하기 전에 너랑 한번 더 같이 뛰고 싶은 욕심에 해본 말이야."

백선형이 은근한 시선을 던지며 박건이 청우 로얄스로 복귀했으면 좋겠다는 의사를 피력했다.

"아직은 아닙니다."

"아직은……?"

"청우 로얄스로 복귀하는 것은 올 시즌이 끝나고 난 후에 고민해 보겠습니다."

"거의 끝난 셈이나 마찬가지잖아."

백선형이 답답하단 표정으로 말했지만, 박건이 고개를 흔들었다.

"아직 안 끝났습니다."

"……?"

"끝날 때까지는 끝난 게 아니니까요."

                    *   *   *

"까아악!"

청우 로얄스 홈구장 안에 있는 어머니의 가게로 박건이 들어서자마자, 또다시 괴성이 흘러나왔다.

그 괴성을 내지른 주인공은 어머니의 가게에서 매니저로 일하고 있는 이혜경이란 아가씨였다.

"왜 그래? 무슨 일이야?"

이혜경이 내지른 괴성을 들은 어머니가 당황하며 물었다.

"사장님, 대박 사건이에요. 박건 선수가… 박건 선수가 우리 가게에……."

"아들 왔구나."

"방금… 아들이라고 하셨어요?"

"응. 내 아들이야."

"그러니까… 박건 선수가 사장님 아들이라고요?"

"그렇다니까."

"왜 저한테 말씀 안 하셨어요?"

"안 물어봤잖아."

"제가 얼마나 박건 선수를 좋아하는데 그 중요한 사실을 지금까지 말씀 안 해주실 수가 있어요?"

"지금 알게 됐으면 됐지."

"사장님!"

"왜? 서운해?"

"존경합니다. 이렇게 훌륭한 아드님을 키우셨으니 존경받아 마땅합니다."

엄지를 추켜세우고 있는 이혜경에게 박건이 말했다.

"어머니께 말씀 많이 들었습니다."

"제… 얘기를요?"

"네."

"사장님이 뭐라고 하셨어요?"

"아주 능력 있는 매니저분이라고 말씀하셨습니다. 앞으로도 계속 어머니를 많이 도와주세요."

"아무 걱정 마세요. 존경하는 사장님을 위해서 뼈가 부서져라 더 열심히 일할 테니까요."

어머니의 말씀처럼 이혜경은 성격이 아주 싹싹한 편이었다.

그래서 웃음을 짓던 박건이 이혜경에게 물었다.

"오늘 하루 파트타임 알바로 일하려고 하는데. 저는 뭘 하면 될까요?"

"알바라니, 그러지 마."

어머니가 박건을 만류했다.

그러나 이혜경의 반응은 달랐다.

"두 시간 정도 가능하세요?"

"네, 가능합니다. 제가 뭘 하면 될까요?"

박건의 질문에 이혜경이 대답했다.

"그냥 앉아 계시기만 하면 됩니다."

*   *   *

"역대급 매출을 기록할 자신 있습니다."

이혜경은 역대급 매출을 기록할 자신이 있다는 말로 어머니를 설득하는 데 성공했다. 그리고 어머니를 설득하는 데 성공한 이혜경의 움직임은 기민했다.

가게 앞에 탁자와 의자를 마련했고, 구단 프런트 직원들에게 부탁해서 박건의 사인회가 가게에서 열린다는 공지를 홈페이지에 올렸다.

그렇게 시작된 박건의 사인회는 대성황이었다.

청우 로얄스 VS 한성 비글스.

양 팀의 맞대결을 보기 위해서 청우 로얄스 홈구장을 찾았던 팬들은 경기 시작 전 박건의 사인회가 열리는 가게 앞으로 몰려들었다.

"어머, 진짜 박건이야."

"잘생겼다."

"그런데 왜 하필 여기서 사인회를 하는 거야?"

"대박. 빨리 알려줘야지."

박건의 사인회가 열리고 있다는 소식은 SNS를 타고 빠르게 퍼졌다. 그래서 시간이 흐를수록 더 많은 팬들이 몰려들었다.

이런 상황을 예측한 이혜경은 지인들에게 연락까지 해서 일일 알바로 고용했지만, 밀려드는 주문을 감당하기 힘들 정도였다.

'장사 수완이 있네.'

분주하게 뛰어다니고 있는 이혜경을 보며 박건이 떠올린 생각이었다.

그리고 이혜경이 어머니의 가게에서 일한다는 사실로 인해 조금 안심이 됐다.

잠시 후, 박건이 희미한 미소를 머금었다.

'선배님이 좋아하겠네.'

오늘 맞대결을 펼치는 청우 로얄스의 현재 순위는 8위, 한성 비글스는 9위였다.

이미 가을 야구 진출이 물 건너간 양 팀의 맞대결은 팬들의 관심을 끌기에는 역부족이었다.

"만원 관중 앞에서 야구해 본 게 언제인지 기억도 안 난다."

아까 백선형이 한숨과 함께 꺼냈던 하소연이었다.

그 하소연을 듣고서 무척 안타까웠는데.

박건의 깜짝 사인회가 열린다는 소식이 SNS를 통해서 퍼지면서 청우 로얄스 홈구장에는 엄청난 인파가 몰려들었다. 그리고 그들은 박건의 사인만 받고 돌아가지 않았다.

이미 티켓을 끊고 들어왔기에 청우 로얄스와 한성 비글스가 펼치는 야구 경기까지 관람하고 돌아갈 것이었다.

그러니 본의 아니게 만원 관중 앞에서 야구를 하고 싶다는 백선형의 바람을 들어주게 된 셈이었다.

'이제 슬슬 끝이 보이네.'

원래 계획대로라면 사인회 시간은 두 시간이었다. 그러나 예상보다 많은 사람들이 몰려들었기에 세 시간 가까이 사인회가 이어졌다. 그리고 이제 슬슬 끝이 보이는 것을 확인한 박건이 두 눈을 빛냈다.

'이제 한국에서의 마지막 일정만 남았구나.'

　　　　　*　　　　　　*　　　　　*

　박건이 마지막 일정을 소화하기 위해서 방송국에 도착했다.

　"박건 선수, 오시느라 고생했습니다."

　박건이 택시에서 내렸을 때, 배동국이 방송국 밖까지 나와서 기다리고 있다가 맞이해 주었다.

　"좀 늦었습니다."

　사인회가 예정보다 길어진 탓에 늦게 도착한 것에 대해서 박건이 사과하자, 배동국이 손사래를 쳤다.

　"이렇게 녹화에 응해주신 것만으로도 감사합니다. 전부 스탠바이 하고 있으니까 어서 들어가시죠."

　앞장서서 걸어가는 배동국의 뒤를 따라 박건이 녹화장으로 들어섰다.

　배동국의 말처럼 이미 스태프들이 녹화 준비를 마치고 대기하고 있었다.

　"오셨어요?"

　박건의 앞으로 채선경이 다가왔다.

　"약속 지켰습니다."

　박건이 웃으며 말하자, 채선경도 희미한 미소를 머금었다.

　"무슨 약속?"

　그 대화를 듣고 있던 배동국이 흥미를 느끼고 끼어들며 물었다.

"채선경 아나운서가 한국을 떠나기 전에 꼭 한 번 '메이저리 그 투나잇'에 출연해 달라고 부탁했거든요."

"아, 그랬어요?"

"여러 프로그램들에서 섭외 요청이 쇄도했었는데 전부 거절 했습니다. 채선경 아나운서와의 약속 때문에 '메이저리그 투나 잇'에만 특별히 출연하는 겁니다."

박건이 한쪽 눈을 찡긋하며 덧붙였다.

덕분에 채선경의 어깨에 힘이 들어간 것을 확인한 박건이 말 했다.

"오래 기다리신 것 같은데… 바로 시작할까요?"

*　　　　*　　　　*

"지난번 전화 인터뷰 도중에 청력에 문제가 있다는 박건 선 수의 고백이 큰 이슈가 됐었습니다."

"저도 알고 있습니다."

"많은 사람들이 가장 놀랐던 점은 박건 선수가 청력 문제를 안고 있음에도 불구하고 전혀 알아채지 못했다는 부분이었습니 다. 그렇지만 방송에서 청력 문제를 안고 있다는 사실을 공개한 것, 너무 경솔한 행동이었다는 전문가들의 지적도 있었습니다."

박건이 전화 인터뷰 도중에 청력에 문제를 갖고 있다는 고백 을 한 덕분에 '메이저리그 투나잇'은 시청률과 화제성, 두 마리

토끼를 모두 잡았다. 그렇지만 채선경은 환하게 웃을 수 없었다.

박건이 청력에 문제가 있다는 고백을 한 것이 향후 그의 남은 선수 인생에 악영향을 미칠 수도 있다는 우려가 들었기 때문이었다.

그때, 박건이 담담한 목소리로 입을 뗐다.

"저도 그 부분을 우려했습니다. 그럼에도 불구하고 제가 청력에 이상이 있다는 사실을 고백한 데는 이유가 있습니다."

"어떤 이유죠?"

"아무 죄도 없는 커티스 그랜더슨이 저 때문에 비난에 시달리는 것을 견딜 수 없었습니다."

'역시 좋은 사람.'

박건을 응시하던 채선경이 감탄했다.

타인의 아픔에 공감할 줄 아는 좋은 사람이기 때문에 자신이 손해를 보는 것을 감수하고 박건이 그런 인터뷰를 한 것이었다.

"그리고 한 가지 이유가 더 있습니다."

"또 어떤 이유인가요?"

"제 소속 팀인 마이애미 말린스의 우승을 위해서였습니다."

"우승… 요?"

"네."

"지구 우승을 말씀하시는 건가요?"

채선경이 질문을 던지면서도 고개를 갸웃했다.

마이애미 말린스가 정규시즌 막바지에 뒷심을 발휘하고 있었지만, 내셔널리그 동부 지구 선두 팀인 애틀랜타 브레이브스를 제치고 지구 우승을 차지하는 것은 불가능에 가깝다는 사실을 알고 있었기 때문이었다.

"일단은 그렇습니다."

잠시 후, 박건이 대답했다.

"일단은 그렇다는 말씀은… 다른 목표도 있다는 건가요?"

"그렇습니다. 월드시리즈 우승도 노리고 있습니다."

예상치 못했던 박건의 대답.

그래서 채선경이 당혹스러운 표정을 지었다.

그러나 그도 잠시, 채선경의 입가로 미소가 번졌다.

'여전하네.'

채선경이 떠올린 것은 예전 '너와 나, 우리의 야구'에 게스트로 출연했던 박건과의 인터뷰였다.

"청우 로얄스가 우승할 겁니다. 그리고 청우 로얄스의 한국시리즈 우승을 이끈 후, 더 큰 무대인 메이저리그에 도전할 겁니다."

당시 박건이 했던 인터뷰 내용이었다.

채선경은 당당하게 인터뷰를 하던 박건의 모습이 무척 인상적이었다. 그렇지만 박건의 인터뷰가 나간 후, 반응은 무척 부정적이었다.

건방지다, 주제 파악을 못 한다, 현실 감각이 전혀 없다 등등의 비난이 박건에게 쏟아졌었다.

그러나 결과적으로는 당시에 비난을 했던 사람들이 틀렸다.

박건은 인터뷰에서 자신이 꺼냈던 말들을 모두 지켰기 때문이었다.

오늘도 마찬가지였다.

박건은 그때처럼 당당하게 쉬이 믿기 힘든 이야기들을 꺼내고 있었다. 그리고 박건이 자신 없는 말을 하지 않는다는 사실을 경험을 통해 알고 있기에 채선경은 묘한 기대가 되기 시작했다.

"정말 마이애미 말린스가 월드시리즈 우승을, 아니, 애틀랜타 브레이브스를 제치고 역전 지구 우승을 차지할 수 있다고 생각하세요?"

"그렇습니다."

"하지만……."

"마이애미 말린스는 강팀입니다. 제가 부상으로 전력에서 이탈했음에도 불구하고, 그사이 지구 선두인 애틀랜타 브레이브스와의 격차를 세 경기까지 좁혔습니다. 7게임 차에서 3게임 차로. 순위 싸움이 치열한 정규시즌 막바지에 애틀랜타 브레이브스와의 격차를 4게임이나 좁혔다는 것이 마이애미 말린스가 강팀이란 증거입니다. 그리고 마이애미 말린스에는 호재가 하나 더 있습니다."

"어떤 호재죠?"

"제가 부상 회복을 마치고 팀에 복귀한다는 겁니다."

이미 강팀인 마이애미 말린스에 박건이 부상 회복을 마치고 합류하는 것.

천군만마를 얻는 셈이나 마찬가지였다.

'어쩌면 마이애미 말린스가 진짜 월드시리즈 우승을 차지할 수도 있지 않을까?'

채선경이 기대에 찬 시선을 던지고 있을 때, 박건이 웃으며 덧붙였다.

"잘할 겁니다."

"……?"

"청력에 문제가 있지만, 박건은 여전히 좋은 선수라는 사실을 증명하기 위해서라도 이전보다 더 잘할 겁니다. 그러니 앞으로도 많은 기대와 응원을 부탁드립니다."

                    *   *   *

스윽.

조 매팅리가 손바닥에 흥건하게 고인 땀을 유니폼 바지에 문질렀다.

'한 점만, 딱 한 점만 내라.'

7—7.

마이애미 말린스와 워싱턴 내셔널스의 3연전 마지막 경기의 승패는 정규이닝이 끝날 때까지 가려지지 않았다.

경기는 결국 연장으로 접어들었고, 이제 마이애미 말린스의 10회 말 공격이 펼쳐지고 있었다.

시티 필드에서 펼쳐졌던 뉴욕 메츠와 애틀랜타 브레이브스의 경기는 이미 종료된 상황이었다.

최종 스코어 4—3.

뉴욕 메츠가 접전 끝에 애틀랜타 브레이브스를 상대로 신승을 거두었다.

만약 마이애미 말린스가 워싱턴 내셔널스를 상대로 오늘 경기에서 승리를 거둔다면?

지구 선두 애틀랜타 브레이브스와 지구 2위 마이애미 말린스의 격차는 이제 두 경기로 좁혀지는 것이었다.

오늘 경기를 제외하면 정규시즌 남은 일정은 단 세 경기.

마이애미 말린스는 지구 선두를 달리고 있는 애틀랜타 브레이브스와의 3연전을 남겨두고 있었다.

그리고 애틀랜타 브레이브스와의 마지막 3연전에서 마이애미 말린스가 스윕을 거둔다면?

마이애미 말린스는 극적으로 역전 지구 우승을 차지하는 것이 가능했다.

물론 이 시나리오가 현실이 되려면 한 가지 전제 조건이 있었다.

바로 오늘 경기에서 승리를 거둬야 한다는 것이었다.

"어려워."

차마 감독석에 앉지 못하고 선 채로 경기를 지켜보고 있던 조 매팅리가 답답한 한숨을 내쉬었다.

믿었던 로버트 수아레즈가 제구 난조를 드러냈던 탓에, 조 매팅리는 조던 픽스를 일찍 마운드에 올렸다. 그리고 이미 마무리투수인 브라이언 쿡도 9회와 10회, 2이닝을 소화한 상태였다.

릭 로셀소와 에디 라렌, 타이론 게레로까지.

아직 남아 있는 불펜투수들을 많았다.

그렇지만 문제는 남아 있는 불펜투수들을 신뢰할 수 없다는 점이었다.

경기가 지금보다 더 길어지면 일찍 필승조를 소모해 버린 마이애미 말린스가 불리하다는 것.

부인할 수 없는 사실이었다.

그 사실을 잘 알기에 조 매팅리는 초조하게 경기를 지켜보며 10회 말 공격에서 득점을 올리면서 경기가 끝나기를 바라는 것이었다.

슈악.

부웅.

"스트라이크아웃."

워싱턴 내셔널스의 마무리투수인 칼빈 에레라와 앤서니 쉴즈의 대결을 지켜보던 조 매팅리의 미간에 주름이 잡혔다.

브라이언 할리데이와 함께 현재 마이애미 말린스 타자들 중 가장 타격감이 좋은 선수가 앤서니 쉴즈였다.

그래서 10회 말 공격의 선두타자로 등장한 앤서니 쉴즈가 장타를 때려내길 내심 기대했었는데.

앤서니 쉴즈는 조 매팅리의 기대에 부응하지 못하고 헛스윙 삼진으로 물러났다.

슈악.

딱.

그리고 1사 주자 없는 상화에서 타석에 들어선 7번 타자 제이 콥스 역시 내야뜬공으로 물러났다.

2사 주자 없는 상황에 타석으로 향하는 것은 토미 맥그리거.

그 모습을 지켜보던 조 매팅리 감독이 퍼뜩 떠올린 것은 박건이었다.

'장타력, 그리고 해결사 능력을 갖춘 대타 요원이 있었다면?'

부지불식간에 이런 아쉬움이 깃들자 딱 적임자인 박건의 얼굴이 떠오른 것이었다.

그러나 박건은 아직 로스터에 합류하지 않은 상태였다.

'하루만 더 빨랐으면 좋았을걸.'

부상 회복을 마치고 돌아오는 박건의 로스터 합류 시점은 내일이었다.

해서 조 매팅리가 아쉬운 마음과 기대라는 감정을 동시에 품
었다.

무서운 뒷심을 보이고 있는 마이애미 말린스는 이미 강팀이
었다.

그런데 부상으로 전력에서 이탈했던 박건까지 합류하면?

애틀랜타 브레이브스와의 마지막 3연전에서 스윕을 노려볼
만하단 생각이 든 것이었다.

그때였다.

슈아악.

따악.

경쾌한 타격음이 울려 퍼졌다.

재빨리 타구의 궤적을 살피던 조 매팅리가 더그아웃을 빠져
나갔다.

'넘어가라!'

토미 맥그리거의 라인드라이브성 타구.

예상보다 비거리가 길었다.

워싱턴 내셔널스의 좌익수가 펜스 상단을 손으로 짚고 점프
캐치를 시도했다.

잠시 후, 하얀 공이 사라졌다.

'잡혔나?'

조 매팅리의 두 다리에서 힘이 빠져나갔을 때였다.

그라운드에 착지한 워싱턴 내셔널스 좌익수가 고개를 푹 떨

군 채 힘없이 더그아웃 쪽으로 걸어가는 모습이 보였다.

'넘어갔다!'

토미 맥그리거의 극적인 끝내기 홈런이 터졌다는 사실을 깨달은 조 매팅리가 두 팔을 높이 들어 올렸다.

*　　　　*　　　　*

"웰컴 백!"

조 매팅리 감독은 부상에서 복귀한 박건을 격하게 반겼다.

연기가 아니었다.

그는 진심으로 박건을 반기고 있었다.

"좋아 죽을 것이다."

이용운이 비꼬듯 꺼낸 말을 들은 박건이 쓴웃음을 머금었다.

조 매팅리 감독이 자신의 부상 복귀를 격하게 반겨주었음에도 불구하고, 박건은 환하게 웃을 수 없었다.

그 이유는 조 매팅리 감독의 속내를 알고 있어서였다.

"자네도 알다시피 애틀랜타 브레이브스와의 3연전은 무척 중요하네. 이번 3연전에서 스윕을 거두면 마이애미 말린스가 역전 지구 우승을 차지할 수 있으니까 말일세."

거의 꺼졌다 여겼던 희망의 불씨가 다시 살아났기 때문일까.

조 매팅리 감독은 무척 흥분한 목소리로 덧붙였다.

"그래서 자네에게 부탁이 있네."

"어떤 부탁입니까?"

"만약 우리 팀이 애틀랜타 브레이브스를 상대로 위닝시리즈를 확보하면, 마지막 세 번째 경기에는 자네가 선발투수로 출전해 주게."

'다시 욕심이 생겼네.'

마이애미 말린스의 역전 지구 우승이라는 희망의 불씨가 살아난 순간, 조 매팅리 감독은 다시 욕심을 부리고 있었다.

그렇지만 당혹스럽지는 않았다.

'예상대로네.'

이미 예상했던 시나리오였기 때문이었다.

"그건 안 되겠습니다."

박건이 조 매팅리 감독의 지시에 거절 의사를 명확히 밝혔다.

박건이 거절 의사를 밝힐 줄은 몰랐기 때문일까.

조 매팅리 감독은 당혹스러운 기색이 역력했다.

"왜 내 지시를 따를 수 없다는 건가?"

"마운드에 오를 정도로 아직 몸 상태가 완벽하지 않기 때문입니다."

"하지만……."

"현재 몸 상태로는 좌익수로 선발 출전하는 것도 어렵습니다."

박건이 부상에서 복귀하자마자 주전 좌익수로 복귀하는 것을 당연시 여겼던 조 매팅리 감독은 곤혹스러운 기색이 역력했다.

"역전 지구 우승이 가능할 수도 있는 무척 중요한 시기네. 그러니까 내 지시를 따라. 정 힘들면 5이닝만이라도……."

"그만하게."

조 매팅리 감독은 지시를 끝마치지 못하고 입을 다물었다.

감독실로 들어온 잭 대니얼스 단장이 그의 말을 멈추게 만들었기 때문이었다.

"단장님."

"욕심이 너무 과하군."

"네?"

잭 대니얼스가 언짢은 목소리로 덧붙였다.

"과한 욕심은 화를 부르는 법이라네."

'딱 적당한 순간에 들어왔네.'

잭 대니얼스 단장이 감독실로 찾아온 타이밍은 무척 절묘했다.

박건이 조 매팅리 감독과 미팅을 한다는 사실을 이미 알고 있었기 때문에 아마 적당한 타이밍을 재고 있었으리라.

'내 편.'

그리고 박건은 잭 대니얼스 단장이 들어선 후 더 이상 입을 열지 않았다.

잭 대니얼스 단장을 이미 내 편으로 포섭한 후였기 때문이었다.

*　　　　*　　　　*

"애틀랜타 브레이브스와의 3연전, 저를 선발 라인업에서 제외해 주십시오."

박건이 꺼낸 부탁을 들은 잭 대니얼스 단장은 당황한 기색이었다.

천군만마라 할 수 있는 박건의 부상 복귀를 오매불망 기다리고 있었기 때문이리라.

"왜 그런 부탁을 하는 건가? 혹시 몸 상태가 아직 완벽하지 않은 건가?"

"네."

"그렇군."

"완벽한 몸 상태로 복귀하기 위해서는 최소 1주일, 길면 보름 정도는 더 걸릴 것 같습니다."

박건이 현재 자신의 몸 상태에 대해서 밝히자, 잭 대니얼스는 망연자실한 표정으로 바뀌었다.

'좀 미안하네.'

그런 잭 대니얼스를 마주하고 있자니, 미안한 마음이 들었다.

방금 박건이 꺼낸 이야기.

거짓말이었기 때문이었다.

송이현의 도움을 받아 한국에서 치료와 재활을 한 선택은 탁월했다.

덕분에 박건의 몸 상태는 부상 이전보다 훨씬 더 좋아진 상태였다.

부상에서 완벽히 회복했을 뿐만 아니라 소모됐던 체력까지도 다시 보충이 됐기 때문이었다.

그럼에도 불구하고 박건이 잭 대니얼스 단장에게 자신의 몸 상태에 대해 거짓말한 데는 이유가 있었다.

"약해지지 마라."

박건의 속내를 간파한 이용운이 제때 주의를 줬다.

덕분에 박건이 약해지려는 마음을 다잡았을 때였다.

"그럼 로스터에 복귀하지 못하겠군."

"로스터에는 복귀하겠습니다."

"응? 그건 또 무슨 소리인가?"

부상 회복이 덜 돼서 아직 경기에 출전할 수 없는 박건이 로스터에 복귀하는 것.

마이애미 말린스 입장에서는 아까운 로스터 한 자리를 허비하는 셈이었다.

그래서 잭 대니얼스 단장이 의아해하는 것이었고.

"제가 로스터에 복귀하는 것과 복귀하지 않는 것, 차이가 있으니까요."

"……?"

"죽은 공명이 산 중달을 두려움에 떨게 했다는 동양의 고사가 있습니다."

"갑자기 동양의 고사는 왜 언급하는 건가?"

"지금 상황과 흡사하기 때문입니다."

마이애미 말린스는 현재도 강팀이었다.

턱밑까지 쫓기는 입장이 된 애틀랜타 브레이브스 입장에서도 마이애미 말린스와의 3연전을 앞두고 긴장하고 있을 것이었다.

그런 애틀랜타 브레이브스가 가장 두려워하는 것.

박건의 부상 복귀였다.

현재도 충분히 강팀인 마이애미 말린스인데 박건마저 복귀하면 진짜 스윕패를 당하면서 지구 우승을 놓칠 수도 있다는 조바심이 깃들리라.

그리고 조바심은 실수로 이어지는 법이었다.

박건이 죽은 공명이 산 중달을 두려움에 떨게 했다는 동양의 고사에 대해서 간략한 설명을 마치자, 잭 대니얼스 단장은 금세 의도를 이해했다.

"자네가 로스터에 복귀하면 애틀랜타 브레이브스 선수들이 조급해진다. 그래서 그들의 실수를 유발하자. 내가 제대로 이해한 게 맞나?"

"제대로 이해하셨습니다."

"하지만… 과연 먹힐까?"

잭 대니얼스 단장은 반신반의하는 표정으로 다시 입을 뗐다.

"1차전에는 먹힐 수도 있겠지. 그렇지만 2차전과 3차전에도 출전하지 않는다면, 금세 자네가 경기에 출전할 수 없는 몸 상태라는 것을 간파하지 않을까?"

잭 대니얼스 단장의 지적은 예리했다.

그렇지만 박건은 이런 지적이 나올 것을 이미 예측하고 있었다.

그래서 미리 준비해 온 대답을 꺼냈다.

"경기에 출전할 겁니다."

그 대답을 들은 잭 대니얼스 단장이 의아한 표정을 지었다.

"좀 전에 자네 입으로 아직 경기장에 복귀할 몸 상태가 아니라고 말하지 않았나?"

"완벽한 몸 상태로 복귀하는 데는 시간이 더 걸린다고 말씀드렸습니다."

"……?"

"대타자로는 출전할 수 있다는 뜻입니다."

비로소 말뜻을 이해한 잭 대니얼스 단장의 표정이 밝아졌다.

박건이 대타자로 출전한다면, 상황이 또 달라진다는 사실을 알고 있기 때문이었다.

"그래서 단장님께 부탁이 있습니다."

"어떤 부탁인가?"

"조 매팅리 감독님을 만류해 주십시오. 역전 지구 우승에 대한 욕심이 큰 감독님은 저를 무조건 선발 라인업에 포함시키려 할 테니까요."

*   *   *

"마이애미 말린스의 극적인 역전 지구 우승. 나 역시 바라는 바일세. 아니, 단장인 내가 가장 간절히 바라는 사람일 걸세."

잭 대니얼스 단장이 열정적인 목소리로 덧붙였다.

"그러나 난 마이애미 말린스의 단장이네. 그래서 역전 지구 우승을 노리고 경주마처럼 앞만 보면서 달릴 수는 없다네."

"무슨… 뜻입니까?"

"올 시즌뿐만 아니라 내년 시즌, 내후년 시즌도 염두에 두지 않을 수는 없다는 뜻이네."

"……?"

"난 박건이란 선수를 아주 좋아하네. 그래서 내년 시즌, 내후년 시즌에도 박건과 함께하고 싶네. 올 시즌과 마찬가지로 박건을 중심으로 마이애미 말린스라는 팀을 꾸려갈 생각이네. 그런데 아직 몸 상태가 완벽하지 않은 박건을 무리하게 경기에 투입시켰다가 더 심각한 부상을 입는다면 내 구상은 다 어그러지겠지. 난 그것을 절대 용납할 생각이 없네."

잭 대니얼스 단장이 단호한 어투로 말을 마친 순간, 조 매팅리 감독의 낯빛이 창백하게 변했다.

"눈치는 있구나."

조 매팅리 감독의 안색 변화를 확인한 이용운이 말했다.

"그러니까요."

박건이 웃으며 화답했다.

조금 전 잭 대니얼스 단장은 내년 시즌, 그리고 내후년 시즌에 마이애미 말린스를 운영할 구상을 밝혔다.

잭 대니얼스 단장이 밝혔던 구상의 핵심은 박건.

그렇지만 잭 대니얼스 단장이 구상을 밝히는 과정에서 조 매팅리 감독의 이름은 언급조차 되지 않았다.

언제든지 감독을 교체할 수 있다는 의미.

그 점을 눈치챘기 때문에 조 매팅리 감독은 초조함을 느끼는 것이었다.

'리그 최약체로 손꼽히는 마이애미 말린스를 지구 우승으로 이끈 다음, 월드시리즈 우승이 가능한 강팀의 감독을 맡는다.'

이것이 조 매팅리 감독의 야심찬 계획이었다.

실제로 조 매팅리 감독의 계획은 성사 단계에 거의 다다라 있었다.

남아 있는 애틀랜타 브레이브스와의 3연전에서 스윕을 거두면 마이애미 말린스는 역전 지구 우승을 차지할 수 있었기 때문이었다.

그러나 만약 한 경기라도 패해서 역전 지구 우승을 차지하지 못한다면?

마이애미 말린스는 지구 2위로 시즌을 마감하게 됐다.

그리고 2등은 어느 누구도 기억하지 않았다.

최약체 마이애미 말린스를 지구 2위로 이끈 조 매팅리 감독의 지도력은 금세 잊힐 것이었다.

그런데 만약 무리하게 욕심을 내다가 박건이 더 심각한 부상까지 당한다면, 조 매팅리 감독은 경질당할 가능성이 충분했다.

즉, 졸지에 실업자 신세로 전락하는 것이었다.

자신이 지금 처해 있는 상황을 파악했기 때문일까.

조 매팅리 감독은 침묵한 채 고민에 잠겼다.

"갈등하기 시작했네."

이용운의 말처럼 조 매팅리 감독은 갈등하고 있었다.

그때, 잭 대니얼스 단장이 쐐기를 박듯 한마디를 더했다.

"내가 파악하고 있는 박건의 현재 몸 상태는 가장 중요한 순간에 대타자로 출전하는 것이 한계야. 만약 박건에게 그 이상의 역할을 요구하거나 지시한다면, 나도 가만히 보고만 있지는 않을 걸세."

*   *   *

박건이 라커 룸에 들어선 순간, 가장 먼저 다가온 것은 앤서니 쉴즈였다.

"봤어?"

앤서니 쉴즈는 앞뒤를 다 자르고 다짜고짜 봤냐는 질문을 던졌다.

"뭘 봤냐는 거야?"

"내 빛나는 활약상을 한국에서 지켜봤냐고."

"좀 하더군."

"좀?"

"그럭저럭 쓸 만했다."

박건이 칭찬했지만, 앤서니 쉴즈는 만족한 기색이 아니었다.

더 큰 칭찬을 원하는 듯 보였지만, 아쉽게도 앤서니 쉴즈에게 발언 기회는 주어지지 않았다.

주장 브라이언 할리데이가 앤서니 쉴즈의 어깨를 잡고 밀어냈기 때문이었다.

"기다리고 있었다. 4번 타자 자리를 돌려주지."

잠시 후 브라이언 할리데이가 말했다.

그러나 박건은 고개를 흔들었다.

"좀 더 4번 타자로 활약해 줘."

"왜? 혹시 아직 부상에서 완전히 회복하지 못했나?"

"좀 더 시간이 걸릴 것 같아."

브라이언 할리데이의 표정에 아쉬운 기색이 떠올랐다. 그러나 그도 잠시, 브라이언 할리데이가 아쉬운 기색을 애써 떨쳐내고 말했다.

"어쩔 수 없군. 4번 타자로 널 실망시키지 않도록 노력하지. 잊지 마. 가장 중요한 건 네 몸이라는 걸."

브라이언 할리데이의 목소리는 무덤덤했다. 그러나 박건은 그 무덤덤한 목소리 속에 담겨 있는 애정을 느낄 수 있었다.

'좋네.'

해서 박건의 표정이 밝아졌을 때, 커티스 그랜더슨이 다가왔다.

성큼성큼 걸어온 커티스 그랜더슨이 콧김을 거칠게 내뿜으며 입을 뗐다.

"운 좋은 줄 알아."

"……?"

"원래는 한 대 치려고 했는데 네가 한국으로 도망쳐서 실행하지 못했으니까."

"한국에 가길 잘했네."

박건이 웃으며 말한 순간, 커티스 그랜더슨이 더욱 다가오며 거리를 좁혔다.

'마음이 변해서 진짜 한 대 치려는 거 아냐?'

박건이 움찔했을 때였다.

꽈악.

커티스 그랜더슨이 박건을 힘껏 품에 끌어안고 말했다.

"고맙다."

"……."

"그리고 너의 희생을 절대 헛되이 하지 않겠다."

*　　　　*　　　　*

지구 우승 팀을 가리는 마이애미 말린스와 애틀랜타 브레이브스의 정규시즌 마지막 3연전 1차전.

조 매팅리 감독은 5선발이지만, 실질적으로 샌디 알칸트라와 함께 원투펀치를 구축하고 있는 더스틴 메이를 선발투수로 내세웠다.

애틀랜타 브레이브스의 브라이언 스니커 감독은 선발 로테이션을 바꾸지 않고 역시 팀의 5선발인 데릭 롱고베리를 내세웠다.

"상황을 오판하고 있구나."

선발투수 면면을 확인한 후 이용운이 말했다. 그리고 이용운이 상황을 오판하고 있다고 지적한 상대는 애틀랜타 브레이브스를 이끌고 있는 브라이언 스니커 감독이었다.

'3연전 중 1경기만 승리해도 지구 우승을 확정할 수 있다.'

이렇게 판단한 탓에 브라이언 스니커 감독은 여유를 부리고 있었다.

팀에서 5선발 역할을 맡고 있는 데릭 롱고베리를 3연전 1차전 선발투수로 내세운 것이 그가 여유를 부리고 있다는 증거였다.

"상황을 오판했으면 대가를 치러야지."

이용운의 매서운 지적대로였다.

브라이언 스니커 감독은 경기 초반부터 여유를 부렸던 것에 대한 대가를 톡톡히 치르기 시작했다.

마이애미 말린스는 1회 말 공격이 시작하자마자 애틀랜타 브레이브스의 선발투수인 데릭 롱고베리를 거칠게 몰아붙였다.

테이블 세터진인 브라이언 마일스와 피터 알론소가 연속안타를 때려내며 무사 1, 2루의 득점 찬스를 만들었고, 3번 타자 폴 잭슨이 착실하게 진루타를 때려내서 1사 2, 3루로 상황이 바뀌었다. 그리고 데릭 롱고베리는 4번 타자 브라이언 할리데이와 정면 승부하지 않고, 비어 있던 1루를 채우는 선택을 내렸다.

"실수한 거야."

브라이언 할리데이와 승부를 피하고 커티스 그랜더슨과의 승부를 택한 데릭 몽고베리를 바라보며 박건이 말했다.

깊은 타격 슬럼프에 빠져 허우적대던 예전의 커티스 그랜더슨이 아니었다.

지금의 커티스 그랜더슨은 타석에 들어서서 상대 투수를 노려보는 눈빛부터가 예전과 달랐다.

슈악.

"볼."

그리고 예전과 또 하나 달라진 점은 타석에서 서두르지 않는다는 것이었다.

커티스 그랜더슨은 데릭 롱고베리가 구사한 두 개의 유인구를 잘 골라내며 타자에게 유리한 볼카운트를 만들었다.

이어진 3구째.

슈아악.

주자 만루 상황이었기에 데릭 롱고베리는 스트라이크를 잡기 위해서 바깥쪽 직구를 구사했다.

따악.

커티스 그랜더슨은 마치 바깥쪽 직구가 들어올 것을 예상했다는 듯 힘껏 배트를 휘둘렀다.

'넘어갔다!'

맞는 순간, 홈런임을 직감할 수 있을 정도로 잘 맞은 타구.

예상대로 커티스 그랜더슨의 타구가 담장을 훌쩍 넘기고 떨어지는 것을 확인한 박건이 환하게 웃었다.

"이겼다."

최종 스코어 9—1.

더스틴 메이의 8이닝 1실점 호투와 커티스 그랜더슨의 그랜드슬램을 앞세운 마이애미 말린스는 애틀랜타 브레이브스와의 3연전 1차전에서 압승을 거두었다.

양 팀의 격차는 단 한 경기.

"이제 쫓기는 쪽은 애틀랜타 브레이브스다."

샌디 알칸트라 VS 댈러스 카이클.

3연전 2차전, 양 팀의 선발투수들이었다.

"에이스 댈러스 카이클을 믿기에 브라이언 스니커 감독은 1차전에서 여유를 부렸다. 그리고 이제 여유를 부린 대가를 치를 때가 찾아왔다."

이용운의 예언과 함께 경기가 시작됐다.

양 팀 에이스들이 맞붙은 2차전은 1차전과 달리 팽팽한 투수전 양상으로 흘러갔다.

두 투수 모두 혼신의 힘을 다해 역투하면서 타자들을 꽁꽁 묶었다. 그리고 이어지던 0의 균형은 6회에 접어든 후에야 깨졌다.

제7장

퍽.

6회 초 수비를 마치고 더그아웃으로 돌아오자마자 샌디 알 칸트라가 바닥에 글러브를 내팽개쳤다.

애틀랜타 브레이브스의 7번 타자 앤디 인시아테에게 솔로홈 런을 허용한 것이 못내 아쉽기 때문이리라.

경기가 후반으로 접어드는 시점.

선취점을 빼앗긴 터라 더그아웃 분위기는 가라앉을 수 있는 상황이었지만, 노련한 브라이언 할리데이가 앞장서서 선수들을 격려하면서 더그아웃 분위기를 다시 끌어올리기 위해서 노력했 다.

"고작 한 점이야. 충분히 따라잡을 수 있어."

6회 말 마이애미 말린스의 공격.

선두타자는 커티스 그랜더슨이었다. 그리고 브라이언 할리데이가 격려로 더그아웃 분위기를 끌어올렸다면, 커티스 그랜더슨은 타석에서 2루타를 때려내면서 하마터면 가라앉을 뻔했던 더그아웃 분위기를 끌어올렸다.

"슬슬 준비해라."

그때, 이용운이 말했다.

'때가 됐다.'

박건도 내심 대타자로 출전할 때가 다가왔다는 사실을 직감하고 있었다.

그사이, 댈러스 카이클과 앤서니 쉴즈의 대결이 시작됐다.

오늘 경기의 중요성을 알기 때문일까.

마운드에 선 댈러스 카이클과 타석에 선 앤서니 쉴즈 모두 신중하게 승부했다.

풀카운트까지 이어진 승부.

슈악.

"볼넷."

댈러스 카이클이 배트를 끌어내기 위해서 유인구를 던졌지만, 앤서니 쉴즈가 잘 참아내며 볼넷을 얻어냈다.

무사 1, 2루로 바뀐 상황에서 타석에는 7번 타자 제이 콥스가 들어섰다.

슈악.

틱. 데구르르.

일단 동점을 만드는 것이 급선무라고 판단한 조 매팅리 감독은 제이 콥스에게 희생번트 작전을 지시했다. 그리고 작전 수행 능력이 뛰어난 제이 콥스는 침착하게 희생번트를 성공시키며, 주자들을 한 루씩 더 진루시켰다.

1사 2, 3루로 상황이 변했으니, 단타 하나만 뺏겨도 역전을 허용할 수 있었다. 그래서 댈러스 카이클은 8번 타자 토미 맥그리거를 상대로 철저하게 유인구 위주로 승부했다.

아직 신인이라 할 수 있는 토미 맥그리거가 타석에서 서두를 거란 예상을 한 유인구 위주의 승부.

그러나 토미 맥그리거는 타석에서 전혀 서두르지 않았다.

침착하게 유인구를 골라낸 끝에 댈러스 카이클을 상대로 볼넷을 얻어냈다.

1사 만루.

투수 타석이 돌아온 순간, 박건이 일어섰다.

아끼다 똥 된다는 이용운의 충고를 들은 걸까.

조 매팅리 감독은 일찌감치 투수 타석에 박건이 대타자로 출전할 거라고 예고했다.

부웅. 부우웅.

박건은 더그아웃 앞에서 배트를 휘둘러 무력시위를 한 후, 천천히 타석을 향해 걸어갔다.

"와아!"

"와아아!"

부상에서 복귀한 박건이 타석으로 향하는 것을 확인한 마이애미 말린스 홈 팬들이 기립 박수로 환영 인사를 건네기 시작했다.

"박건 선수의 몸 상태가 아직 완벽하지 않습니다. 아쉽지만 이번 3연전에는 출전하기 어려울 것 같습니다."

조 매팅리 감독이 애틀랜타 브레이브스와의 3연전을 앞두고 했던 인터뷰 내용이었다.

그래서일까.

투수 타석에 대타자로 출전하는 박건을 확인한 댈러스 카이클은 당황한 기색이 역력했다. 그리고 당황한 것은 댈러스 카이클만이 아니었다.

애틀랜타 브레이브스의 투수코치도 마운드를 방문했다.

"승부처."

박건이 승부처란 혼잣말을 꺼냈을 때, 이용운이 입을 뗐다.

"오늘 경기의 승부처가 아니다. 시리즈 전체의 승부처이지."

"……?"

"후배가 에이스인 댈러스 카이클을 무너뜨리면 애틀랜타 브레이브스는 궁지에 몰리게 된다. 게다가 후배가 경기에 출전할 정도의 몸 상태라는 사실을 알게 됐으니, 더욱 초조해지겠지.
그러니 내일 경기에서는… 됐다."

지금 순간이 시리즈 전체의 승부처인 이유에 대해서 설명하
던 이용운이 도중에 입을 다물어다.

"왜 말을 하다 마시는 겁니까?"

"후배도 다 아는 내용일 것 같아서. 맞지?"

"대충 알 것 같기는 합니다."

"그럼 일단 댈러스 카이클을 무너트려라."

박건이 힘껏 고개를 끄덕였다.

애틀랜타 브레이브스의 에이스인 댈러스 카이클.

결코 쉬운 상대는 아니었다.

하지만 박건은 자신이 있었다.

그때, 댈러스 카이클과 대화를 나누던 투수코치가 더그아웃
으로 돌아갔다.

"무슨 얘기를 했을지 짐작이 가느냐?"

이용운의 질문에 박건이 대답했다.

"네, 저를 분석한 내용을 알려줬을 겁니다."

"그럼 어떻게 대처해야 하는지 알려주지 않아도 알겠군."

"네."

슈악.

댈러스 카이클이 초구를 던졌다.

"볼."

바깥쪽으로 크게 빠지는 슬라이더.

박건이 타석에서 그냥 지켜보았다.

이어진 2구째.

슈아악.

댈러스 카이클의 선택은 몸 쪽 높은 코스의 직구였다.

그렇지만 박건은 이번에도 배트를 내밀지 않고 지켜보기만
했다.

"볼."

2볼 노 스트라이크로 카운트가 변하자, 댈러스 카이클이 고
개를 갸웃했다.

2구 이내에 박건이 배트를 휘두를 것을 예상하고 두 개의 유
인구를 던졌는데 박건이 배트를 내밀지 않았기 때문이리라.

'노린다.'

박건이 브레이킹볼 계열의 공이 들어오면 스윙하겠다고 결심
하고 배트를 고쳐 쥐었다.

슈아악.

그렇지만 박건의 수 싸움은 빗나갔다.

댈러스 카이클이 바깥쪽 꽉 찬 코스의 직구를 던졌기 때문
이었다.

'당했다.'

박건이 슬쩍 미간을 찌푸렸을 때였다.

"볼."

주심은 댈러스 카이클이 구사한 바깥쪽 직구가 살짝 스트라이크존을 벗어났다고 판단해서 볼 선언을 했다.

주심의 볼 판정에 댈러스 카이클이 불만을 드러냈다.

그러나 주심의 판정은 바뀌지 않았다.

3볼 노 스트라이크.

루상에 주자가 꽉 들어차 있는 상황이니 이제는 더 도망칠 곳도 없었다.

슈악.

궁지에 몰린 댈러스 카이클이 이를 악물고 4구째 공을 뿌렸다.

이번에는 꼭 스트라이크를 던져야 한다는 강박 때문일까.

가운데로 살짝 몰린 댈러스 카이클의 슬라이더를 박건이 놓치지 않고 받아 쳤다.

따악.

묵직한 타격음이 흘러나왔다.

배트를 내던진 박건이 1루로 달리기 시작했다. 그리고 우중간 펜스를 훌쩍 넘기고 떨어지는 타구를 확인한 박건이 오른손을 번쩍 들어 올리며 소리쳤다.

"내가 돌아왔다!"

*　　　　*　　　　*

지구 우승 팀이 결정되는 마지막 한 경기.

정규시즌 최종전을 앞둔 양 팀의 더그아웃 분위기는 백팔십도 달랐다.

올 시즌 내내 지구 선두를 달리다가 정규시즌 막바지에 지구 우승을 놓칠 수도 있는 절체절명의 위기에 몰린 애틀랜타 브레이브스의 더그아웃 분위기는 무거웠다.

모든 선수들이 어두운 표정으로 정규시즌 마지막 경기를 준비하고 있었다.

반면 극적인 역전 지구 우승을 차지할 절호의 기회를 잡은 마이애미 말린스 더그아웃 분위기는 밝았다.

자칫 좋은 분위기에 취해서 어린 선수들이 들뜰 수도 있는 상황이었지만, 주장인 브라이언 할리데이는 노련했다.

"이 상황을 즐겨. 그렇지만 절대 들뜨지는 마. 오늘 경기에서 패하면 우리는 팬들의 기억 속에 포스트시즌 진출에 실패했던 팀으로 남게 될 테니까."

브라이언 할리데이가 적시에 던진 멘트가 선수들에게 오늘 경기의 중요성을 새삼 일깨워 주었다.

헥터 노에사 VS 마이클 소로카.

중책을 맡고 출전한 양 팀 선발투수들은 초반부터 전력투구를 펼쳤다. 그래서 경기 초반 분위기는 2차전과 마찬가지로 팽팽한 투수전 양상으로 흘러갔다.

"선취점을 어느 팀이 올리는가 여부가 무척 중요하다."

이용운의 말대로였다.

애틀랜타 브레이브스는 쫓기고 있는 입장.

마이애미 말린스에 선취점을 빼앗기면 더 초조함을 느낄 가능성이 높았다. 그리고 5회 말 공격에서 마이애미 말린스는 선취점을 올릴 수 있는 찬스를 잡았다.

5회 말의 선두타자인 커티스 그랜더슨이 중전안타를 때려내며 마이애미 말린스는 무사 1루의 찬스를 잡았다.

후속 타자인 앤서니 쉴즈가 내야뜬공으로 물러나며 1사 1루로 바뀐 상황.

슈악.

타다닷.

마이클 소로카가 7번 타자 제이 콥스를 상대로 초구를 던진 순간, 1루 주자 커티스 그랜더슨이 허를 찌르는 도루를 시도했다. 그리고 커티스 그랜더슨의 도루 시도는 결과적으로 성공했다.

원바운드로 들어온 싱커를 포수가 블로킹을 해내는 데 성공했지만, 이미 2루로 송구하기에는 늦은 시점이었기 때문이었다.

득점권에 주자가 출루한 순간, 이용운이 말했다.

"이제 무력시위를 할 때가 됐다."

박건이 말뜻을 이해하고 배트를 꺼내서 더그아웃 밖으로 나갔다.

조 매팅리 감독에게서 대타자로 출전할 거라는 언질을 받기 전임에도 불구하고 박건이 더그아웃을 빠져나간 이유.

애틀랜타 브레이브스의 선발투수인 마이클 소로카에게 보여주기 위해서였다.

부웅. 부우웅.

어제 경기에서 대타자로 출전했던 박건은 애틀랜타 브레이브스의 에이스인 댈러스 카이클을 상대로 그랜드슬램을 터뜨리며 경기장을 가득 채운 홈 팬들 앞에서 멋진 복귀 신고를 했다.

박건의 강렬한 복귀 신고를 마이클 소로카가 보지 못했을 리 없었다.

그는 박건이 오늘 경기에서 언제 대타자로 출전하는가 여부가 계속 신경이 쓰였을 것이었다. 그리고 마침내 박건이 경기에 출전할 준비를 하는 것을 확인한 순간, 마이클 소로카의 마음을 조급해질 것이었다.

죽은 공명에게 두려움을 느꼈던 중달처럼.

그리고 박건이 무력시위를 한 효과는 빠르게 나타났다.

슈아악.

따악.

마이클 소로카의 제구가 갑자기 흔들리며 직구는 한가운데로 몰렸고, 제이 콥스는 실투를 놓치지 않고 받아 쳤다.

유격수의 키를 넘긴 제이 콥스의 타구는 좌전 안타가 됐다.

아쉬운 점은 워낙 타구의 속도가 빨랐던 탓에 2루 주자 커티스 그랜더슨이 3루에서 멈췄다는 것이었다.

1사 1, 3루로 바뀐 순간, 조 매팅리 감독이 자리에서 일어섰다.

그러나 곧 다시 자리에 앉아서 팔짱을 꼈다.

그 모습을 지켜보던 이용운이 평가했다.

"인내심이 늘었구나."

그런 이용운의 평가가 정확했다.

조 매팅리 감독은 1사 1, 3루의 득점 찬스가 찾아온 순간, 박건을 대타자로 기용하고 싶을 것이었다.

그러나 그가 우려하는 것.

마이클 소로카가 박건을 걸러서 베이스를 채우는 것이었다.

그럼 대타자 박건이라는 귀중한 카드를 허무하게 날리는 셈.

그것을 우려해서 박건을 대타자로 기용하지 않고 참아낸 것이었다.

8번 타자 토미 맥그리거가 타석에 들어섰다. 그리고 마이클 소로카는 신중하게 승부를 펼쳤다.

2볼 1스트라이크의 볼카운트에서 마이클 소로카가 토미 맥그리거를 상대로 4구째 공을 던졌다.

슈악.

부웅.

바깥쪽 코스의 슬라이더에 토미 맥그리거가 헛스윙을 한 순간, 예상치 못했던 돌발 상황이 발생했다.

홈플레이트 근처에서 바운드를 일으킨 공이 포수의 글러브 끝에 맞고 튕겨 나간 것이었다.

3루 주자 커티스 그랜더슨과 1루 주자 제이 콥스가 동시에 스타트를 끊었다.

포수가 몸을 던지며 공을 잡자마자 홈커버를 들어온 투수 마이클 소로카에게 송구했다.

쉬이익.

탓.

슬라이딩을 한 커티스 그랜더슨의 발이 홈베이스에 닿은 것과 마이클 소로카가 글러브로 태그를 한 것.

거의 동시였지만, 주심은 세이프를 선언했다.

브라이언 스니커 감독이 비디오판독을 요구했다.

"세이프."

그렇지만 비디오판독 결과 원심이 번복되지 않으면서 마이애미 말린스는 0의 균형을 깨뜨리는 선취점을 올리는 데 성공했다.

1—0.

그리고 1사 2루의 득점 찬스는 계속 이어졌다.

슈아악.

마이클 소로카는 5구째로 몸 쪽 높은 코스의 직구를 구사했다.

헛스윙을 유도하기 위한 선택이었지만, 토미 맥그리거가 잘 참아내며 풀카운트까지 승부가 이어졌다.

1루가 비어 있는 상황.

"후우."

크게 한숨을 내쉰 마이클 소로카는 타석에 서 있는 토미 맥그리거가 아니라 더그아웃 앞에 서 있는 박건을 힐끗 바라보았다.

'날 의식하고 있어.'

만약 토미 맥그리거를 아웃시키지 못하고 주자가 불어난다면?

투수 타석에 박건이 대타자로 출전할 가능성이 거의 확실시 됐기에 마이클 소로카는 부담을 느끼는 것이었다.

'실투가 나올 수도 있어.'

마이클 소로카의 심리 상태를 간파한 박건이 두 눈을 빛냈을 때였다.

슈아악.

포수는 바깥쪽 꽉 찬 코스에 글러브를 갖다 대고 있었다. 그러나 마이클 소로카의 손을 떠난 직구는 한가운데 코스로 파고들었다.

따악.

토미 맥그리거의 배트가 힘차게 돌아갔다. 그리고 타구가 우측 펜스를 넘기고 떨어지는 것을 확인한 박건이 환호했다.

       *   *   *

3—0.

5회 말 공격에서 마이애미 말린스는 석 점을 뽑아냈다.

더그아웃 앞에서 무력시위를 하던 박건은 토미 맥그리거의 투런홈런이 터진 후 대타자로 출전하지 않고 다시 더그아웃으로 돌아왔다.

결과적으로는 토미 맥그리거가 투런홈런을 때려낸 덕분에 마이애미 말린스는 대타자 박건과 투수 헥터 노에사를 모두 아끼는 최고의 결과를 얻어냈다.

헥터 노에사는 7회까지 무실점으로 막아내며 조 매팅리 감독의 기대에 부응했다.

그러나 애틀랜타 브레이브스도 저력이 있는 팀이었다.

8회 초 공격에서 조 매팅리 감독의 믿는 구석이었던 조던 픽스를 공략하는 데 성공했다.

2사 1루 상황에서 4번 타자 로날드 아쿠냐 주니어가 2점 홈런을 터뜨리며 턱밑까지 추격했다.

그리고 8회 말.

애틀랜타 브레이브스의 브라이언 스니커 감독은 세 번째 투수로 불펜투수인 닐슨 칸타코를 마운드에 올렸고, 조 매팅리 감독은 투수 교체가 단행되자마자 바로 대타 카드를 꺼내 들었다.

조 매팅리 감독이 기용한 대타자는 데릭 로이스.

닐슨 칸타코가 좌완 투수였기 때문에 데릭 로이스를 대타자로 기용한 것이었다. 그리고 조 매팅리 감독의 승부수는 통했다.

좌투수에 강점이 있는 데릭 로이스는 닐슨 칸타코를 상대로 중전안타를 빼앗아내는 데 성공했다.

첫 번째 대타 카드가 적중하자, 조 매팅리 감독은 지체하지 않고 두 번째 대타 카드를 꺼내 들었다.

조 매팅리 감독이 선택한 두 번째 대타 카드.

바로 박건이었다.

확실히 승기를 잡기 위해서는 추가점이 필요한 상황이었기에 박건을 대타자로 기용한 것이었다.

'브레이킹볼.'

대충 수 싸움을 한 박건이 타석에 들어섰다.

슈악.

닐슨 칸타코가 초구로 바깥쪽 슬라이더를 구사한 순간, 박건이 지체 없이 배트를 휘둘렀다.

따악.

가볍게 밀어 친 타구는 1루수의 키를 훌쩍 넘기고 날아갔다.

툭. 툭.

라인 안쪽에 떨어진 타구는 바운드를 일으키며 굴러갔고, 1루주자 데릭 로이스는 3루에서 멈추지 않고 홈까지 파고들었다.

쉬이익.

우익수가 홈으로 송구하는 것을 확인한 박건은 홈승부 결과에 신경 쓰지 않고 3루로 내달렸다.

3루 주루코치가 슬라이딩을 할 필요는 없다고 양팔을 번쩍 들어 올렸다.

천천히 속도를 줄이며 3루에 도착한 박건이 홈플레이트 쪽으로 고개를 돌렸다. 그런 박건의 눈에 홈으로 파고든 주자 데릭 로이스가 브라이언 마일스와 환하게 웃으며 하이 파이브를 나누는 장면이 들어왔다.

'추가점을 올렸다.'

환한 표정과 하이 파이브를 나누는 모션을 통해서 박건은 데릭 로이스가 홈승부 끝에 세이프가 됐다는 사실을 알아챘다.

4—2.

한 점 차까지 좁혀졌던 격차가 다시 두 점으로 벌어졌다.

'한 점만 더 내면 안정권인데.'

박건이 속으로 생각했을 때였다.

"주자 교체합니다."

조 매팅리 감독은 대주자를 기용하는 선택을 내렸다.

"겁은 참 많아."

박건을 대신해서 해롤드 시에라를 대주자로 기용하는 선택을 내린 조 매팅리 감독에게 이용운이 말했다.

"무슨 뜻입니까?"

"잘릴까 봐 무서워서 잔뜩 몸을 사리고 있잖아."

"네?"

"잭 대니얼스 단장이 후배를 대타자로 기용하는 것만 허락했잖아. 그래서 바로 대주자를 기용하는 거지."

이용운이 말했지만, 박건은 그게 다가 아닐 거라는 생각이 들었다.

"한 가지 이유가 더 있는 것 같습니다."

"다른 이유?"

"네."

"뭐지?"

"추가점을 올리기 위함일 겁니다."

박건도 발이 빠른 편이었다.

그렇지만 대주자로 주로 기용되는 해롤드 시에라만큼은 아니었다.

'스퀴즈.'

무사 3루의 득점 찬스.

손쉽게 득점을 올릴 수 있을 것 같지만, 야구는 변수가 많았다.

무사 3루 상황에서도 득점을 올리지 못하는 경우가 수두룩했다.

조 매팅리 감독은 여기서 무슨 일이 있어도 추가점을 올리기로 작정하고 해롤드 시에라를 대주자로 기용했단 생각이 들었다.

그리고 박건의 예상대로였다.

브라이언 마일스는 초구에 스퀴즈번트를 댔다.

슈아악.

그러나 브라이언 스니커 감독도 만만치 않았다.

스퀴즈 작전을 예상하고 내야 수비진에게 대비하라는 지시를 내린 후였다.

틱. 데구르르.

타다닷.

1루 측 라인을 타고 굴러가는 번트 타구를 향해 대시한 1루수가 글러브로 포구하자마자 포수에게 토스했다.

'아웃 타이밍.'

더그아웃에서 지켜보던 박건이 대주자 해롤드 시에라가 홈에서 아웃될 거라고 판단하고 눈살을 찌푸렸다.

그때, 변수가 발생했다.

태그를 빨리 가져가야 한다는 강박감 때문일까.

포수의 미트가 너무 일찍 닫혔다.

툭.

그로 인해 포수는 포구에 실패했고, 공이 바닥에 떨어졌다.

"세이프."

그사이 헤드퍼스트슬라이딩을 감행한 해롤드 시에라가 홈베이스를 손으로 터치했다.

그리고 아직 끝이 아니었다.

포구 실책을 저지른 애틀랜타 브레이브스의 포수가 망연자실한 표정으로 몸이 굳어진 사이에 브라이언 마일스가 2루를 노렸다.

"2루로 송구해!"

"어서 2루로!"

투수인 닐슨 칸타코와 1루수의 비명 같은 외침을 듣고서야 정신을 차린 포수가 급히 2루로 송구했다.

그러나 송구를 너무 서두른 것은 또 다른 화를 불렀다.

포수의 송구는 방향이 빗나간 탓에 2루수가 잡아내기에는 역부족이었다.

타다닷.

송구가 외야로 빠져나간 사이 브라이언 마일스가 3루까지 내달렸다.

'멘붕!'

그 순간 박건이 머릿속으로 떠올린 단어였다.

포수부터 시작해서 애틀랜타 브레이브스 야수들은 당황한 기색이 역력했다.

딱 멘붕이란 표현이 어울리는 표정들이었다.

'우리가… 이겼다!'

2번 타자 피터 알론소가 바뀐 투수인 마크 멜란슨을 상대로 중전안타를 터뜨리며 6—2로 스코어가 벌어진 순간, 박건은 승리를 직감했다.

$$* \qquad * \qquad *$$

극적인 역전 지구 우승.

애틀랜타 브레이브스와의 마지막 3연전에서 스윕을 거두며 마이애미 말린스는 내셔널리그 동부 지구 우승을 차지했다.

〈한 편의 드라마가 탄생했다.〉

마이매미 말린스가 지구 우승을 차지하자, 미국 언론은 '드라마'라는 표현을 쓰면서 대서특필했다.

내셔널리그 동부 지구 1위를 차지하며 당당하게 포스트시즌에 진출한 마이애미 말린스의 디비전 시리즈 상대는 세인트루이스 카디널스였다.

"마이애미 말린스가 이길 확률이 99%다."

이용운은 디비전 시리즈에서 마이애미 말린스가 세인트루이스 카디널스를 상대로 승리할 확률이 99%라고 확신에 찬 목소리로 말했다. 그리고 이용운이 마이애미 말린스의 디비전 시리즈 승리를 예측한 이유는 두 가지였다.

미국 언론이 드라마라고 표현할 정도로 극적인 역전 지구 우

승을 차지하며 포스트시즌에 진출한 마이애미 말린스의 엄청
난 상승세를 세인트루이스 카디널스가 막아 세우기는 역부족
이라는 것이 첫 번째 이유.

또 객관적인 전력에서 마이애미 말린스가 세인트루이스 카디
널스에 비해 앞서는 것이 두 번째 이유.

박건이 이용운에게 물었다.

"그런데 왜 100%가 아니라 99%입니까?"

그 질문에 이용운이 대답했다.

"야구니까."

"……?"

"야구에 100%는 없거든."

                    *   *   *

디비전 시리즈 3차전.

더그아웃에서 경기를 지켜보던 박건이 전광판으로 고개를
돌렸다.

마이애미 말린스 (2) VS 세인트루이스 카디널스 (0).

마이애미 말린스는 먼저 2승을 거두며 디비전 시리즈 전적에
서 앞서가고 있었다.

그 2승을 모두 원정경기에서 거두었기에 더욱 의미가 컸다.

4—1.

그리고 홈에서 열리는 디비전 시리즈 3차전에서도 세인트루이스 카디널스를 상대로 앞서가고 있었다.

'정확한 예측이었네.'

박건이 희미한 미소를 머금었다.

디비전 시리즈가 시작하기 전, 이용운이 했던 예측대로 시리즈 양상이 전개되고 있었다.

세인트루이스 카디널스는 내셔널리그 중부지구 우승을 차지한 전통의 강팀.

특히 포스트시즌이 시작되면 더욱 강팀으로 변모해서 '가을 좀비'라는 별명까지 가진 강팀이었다.

그러나 애틀랜타 브레이브스를 밀어내고 극적인 역전 지구 우승을 차지한 마이애미 말린스의 상승세를 막기에는 역부족이었다.

게다가 객관적인 팀 전력에서도 마이애미 말린스에 뒤졌다.

'우리 팀은 강하다.'

샌디 알칸트라, 더스틴 메이, 헥터 노에사로 이어지는 선발진은 디비전 시리즈 내내 세인트루이스 카디널스 강타선을 꽁꽁 묶다시피 했다. 그리고 야수들도 공수 양면에서 세인트루이스 카디널스를 압도하고 있었다.

더 고무적인 것은 박건이 디비전 시리즈 3차전을 치르는 동안, 한 경기도 선발 출전하지 않았다는 점이었다.

1차전에 대타자로 한 차례 출전한 것이 전부였다.

"이러다가 들러리 신세가 되는 것 아닐까요?"

오죽하면 이런 우려까지 들었을 정도였다.

"쉴 수 있을 때 푹 쉬어둬라."

"하지만……."

"내셔널리그 챔피언십 시리즈가 시작되면 후배가 무척 바빠질 테니까."

"왜 그렇게 판단하신 겁니까?"

"이제 잭 대니얼스 단장이 욕심을 부릴 테니까."

이용운의 대답을 들은 박건이 천천히 고개를 끄덕였다.

조 매팅리 감독의 목표는 지구 우승, 반면 잭 대니얼스 단장의 목표는 월드시리즈 우승이었다.

이미 본인의 목표를 달성했기 때문일까.

조 매팅리 감독은 포스트시즌에 첫 출전한 감독답지 않게 여유가 넘쳤다. 그래서 무리수를 두지도 않고 선수들을 믿고 경기를 치렀다.

그러나 잭 대니얼스 단장은 달랐다.

그는 아직 목표를 달성하기 전이었다.

그래서 본인의 목표를 달성할 기회가 찾아오면 예전의 조 매팅리 감독처럼 욕심을 부릴 가능성이 농후했다.

"…괜찮을까요?"

조 매팅리 감독이 욕심을 부릴 당시, 투타 겸업을 하면서 체력적인 한계에 닥쳤던 경험이 있었다.

그래서 박건이 우려 섞인 목소리로 질문하자, 이용운이 대답했다.

"그동안 푹 쉬었잖아?"

"그렇긴 하죠."

"이제 후배가 욕심을 낼 때다."

"제가요?"

"너무 아끼다가 똥 되는 법이니까."

전직 해설위원이 쓴 표현이라고는 믿기지 않을 정도로 저렴한 표현이었지만, 가장 와닿는 표현이기도 했다.

이제 계속 망설일 때가 아니라 욕심을 내야 할 때였다.

"그래도 불안해?"

"뭐, 조금 불안하긴 합니다."

"그럼 3차전에서 끝내고 쉬어."

"……?"

"후배가 나설 순서가 다가왔으니까."

어느덧 7회였다.

경기가 후반부로 접어든 상황에 마이애미 말린스는 석 점의 리드를 안고 있었다.

여기서 추가점까지 뽑아내면 승부의 추는 완연히 기울어질 확률이 높았다. 그리고 마이애미 말린스는 추가득점을 올릴 찬스를 잡았다.

2사 후 브라이언 마일스와 피터 알론소가 연속안타를 때려내며, 2사 1, 2루의 득점 찬스를 만들었다.

3번 타자 폴 바셋의 타석.

조 매팅리 감독은 이용운의 예상대로 박건을 대타자로 기용했다.

'끝내자.'

여기서 추가점을 올린다면 경기 분위기상 마이애미 말린스의 승리가 확실해졌다.

내셔널리그의 챔피언을 가리는 챔피언십 시리즈 진출이 걸려 있는 한 타석.

그게 다가 아니었다.

아직 상대가 정해지지는 않았지만, 내셔널리그 챔피언십 시리즈에서 맞붙게 될 상대 팀도 박건이 대타자로 출전할 때마다 해결사 역할을 해내면 부담을 느끼지 않을 수 없을 것이었다.

즉, 내셔널리그 챔피언십 시리즈 진출은 물론이고 내셔널리그 챔피언십 시리즈 경기에도 영향을 미칠 수 있는 한 타석인 셈이었다.

슈악.

"볼."

슈악.

"볼."

마운드에 서 있는 브렛 세실은 박건을 상대로 초구와 2구 모두 유인구를 던졌다.

박건이 2구 이내에 타격을 할 경우, 오 할을 넘기는 고타율을 기록했다는 정보를 알기 때문에 좋은 공을 던지지 않은 것이리라.

　그러나 박건은 당황하지 않았다.

　"그냥 초구와 2구를 흘려보내. 후배가 2구 이내에 적극적으로 공격한 것, 볼카운트가 불리해지기 전에 공격하기 위함이었잖아? 그냥 공 두 개를 흘려보내면 오히려 볼카운트가 더 유리해지니까."

　이용운은 박건이 타석에서 2구 이내에 적극적으로 공격하는 이유에 대해서 이미 파악하고 있었다. 그리고 발상을 전환하라고 충고했다.

　그 충고는 시의 적절했다.

　박건이 초구와 2구로 들어온 나쁜 공에 배트를 내밀지 않고 그냥 지켜보자, 볼카운트는 박건에게 더 유리하게 변했다.

　대기타석에는 최고의 타격감을 유지하고 있는 4번 타자 브라이언 할리데이가 기다리는 상황.

　브렛 세실 입장에서는 볼카운트가 불리하게 변했다고 해서 박건과의 승부를 피할 수도 없었다.

　'승부.'

　그래서 박건이 배트를 고쳐 쥐었다.

슈아악.

예상대로 브렛 세실은 승부를 더 피하지 못하고 스트라이크를 잡기 위해서 바깥쪽 직구를 구사했다.

따악.

박건이 힘껏 배트를 휘둘렀다.

바깥쪽 꽉 찬 코스로 파고드는 제구가 잘된 직구였지만, 이미 직구를 예상했던 박건의 배트 중심에 정확히 걸렸다.

'넘어갔다!'

한국에서의 휴식이 박건에게는 보약이나 마찬가지였다.

"와아!"

"와아아!"

높이 솟구친 타구가 외야 펜스를 훌쩍 넘기고 떨어진 순간, 마이애미 말린스 팬들이 기립한 채 함성과 환호를 쏟아냈다.

그 환호성 속에서 천천히 그라운드를 돌던 박건이 속으로 생각했다.

'이제 내셔널리그 챔피언십 시리즈다.'

*   *   *

LA 다저스 VS 밀워키 브루어스.

전문가들은 내셔널리그 디비전 시리즈에서 맞붙는 양 팀의 대결을 앞두고 LA 다저스의 우세를 점쳤다.

와일드카드를 거쳐서 디비전 시리즈에 진출한 밀워키 브루어스는 정규시즌에서 역대 최고 승률을 거두며 내셔널리그 서부 지구 우승을 차지한 LA 다저스의 상대로는 역부족이라고 판단한 것이었다.

그러나 막상 뚜껑이 열리자 전문가들의 예상과 다른 결과가 도출됐다.

LA 다저스가 에이스 클라이튼 커쇼와 워커 불러의 완벽 호투를 앞세워 디비전 시리즈 1차전과 2차전을 승리할 때만 해도 셧아웃 시리즈가 될 것처럼 보였지만, 3차전부터 밀워키 브루어스의 반격이 시작됐다.

크리스틴 엘리치를 중심으로 한 밀워키 브루어스 젊은 야수들의 타격이 폭발하면서 3차전과 4차전을 잇따라 잡아내며 디비전 시리즈를 최종전까지 끌고 갔다.

최종 스코어 6—4.

디비전 시리즈의 승자는 전문가들의 예상대로 결국 LA 다저스가 됐다.

그러나 디비전 시리즈 최종전은 무척 치열했다.

투수진이 얇다는 약점을 끝내 극복하지 못한 밀워키 브루어스는 팬들에게 깊은 인상을 남겼을 정도로 최고의 경기를 펼친 후 아쉽게 탈락했다.

내셔널리그 챔피언십 시리즈의 대진이 완성됐다.

마이애미 말린스 VS LA 다저스.

박건은 내심 디비전 시리즈에서 밀워키 브루어스가 LA 다저스를 제압하고 내셔널리그 챔피언십 시리즈에 진출하기를 바랐었다.

객관적인 전력에서 LA 다저스가 밀워키 브루어스보다 강팀이라는 것은 부인할 수 없는 사실이었기 때문이었다.

'쉽지 않겠네.'

박건이 한숨을 내쉬었을 때였다.

"의외로 쉬울 수도 있다."

이용운이 주장했다.

"왜 그렇게 판단하신 겁니까?"

"LA 다저스는 약점이 많은 팀이거든."

"……?"

"이번 디비전 시리즈에서 그 약점들이 모두 드러났다."

*　　　　*　　　　*

내셔널리그 챔피언십 시리즈 1차전.

양 팀의 감독들이 예고한 1차전 선발투수는 파격적이었다.

헥터 노에사 VS 이안 로스플링.

우선 조 매팅리 감독은 에이스인 샌디 알칸트라가 아니라 헥터 노에사를 선발투수로 예고했다.

"헥터 노에사의 컨디션이 좋습니다. 샌디 알칸트라가 피로를 호소해서 휴식 부여 차원에서 내린 결정입니다."

조 매팅리 감독이 기자들에게 밝힌 헥터 노에사를 내셔널리그 챔피언십 시리즈 1차전 선발투수로 결정한 이유였다.

무척 파격적인 결정.

그러나 조 매팅리 감독의 파격적인 결정은 크게 화제가 되지 못했다.

LA 다저스의 데이빗 로버츠 감독이 더 파격적인 선발투수를 기용했기 때문이었다.

"왜… 이안 로스플링일까?"

박건 역시 데이빗 로버츠 감독이 내셔널리그 챔피언십 시리즈 1차전 선발로 이안 로스플링을 예고했을 때, 의문을 품었다.

"클라이튼 커쇼와 워커 불러가 못 나오니까."

그 의문에 이용운이 답했다.

'그렇긴 하지.'

LA 다저스와 밀워키 브루어스의 디비전 시리즈.

말 그대로 혈전이었다.

LA 다저스는 디비전 시리즈에서 승리하기 위해서 5차전에 원투펀치인 클라이튼 커쇼와 워커 불러를 모두 투입하는 강수를 뒀다.

그렇게 강수를 둔 덕분에 디비전 시리즈 5차전에서 승리하면서 내셔널리그 챔피언십 시리즈에 진출하기는 했지만, 출혈이 너무 컸다.

내셔널리그 챔피언십 시리즈 1차전에 클라이튼 커쇼와 워커 불러가 모두 출전이 불가능해졌기 때문이었다.

그럼에도 불구하고 이안 로스플링의 내셔널리그 챔피언십 시리즈 1차전 선발 출격이 파격인 이유.

모두의 예상처럼 3선발인 알렉스 우드가 아니라 정규시즌에 선발 로테이션에 합류하지도 못 했던 신인급 투수인 이안 로스플링을 선택했기 때문이었다.

'마이애미 말린스 소속이 될 뻔했던 선수.'

이안 로스플링의 이름이 낯설지 않은 이유.

하마터면 마이애미 말린스 소속 선수가 될 뻔했었기 때문이었다.

이안 카스트로와 더스틴 메이가 포함됐던 마이애미 말린스와 LA 다저스 구단 사이의 트레이드.

선발투수 보강을 노렸던 마이애미 말린스가 노렸던 선수는 더스틴 메이와 이안 로스플링이었다.

결과적으로는 두 선수 중 더스틴 메이를 마이애미 말린스로 영입했고, 그는 샌디 알칸트라와 실질적인 원투펀치를 구축하며 기대에 부응했다.

"도박수."

그때 이용운이 입을 뗐다.

"데이빗 로버츠 감독이 이안 로스플링을 선택한 것, 일종의 도박수라고 할 수 있다. 이안 로스플링이 깜짝 호투를 펼치면 최상의 선택이 되는 것이고, 설령 부진하더라도 2차전부터 승부를 걸겠다는 계산이지."

"너무… 무모하게 느껴지는데요."

단기전에서 기선 제압의 중요성이 괜히 강조되는 것이 아니었다.

내셔널리그 챔피언십 시리즈 1차전에서 승리를 거둔 팀이 월드시리즈에 진출할 확률이 60%를 상회한다는 데이터가 1차전의 중요성을 알려주는 증거였다.

그런데 그렇게 중요한 내셔널리그 챔피언십 시리즈 1차전에 신인인 이안 로스플링을 선발투수로 기용하는 데이빗 로버츠 감독의 도박수.

너무 무모하단 생각이 든 것이었다.

"내가 LA 다저스는 많은 약점들을 갖고 있다고 말했지?"

"네."

"LA 다저스의 첫 번째 약점이 바로 데이빗 로버츠 감독이다."

*　　　*　　　*

올 시즌 LA 다저스는 정규시즌에서 역대 최고 승률을 기록하면서 내셔널리그 서부 지구 우승을 차지했다.

덕분에 데이빗 로버츠 감독은 명장 칭호를 얻었다.

그러나 이용운이 판단하기에 데이빗 로버츠 감독은 명장과는 거리가 멀었다.

'선수발 감독!'

LA 다저스가 역대 최고 승률을 기록하면서 내셔널리그 서부 지구 우승을 차지한 원동력은 감독의 역량이라기보다는 선수단 구성이 워낙 좋았기 때문이었다.

특히 선발투수들의 면면이 워낙 뛰어났다.

'감독의 진짜 역량은 단기전에서 드러나는 법이지.'

이용운이 판단하는 감독의 진짜 역량은 단기전에서 드러났다. 그리고 디비전 시리즈에서 보여준 데이빗 로버츠 감독의 역량은 낙제점이었다.

'워커 불러는 출전시키지 말았어야 해.'

LA 다저스와 밀워키 브루어스의 디비전 시리즈 5차전.

6—4로 LA 다저스가 승리를 거두긴 했지만, 경기 중반까지는 2—4로 밀워키 브루어스가 LA 다저스를 리드했다. 그리고 믿었던 클라이튼 커쇼가 무너지자, 데이빗 로버츠 감독은 경기 후반 역전을 노리기 위해서 클라이튼 커쇼 다음으로 워커 불러를 투입하는 강수를 두었다.

결과적으로 데이빗 로버츠 감독이 둔 강수는 적중했다.

워커 불러가 4이닝 무실점 호투를 펼치는 사이, LA 다저스 타선이 폭발하며 경기를 역전시키는 데 성공했으니까.

'워커 불러가 아니라 알렉스 우드를 올렸어야 해.'

그럼에도 불구하고 이용운이 데이빗 로버츠 감독을 저평가한 이유는 여유가 없었기 때문이었다.

일단 디비전 시리즈에서 밀워키 브루어스를 상대로 승리를 거둬서 내셔널리그 챔피언십 시리즈에 진출해야 한다.

눈앞의 목표에 함몰된 나머지 데이빗 로버츠 감독은 미래를 대비하지 못했다.

데이빗 로버츠 감독에게 여유와 인내심이 있었다면, 디비전 시리즈 5차전에 워커 불러가 아닌 알렉스 우드를 등판시켰어야 했다.

그래서 내셔널리그 챔피언십 시리즈 1차전에 워커 불러를 선발투수로 출전시켰어야 했다.

그러나 데이빗 로버츠 감독은 그렇게 하지 못했다.

이것이 그가 단기전에 약한 감독이라는 증거.

막강한 전력을 구축한 LA 다저스의 약점이기도 했다.

그리고… 마이애미 말린스는 내셔널리그 챔피언십 시리즈에서 이 약점을 물고 늘어져야 했다.

〈마이애미 말린스 선발 라인업〉
1. 브라이언 마일스.

2. 피터 알론소.

3. 폴 잭슨.

4. 브라이언 할리데이.

5. 커티스 그랜더슨.

6. 앤서니 쉴즈.

7. 제이 콥스.

8. 토미 맥그리거.

9. 헥터 노에사

Pitcher. 헥터 노에사.

내셔널리그 챔피언십 1차전이 시작되기 두 시간 전, 조 매팅리 감독이 발표한 마이애미 말린스의 선발 라인업이었다.

정규시즌 후반, 그리고 디비전 시리즈를 치를 때와 변화가 없는 마이애미 말린스의 선발 라인업이었다.

그럼에도 불구하고 조 매팅리 감독이 발표한 마이애미 말린스의 선발 라인업은 큰 화제가 됐다.

"박건 선수는 선발 출전이 가능할 정도로 몸 상태가 회복됐습니다."

내셔널리그 챔피언십 시리즈를 앞두고 열린 미디어 데이에서 조 매팅리 감독이 했던 인터뷰 내용이었다.

그래서 야구 전문가들과 팬들은 박건이 토미 맥그리거를 대신해서 선발 라인업에 복귀할 거라고 예상했는데.

그 예상이 빗나갔기 때문에 조 매팅리 감독이 경기를 앞두고 발표한 선발 라인업이 화제가 된 것이었다.

"조 매팅리 감독이 던진 승부수인가? 아니면, 잭 대니얼스 단장이 던진 승부수인가?"

박건과 함께 선발 라인업을 확인한 후, 이용운이 운을 뗐다.

"무슨 뜻입니까?"

"왜 샌디 알칸트라가 아니라 헥터 노에사일까?"

"……?"

"이상하다고 생각하지 않아?"

이용운의 질문은 핵심을 찔렀다.

LA 다저스의 데이빗 로버츠 감독이 내셔널리그 챔피언십 시리즈 1차전에 신인 투수인 이안 로스플링을 낙점한 것.

말 그대로 파격적인 투수 기용이었다.

그로 인해 살짝 묻힌 감이 있긴. 했지만, 조 매팅리 감독이 내셔널리그 챔피언십 시리즈 1차전 선발투수로 헥터 노에사를 낙점한 것.

파격적이기는 마찬가지였다.

샌디 알칸트라와 더스틴 메이.

마이애미 말린스의 원투펀치였고, 현재 가장 믿을 수 있는 선발투수들이었다.

그럼에도 불구하고 조 매팅리 감독은 샌디 알칸트라와 더스틴 메이가 아니라 헥터 노에사를 1차전 선발투수로 내보내는 선택을 내렸다. 그리고 LA 다저스와는 분명한 차이가 있었다.

클라이튼 커쇼와 워커 불러.

LA 다저스의 데이빗 로버츠 감독이 원투펀치인 두 명의 투수를 1차전 선발로 기용하지 않은 데는 이유가 있었다.

그들이 디비전 시리즈 5차전에 모두 출전했기 때문이었다.

즉, 데이빗 로버츠 감독은 클라이튼 커쇼와 워커 불러를 내셔널리그 챔피언십 시리즈 1차전 선발로 기용하지 않은 것이 아니라 기용하지 못한 것이었다.

그렇지만 마이애미 말린스의 상황은 달랐다.

마이애미 말린스는 세인트루이스 카디널스와 맞붙은 디비전 시리즈에서 상대전적 3-0으로 완승을 거두었다. 그리고 내셔널리그 챔피언십 시리즈가 시작될 때까지 충분한 휴식을 취했다.

덕분에 샌디 알칸트라와 더스틴 메이가 내셔널리그 챔피언십 시리즈 1차전에 선발투수로 출전하는 것이 가능한 상황이었다.

그럼에도 불구하고 조 매팅리 감독은 팀의 3선발인 헥터 노에사를 1차전 선발투수로 예고했다.

이용운의 지적처럼 분명히 이상한 점이 있었다.

"혹시 이유를 아십니까?"

"승부수를 던진 것이다."

"승부수… 요?"

"4차전에서 내셔널리그 챔피언십 시리즈를 끝내기 위한 승부수 말이다."

"……?"

"이 승부수의 핵심은 두 가지다."

"뭡니까?"

이용운이 대답했다.

"클라이튼 커쇼, 그리고 후배."

제8장

"당황했나?"

경기가 시작되기 전, 조 매팅리 감독은 박건을 불렀다. 그리고 그는 다짜고짜 당황했느냐는 질문부터 던졌다.

전후 설명 없이 던진 질문이었지만, 박건은 당황하지 않았다.

조 매팅리 감독이 내셔널리그 챔피언십 시리즈 1차전 선발 라인업에서 자신이 제외된 것에 대해 질문한 것임을 간파했기 때문이었다.

"좀 놀라긴 했습니다."

"역시 그렇군."

박건이 솔직하게 대답하자, 조 매팅리 감독은 고개를 끄덕였다.

"내 뜻이 아니었다."

그런 그가 변명을 꺼냈다.

"네?"

"자네를 내셔널리그 챔피언십 시리즈 1차전 선발 라인업에서 제외하는 선택 말이야. 내 뜻이 아니었다고."

"그럼……?"

"단장님의 지시였네."

조 매팅리 감독이 말을 마친 순간, 이용운이 입을 뗐다.

"승부수를 던진 건… 역시 잭 대니얼스 단장이었군."

새로운 사실을 알게 된 이용운은 기쁜 기색이었다.

"혹시……."

"혹시 뭔가?"

"제가 내셔널리그 챔피언십 시리즈 2차전 선발투수로 출전하는 겁니까?"

박건이 조심스럽게 질문하자, 조 매팅리 감독이 두 눈을 크게 뜨며 물었다.

"혹시 단장님을 만났나?"

"그건 아닙니다."

"그런데 그걸 어떻게 알았나?"

조 매팅리 감독은 놀란 기색이 역력했다. 그리고 놀란 것은 박건도 마찬가지였다.

"후배를 1차전 선발 라인업에서 제외한 것은 관리 차원이라고 생각하면 된다. 후배가 내셔널리그 챔피언십 시리즈 2차전에 선발 투수로 출전할 거거든."

이용운이 했던 예측이 또 정확히 맞아떨어졌기 때문이었다.

솔직히 말하면 박건도 이번에는 이용운의 예측을 순순히 믿기 어려웠다.

샌디 알칸트라와 더스틴 메이.

이미 검증이 끝난 두 투수가 언제든지 출격할 준비를 마치고 대기하고 있었다.

그런데 자신이 내셔널리그 챔피언십 시리즈 2차전에 선발투수로 출전할 거라고 하니 어찌 믿을 수 있을까.

'데이빗 로버츠 감독이 이안 로스플링을 내셔널리그 챔피언십 시리즈 1차전 선발투수로 내보내는 것보다 더한 도박수.'

그래서 내심 이렇게 판단하고 있었는데.

이용운의 예측이 적중했다.

"단장님의 지시가 확실합니까?"

"맞네."

"대체 왜……?"

박건이 이유를 묻자, 조 매팅리 감독이 대답했다.

"3차전을 위해서라고 하시더군."

클라이튼 커쇼, 그리고 박건.

이용운이 잭 대니얼스 단장이 던진 승부수의 핵심으로 꼽은 두 선수였다.

그럼에도 불구하고 박건은 선뜻 이해하기 어려웠다.

디비전 시리즈 1차전과 5차전에 모두 선발투수로 출전했던 클라이튼 커쇼는 내셔널리그 챔피언십 시리즈 2차전에도 출전 하지 못했다.

반면 박건은 내셔널리그 챔피언십 시리즈 2차전에 선발투수 로 출전할 예정이었다.

그러니 딱히 접점이 없는 상황이었다.

"설명 좀 해주시죠."

더그아웃으로 돌아온 박건이 결국 이용운에게 설명을 부탁 했다.

"후배가 내셔널리그 챔피언십 시리즈 2차전에 선발투수로 출 전해서 승리투수가 되면 어떻게 될까?"

"그야… 좋은 일이죠."

"정정하마. LA 다저스 데이빗 로버츠 감독의 승부수였던 이 안 로스플링이 1차전에서 무너지면서 마이애미 말린스가 시리 즈의 기선을 제압한 상황에서 2차전에 선발투수로 출전한 후배의 호투 덕분에 마이애미 말린스가 또 승리를 거둔다면 어떻게 될까?"

"LA 다저스는 초조해지겠죠."

7전 4선승제로 펼쳐지는 내셔널리그 챔피언십 시리즈에서 1차전과 2차전을 모두 내준다면?

LA 다저스의 데이빗 로버츠 감독과 선수들은 초조해질 것이었다.

"말 그대로 궁지에 몰리게 되는 셈이지."

"그렇죠."

"LA 다저스 입장에서는 3차전에 모든 걸 걸어야 한다. 그리고 3차전 승리를 위해서 클라이튼 커쇼가 선발투수로 출격할 거야."

당연한 수순이었다.

그래서 반박하지 않고 박건이 고개를 끄덕였을 때, 이용운의 이야기가 이어졌다.

"그런데 만약 클라이튼 커쇼마저 와르르 무너진다면?"

"네?"

"왜 그리 놀라?"

"상상이 잘 안 가서요."

클라이튼 커쇼는 메이저리그 최정상급 투수였다.

아니, 최정상급 투수 중 한 명이라는 수식어로는 부족했다.

명실공히 메이저리그 최고의 투수였으니까.

그래서 클라이튼 커쇼가 팀의 운명을 양어깨에 짊어지고 등판한 내셔널리그 챔피언십 시리즈 3차전에서 와르르 무너지는 모습이 잘 상상이 가지 않았다.

그러나 이용운의 의견은 달랐다.

"새가슴이야."

"누굴 말씀하시는 겁니까?"

"클라이튼 커쇼 말이야. 새가슴이라고."

"……?"

"왜? 안 믿겨?"

"솔직히 잘……."

"데이터는 절대 거짓말을 하지 않는다."

이용운이 확신에 찬 목소리로 덧붙였다.

"LA 다저스는 빅 마켓 구단답게 항상 우승 전력을 유지해 왔다. 덕분에 내셔널리그 서부 지구에서는 최강자로 군림했지만, 월드시리즈 우승과는 인연을 맺지 못했지. 매년 객관적인 전력에서 뒤진다고 평가받던 팀들에게 포스트시즌에서 발목이 잡혔다. 이런 결과가 발생한 데는 여러 원인이 있지만, 가장 큰 원인은 에이스인 클라이튼 커쇼의 부진이다. 결정적인 순간에 클라이튼 커쇼가 무너졌거든. 멀리 갈 것도 없다. 이번 디비전 시리즈 5차전을 보면 알 수 있지 않느냐? 믿었던 클라이튼 커쇼가 4이닝 4실점으로 무너지면서 LA 다저스는 내셔널리그 챔피언십 시리즈 진출도 물 건너갈 뻔했다. 그리고 잭 대니얼스 단장도 클라이튼 커쇼가 새가슴이란 사실을 간파했다. 그래서 이번 내셔널리그 챔피언십 시리즈에서 그 약점을 파고들려는 거지."

"어떻게요?"

"가장 중요한 순간에 등판할 클라이튼 커쇼를 무너뜨리겠다는 계획을 세웠다."

"……?"

"아까 내셔널리그 챔피언십 시리즈 1차전과 2차전에서 마이애미 말린스가 승리를 거둔다면 LA 다저스는 궁지에 몰린다고 말했지? LA 다저스 입장에서는 무슨 수를 써서라도 3차전에서 꼭 승리를 거둬야 하고, 3차전 선발투수로 출전하는 클라이튼 커쇼 입장에서는 중압감이 클 수밖에 없지. 그때 잭 대니얼스 단장은 아끼고 있던 에이스 샌디 알칸트라 카드를 사용해서 맞불을 놓으려고 한다. 그럼 새가슴인 클라이튼 커쇼가 무너질 확률이 더 높아지는 거지. 그리고 팀의 상징이나 다름없는 에이스 클라이튼 커쇼까지 무너지면 LA 다저스는 4차전에서 자멸할 가능성이 높아진다."

7전 4선승제로 치러지는 내셔널리그 챔피언십 시리즈에서 먼저 3승을 거두고 역전당한 경우는 딱 한 차례뿐이었다.

만약 이용운의 말대로 내셔널리그 챔피언십 시리즈가 흘러간다면?

마이애미 말린스가 전문가들의 예상과 달리 의외로 손쉽게 월드시리즈에 진출할 수도 있었다.

'참… 쉽다?'

박건이 속으로 생각했을 때, 이용운이 다시 말했다.

"듣기엔 쉬워 보이지?"

"네? 네."

"하지만 어디까지나 시리즈 플랜일 뿐이다. 야구는 계획대로 굴러가지 않는 법이다."

"그렇죠."

박건이 수긍했을 때, 이용운이 덧붙였다.

"그래서 1차전과 2차전이 아주 중요하다."

       *   *   *

LA 다저스의 월드시리즈 우승을 기원하며 찾아온 만원 관중이 지켜보는 가운데 내셔널리그 챔피언십 시리즈 1차전이 시작됐다.

1회 초 마이애미 말린스의 공격

'경기 초반이 중요해.'

LA 다저스 데이빗 로버츠 감독의 승부수, 혹은 도박수라 할 수 있는 선발투수 이안 로스플링은 신인급 투수였다.

경험이 많지 않은 만큼, 내셔널리그 챔피언십 시리즈 1차전의 선발투수로 출전한 탓에 무척 긴장하고 있을 것이었다.

또 엄청난 중압감을 느끼고 있을 것이었다.

만약 경기 초반에 위기를 맞는다면?

이안 로스플링은 그 중압감을 이겨내지 못하고 와르르 무너질 가능성이 높았다.

반면 경기 초반을 잘 넘긴다면?

그는 신인 투수답게 빠르게 긴장을 털어내고 가진바 기량 이상의 최고의 투구를 펼칠 것이었다.

슈아악.

이안 로스플링이 브라이언 마일스를 상대로 초구를 던졌다.

따악.

그 순간, 브라이언 마일스가 가볍게 배트를 휘둘렀다.

'잘 맞았다.'

배트 중심에 걸린 라인드라이브성 타구는 우중간으로 향했다.

'코스가 좋다.'

우중간을 갈라놓는 2루타.

아니, 브라이언 마일스는 발이 빠르니까 3루타도 가능할 거라고 막 판단을 내렸을 때였다.

'넘어… 갔다?'

브라이언 마일스의 타구는 펜스를 살짝 넘기고 떨어졌다.

선두타자 홈런.

"전혀… 예상도 못 했네."

1—0.

브라이언 마일스의 선두타자 홈런이 터지면서 마이애미 말린스가 선취점을 뽑아낸 순간, 박건이 깜짝 놀랐다.

정규시즌에서 브라이언 마일스는 단 하나의 홈런도 기록하지 못했다.

그래서 내셔널리그 챔피언십 시리즈 1차전에서 기선을 제압하는 선두타자 홈런을 때려낼 거라고는 전혀 예상치 못했기 때문이었다.

'너무 방심했어!'

브라이언 마일스가 장타력이 없다는 것.

이안 로스플링도 알고 있었다.

그래서 카운트를 유리하게 가져가기 위해서 무심코 몸 쪽 직구를 던졌다가 불의의 일격을 당한 것이었다.

'의외성이 야구의 진짜 매력이라더니.'

박건의 입가로 미소가 번졌다.

브라이언 마일스가 선두타자 홈런을 때려낼 줄은 꿈에도 예상치 못했다. 그리고 브라이언 마일스의 선두타자 홈런은 의미가 컸다.

1차전 기선 제압을 하는 데 성공한 덕분에 LA 다저스 선수들도 당황한 기색이 역력했다.

특히 선두타자 홈런을 허용한 이안 로스플링은 크게 동요하고 있었다.

'한 번만 더 흔들면?'

박건이 기대에 찬 시선을 던지고 있을 때, 2번 타자 피터 알론소가 타석에 등장했다. 그리고 피터 알론소도 초구를 공략했다.

슈악.

틱.

피터 알론소가 1루 쪽으로 기습번트를 감행한 순간, 투수인 이안 로스플링과 1루수 이안 카스트로가 동시에 타구를 쫓아 모여들었다.

'늦었다!'

콜플레이가 늦어서 두 선수가 타구 처리를 잠시 머뭇거린 사이, 피터 알론소는 전력 질주를 펼쳤다.

이안 카스트로가 뒤늦게 번트 타구를 잡았지만, 1루 베이스 커버를 들어온 2루수에게 송구도 하지 못했다.

"세이프."

1루심이 세이프를 선언한 순간, 박건의 입가에 머물러 있던 미소가 짙어졌다.

'노렸어.'

마이애미 말린스 소속 선수였다가 시즌 도중 LA 다저스로 이적한 이안 카스트로는 수비가 좋은 편이 아니었다.

그 사실을 간파하고 있었기에 피터 알론소는 의도적으로 1루 쪽으로 기습번트를 감행했던 것이었다.

그런 피터 알론소의 계산이 적중했다.

신인 투수인 이안 로스플링은 아직 정신을 차리지 못한 상태였고, 이안 카스트로도 제대로 대처를 못 했기 때문에 여유 있게 1루에서 세이프 판정을 받은 것이었다.

박건이 맞은편 더그아웃 쪽을 바라보았다.

초반부터 경기가 꼬이기 때문일까.

데이빗 로버츠 감독은 자리에서 일어선 채 우려 섞인 표정으로 그라운드를 바라보고 있었다.

마음속으로 이안 로스플링이 어서 자신의 기대에 부응하는 좋은 투구를 펼치기를 바라고 있으리라.

그러나 너무 과한 기대였다.

스윽.

피터 알론소는 언제든지 도루할 수 있다는 듯 리드 폭을 크게 늘리면서 마운드에 선 이안 로스플링을 더욱 압박했다.

그로 인해 이안 로스플링의 제구가 흔들렸다.

슈아악.

"볼넷."

3볼 1스트라이크 상황에서 이안 로스플링이 구사한 바깥쪽 직구가 스트라이크존을 벗어나며 폴 바셋은 볼넷을 얻어냈다.

무사 1, 2루로 상황이 바뀐 순간, LA 다저스의 투수코치가 마운드로 올라왔다.

"도박하면 딱 패가망신하기 좋겠군."

그때, 이용운이 말했다.

"누굴 말씀하시는 겁니까?"

"누구긴 누구야, 데이빗 로버츠 감독이지. 개패를 잡고 있으면서도 계속 블러핑을 하고 있잖아."

신인 투수 이안 로스플링은 데이빗 로버츠 감독의 도박수.

그러나 데이빗 로버츠 감독의 도박수는 실패로 돌아갔다.

마운드를 방문한 투수코치와 대화를 나누고 있는 이안 로스플링의 낯빛은 백짓장처럼 하얗게 질려 있었다.

이미 멘붕에 빠졌다는 증거.

신인 투수인 이안 로스플링에게 내셔널리그 챔피언십 시리즈 1차전 선발투수는 너무 무거운 중책이었다.

그리고 도박수가 실패로 돌아갔으니, 그 사실을 인정하고 이제라도 빨리 손을 털어야 했다.

하지만 데이빗 로버츠 감독은 손을 털지 않았다.

직접 마운드를 방문한 게 아니라, 투수코치를 마운드에 올려 보낸 것이 그가 실패한 도박수에 미련을 갖고 있다는 증거였다.

도박판에서 가장 무서운 것은 미련이었다.

적당한 타이밍에 미련을 버리지 못하면 아까 이용운의 말처럼 패가망신의 길로 접어드는 법이었다.

그리고 지금 데이빗 로버츠 감독은 미련으로 인해 패가망신의 길로 막 접어들고 있었다.

'그럼 대가를 치러야지.'

도박판에서 미련을 가졌으니 이제 그 대가를 치를 일만 남았다.

슈악.

픽.

투수코치가 진정시키기 위해서 마운드를 방문했지만, 예상대로 이안 로스플링은 멘붕 상태에서 벗어나지 못했다.

1볼 1스트라이크 상황에서 3구째로 던진 몸 쪽 커브는 제구가 되지 않으며 브라이언 할리데이의 허벅지를 맞혔다.

무사만루.

더 큰 위기에 몰린 순간, 타석에는 5번 타자 커티스 그랜더슨이 등장했다. 그리고 노련한 베테랑 타자인 커티스 그랜더슨은 타석에서 서두르지 않았다.

슈악.

"볼."

슈악.

"볼."

이안 로스플링이 던진 두 개의 유인구를 잘 참아낸 커티스 그랜더슨이 볼카운트를 유리하게 가져가는 데 성공했다.

루상에 주자들이 꽉 들어차 있는 상황.

더 도망칠 곳도 없었다.

'숨 한 번 고르고,'

커티스 그랜더슨이 발을 풀며 타석에서 벗어났다.

지금 마운드에 서 있는 신인 투수 이안 로스플링은 초조할 것이었다.

어서 빨리 스트라이크를 던져서 볼카운트를 유리하게 가져가고 싶을 터.

그런 이안 로스플링의 심리를 파악했기에 커티스 그랜더슨은 일부러 발을 풀고 타석에서 벗어났다.

시간이 주어지면 이안 로스플링의 머릿속 생각이 늘어나는 것이 당연지사.

어서 빨리 이 위기를 벗어나고 싶다는 욕심으로 인해 더 조급해지리라.

그리고 그때는… 실투가 나오는 법이었다.

스윽.

타석에서 벗어난 커티스 그랜더슨이 더그아웃 쪽을 바라보았다.

박건은 내일 열리는 내셔널리그 챔피언십 시리즈 2차전에 선발투수로 내정되어 있었다.

솔직히 말하면 조 매팅리 감독이 샌디 알칸트라와 더스틴 메이를 아끼며 내일 경기에 박건을 선발투수로 내정한 결정이 잘 이해가 가지 않았다.

그러나 선수 기용은 어디까지나 감독의 고유 권한.

커티스 그랜더슨이 왈가왈부할 수 있는 것이 아니었다.

지금 커티스 그랜더슨이 할 수 있는 것은 한 가지.

　내일 경기에 선발투수로 출전하기로 내정된 박건이 마음 편하게 경기를 준비하도록 돕는 것이었다.

　"1차전은 잊어버려라."

　박건을 바라보며 작게 혼잣말을 꺼낸 커티스 그랜더슨이 타석에 들어섰다.

　슈아악.

　이안 로스플링이 던진 3구째 공은 직구.

　스트라이크를 꼭 던져야 한다는 강박 때문일까.

　한가운데로 몰린 직구를 확인한 커티스 그랜더슨이 이를 악물고 배트를 휘둘렀다.

　따악.

　경쾌한 타격음과 함께 타구가 좌중간으로 뻗어나갔다.

＊　　　　＊　　　　＊

　3과 1/3이닝 6실점.

　LA 다저스 데이빗 로버츠 감독이 던진 도박수는 실패로 돌아갔다.

　반면 조 매팅리 감독의 도박수였던 헥터 노에사는 7이닝 2실점으로 퀄리티스타트 이상의 호투를 펼치며 마이애미 말린스의 내셔널리그 챔피언십 시리즈 1차전 승리를 견인했다.

큰 경기에는 패기보다 경험이 중요하다는 야구계의 속설이
적중한 셈이었다.

최종 스코어 8—3.

원정에서 열린 내셔널리그 챔피언십 시리즈 1차전에서 승리를
거둔 마이애미 말린스는 정규시즌 막바지부터 이어온 연승 행진
의 숫자를 또 늘리면서 시리즈에서 유리한 위치를 선점했다.

그리고 내셔널리그 챔피언십 시리즈 2차전.

조 매팅리 감독이 박건을 2차전 선발투수로 예고했다.

"최대 6이닝이다."

조 매팅리 감독이 강조했던 말이었다.

"무섭긴 한가 보구나."

내셔널리그 챔피언십 시리즈 2차전 선발투수로 출전할 준비
를 하고 있던 박건에게 이용운이 말했다.

"뭐가 무섭단 겁니까?"

"후배 말이다."

"네?"

"후배가 부상을 입거나 컨디션이 나빠지는 것을 두려워하고
있다. 그래서 잭 대니얼스 단장이 6이닝 이상 투구하는 것은 절
대 안 된다는 엄명을 내린 거지."

박건이 말뜻을 이해했다.

그렇지만 이용운의 설명에는 한 가지가 빠져 있었다.

바로 욕심이었다.

만약 박건이 내셔널리그 챔피언십 시리즈 2차전에 선발투수로 출전해서 무리하다가 부상을 입는다면?

마이애미 말린스의 월드시리즈 우승을 노리고 있는 잭 대니얼스 단장의 계획에 큰 차질이 빚어질 것이었다.

'내 입장에서는 나쁠 게 없어.'

박건이 속으로 판단했다.

어떤 이유에서든 간에 잭 대니얼스 단장은 박건을 철저하게 관리하기 시작했다. 그리고 관리를 받는 것은 박건의 입장에서도 손해 볼 게 없었다.

그리고 투타 겸업을 재개하는 박건을 위해서 나선 것은 잭 대니얼스 단장만이 아니었다.

마이애미 말린스 선수들도 동참했다.

"자, 선취점을 올려서 박건의 어깨를 가볍게 만들어주자고."

브라이언 할리데이는 내셔널리그 챔피언십 시리즈 2차전이 시작되기 전, 선수들을 한데 모으고 분발을 촉구했다. 그리고 미팅은 효과가 있었다.

1회 초 공격부터 마이애미 말린스 타자들은 LA 다저스 선발투수인 알렉스 우드를 거칠게 몰아붙였다.

2사 2루 상황에서 4번 타자 브라이언 할리데이와 5번 타자 커티스 그랜더슨의 연속 2루타가 터지면서 먼저 2점을 올리는 데 성공했다.

2―0.

두 점의 리드 덕분에 박건은 편하게 마운드에서 공을 던졌다.

"최악의 경우에는 타석에서 만회하면 된다."

그리고 박건이 내셔널리그 챔피언십 시리즈 2차전 선발투수라는 중압감을 떨치고 편하게 투구할 수 있었던 데는 이용운의 조언도 일조했다.

오늘 경기에 박건은 투수로서뿐만 아니라 타자로도 출전했다.

선발투수 겸 9번 타자.

그리고 타자 박건은 마이애미 말린스의 하위타선에 힘을 실어줄 것이었다.

4회 말 LA 다저스의 공격.

슈아악.

따악.

코리 시거가 박건이 초구로 던진 몸 쪽 직구를 공략해서 배트 중심에 맞췄다.

'벗어나라!'

벌떡 일어난 조 매팅리가 타구의 궤적을 눈으로 쫓으며 바랐지만, 코리 시거의 타구는 우측 폴대를 때리며 홈런이 됐다.

"와아!"

"와아아!"

코리 시거의 솔로홈런이 터진 순간, 조용하던 다저스 스타디움이 달아오르기 시작했다.

침체된 분위기를 일거에 바꾸는 코리 시거의 솔로홈런.

'분위기가 바뀔 수도 있어.'

조 매팅리가 못마땅한 표정을 지었다.

내셔널리그 챔피언십 시리즈 1차전은 물론이고, 2차전 초반까지도 경기 분위기는 마이애미 말린스 쪽으로 기울어 있었다.

2—1.

그러나 추격의 솔로포가 터진 순간, 조 매팅리는 경기 분위기가 바뀔 수 있다는 점을 우려했다.

그런 조 매팅리의 우려는 기우로 끝나지 않았다.

1회부터 3회까지.

LA 다저스 타선을 완벽하게 봉쇄했던 투수 박건이 흔들리기 시작했다.

2번 타자 키케 에르난데스에 이어 작 피더슨에게도 볼넷을 허용했다. 그리고 4번 타자 커디 벨린저와의 승부에서도 박건의 제구는 흔들리고 있었다.

슈악.

"볼."

슬라이더가 스트라이크존을 크게 벗어나며 볼카운트가 3볼 1스트라이크로 바뀐 순간, 조 매팅리의 표정이 심각해졌다.

'여기까지.'

투수 박건을 내셔널리그 챔피언십 시리즈 2차전 선발투수로 기용한 것.

깜짝 카드나 마찬가지인 승부수였다. 그리고 투수 박건은 경험 부족이라는 한계를 노출하고 있었다.

코리 시거에게 솔로홈런을 허용한 후, 갑자기 제구 난조에 빠진 것.

경기의 중압감을 이겨내기에는 역부족이라는 증거였다.

슈아악.

"볼넷."

그리고 박건이 커디 벨린저에게도 볼넷을 허용하면서 무사만루의 위기를 자초한 순간, 조 매팅리가 더그아웃을 빠져나가려다가 멈칫했다.

"최대 6이닝을 넘기지 말게. 그렇지만 가능하면 5이닝 이전에는 투수 박건을 믿고 강판하지 않았으면 좋겠군."

잭 대니얼스 단장의 당부가 떠올랐기 때문이었다.

만약 평소의 조 매팅리였다면?

한계를 노출한 박건을 지체 없이 교체했으리라.

그러나 지금은 상황이 조금 달랐다.

'목표는… 이미 초과 달성했어.'

조 매팅리의 올 시즌 목표는 마이애미 말린스의 지구 우승이었다. 그리고 마이애미 말린스는 야구팬들에게 강렬한 인상을 심어주며 극적인 지구 우승을 차지했다.

게다가 디비전 시리즈에서도 세인트루이스 카디널스를 완파하며 내셔널리그 챔피언십 시리즈까지 진출했으니 이미 목표는 초과 달성한 후였다.

'보너스 게임.'

그래서일까.

조 매팅리는 LA 다저스와 치르는 내셔널리그 챔피언십 시리즈를 일종의 보너스 게임이라 생각하고 있었다.

물론 마이애미 말린스가 월드시리즈에 진출해 우승까지 차지한다면, 더할 나위 없는 최고의 피날레가 될 터였다.

그러나 월드시리즈 우승을 차지하는 것은 결코 쉽지 않다는 사실을 조 매팅리는 잘 알고 있었다.

'욕심내지 말자.'

조 매팅리 입장에서는 과욕을 부리는 것보다 잭 대니얼스 단장의 눈 밖에 나지 않는 게 더 중요했다.

'최악의 경우에… 2차전은 버린다.'

결심을 굳힌 조 매팅리가 다시 감독석에 주저앉았다.

            *   *   *

'왜 이래?'

갑자기 제구가 뜻대로 되지 않았다.

그래서 3연속 볼넷을 허용한 후, 박건이 당황한 채 입을 뗐다.

"선배님."

당황한 박건이 비빌 언덕은 이용운이었다.

"왜?"

"제구가 안 됩니다."

"나도 보고 있다."

"그런데 왜 아무 말씀도 없으신 겁니까?"

박건이 따지듯 질문하자 이용운이 대답했다.

"방법이 없으니까."

"네?"

"마땅한 해결 방법이 없다고."

이용운에게서 돌아온 대답을 들은 박건의 표정이 일그러졌을 때였다.

"교과서적인 해법은 알려줄 수 있지만… 그건 후배도 알고 있지?"

"네."

박건이 대답했다.

부담을 털어내고, 평정심을 되찾아라.

몸에서 힘을 빼고 공을 던져라.

이게 제구 난조라는 문제를 해결할 방법이라는 사실은 박건도 잘 알고 있었다.

그런데 그게 뜻대로 되지 않으니 환장할 노릇이었다.

"타임!"

그때, 포수인 브라이언 할리데이가 마운드로 타임을 요청하고 마운드로 걸어왔다.

'브라이언 할리데이라고 해서 마땅한 해법이 있을까?'

이런 생각이 들어서 박건이 한숨을 내쉬었을 때였다.

"내려가고 싶어?"

브라이언 할리데이가 불쑥 물었다.

"부상 우려 때문이라면 내려가도 돼."

"그런 이유는 아냐."

"그럼 버텨."

"……?"

"네가 그라운드에서 함께 뛰고 있는 것만으로도 충분하니까."

브라이언 할리데이가 꺼낸 이야기를 들은 박건의 가슴이 뜨거워졌다.

"추가 실점해도… 그래서 역전을 허용해도 괜찮아?"

"상관없다."

"왜 상관없다는 거야?"

"다시 역전하면 되니까."

"하지만……."

"우리 팀은 강하다. 팀원들을 믿고 던져라."

브라이언 할리데이의 충고를 듣던 박건이 두 눈을 빛냈다.

일전에 더스틴 메이, 조던 픽스, 그리고 로버트 수아레스에게 박건이 건넸던 충고였기 때문이었다.

'혼자… 야구하고 있었네.'

그 충고를 마운드 위에서 듣고 나자, 정신이 번쩍 들었다.

'멍청하긴.'

추가 실점을 해도, 그래서 역전을 허용해도 다시 역전을 하면 되니 상관없단 브라이언 할리데이의 말이 마음의 부담을 덜어주었다

그래서 딱딱하게 굳어졌던 박건의 입꼬리가 스르르 풀렸을 때, 브라이언 할리데이가 다시 입을 뗐다.

"운 좋네."

"왜 운이 좋다는 거야?"

"마침 이안 카스트로가 타석에 들어서니까."

박건이 제대로 말뜻을 이해하지 못해서 의아한 시선을 던질 때, 브라이언 할리데이가 돌연 감사 인사를 건넸다.

"고맙다."

"뜬금없이 왜 고맙다는 거야?"

"네 덕분에 정신 차렸으니까. 그래서 언젠가 네게 진 빚을 갚아야겠다고 생각하고 있었는데… 이제 빚을 갚을 기회가 찾아온 것 같군."

"……?"

"내 리드대로 공을 던져라."

"하지만……."

"날 믿어라. 이안 카스트로에 대해서는 내가 가장 잘 아니까."

'한가운데 직구?'

이안 카스트로가 타석에 들어선 순간, 브라이언 할리데이가 사인을 냈다. 그리고 한가운데 직구를 던지라는 사인을 확인한 박건이 적잖이 당황했다.

썩어도 준치란 말이 괜히 있는 게 아니었다.

이안 카스트로는 LA 다저스로 이적한 후, 중심타선 중 한자리를 차지했을 정도로 타격 능력을 뽐냈다.

타격 능력만 놓고 보자면 마이애미 말린스에 있을 때보다 더 나은 모습을 보이고 있었다.

특히 홈런 개수가 늘었다.

그런 이안 카스트로를 상대로 브라이언 할리데이가 초구로 한가운데 직구를 던지라는 사인을 냈으니 어찌 당황하지 않을 수 있을까.

"한번 믿어봐라."

"그렇지만……."

"전문가 말은 믿어야 한다."

"……?"

"아까 이안 카스트로 전문가라고 브라이언 할리데이가 자기 입으로 말하지 않았느냐? 믿는 구석이 있겠지."

'나도… 모르겠다!'

이용운의 충고를 듣고서야 박건이 결심을 굳히고 투구 동작에 돌입했다.

슈아악.

"스트라이크."

사인대로 한가운데 직구가 들어갔지만, 이안 카스트로는 배트를 내밀지 않고 그냥 지켜보기만 했다.

잠시 후 이안 카스트로가 아쉬운 기색을 감추지 못하고 드러냈다.

실투를 놓쳤다고 판단했기 때문이리라.

툭. 툭.

똑같은 실수를 반복하지 않겠다는 각오를 다지듯 주먹으로 헬멧을 두 차례 두드린 후, 이안 카스트로가 다시 타격자세를 취했다.

'또 한가운데 직구!'

브라이언 할리데이가 낸 사인은 역시 한가운데 직구였다.

'너무… 위험하지 않을까?'

이런 우려가 들었지만, 이미 전문가(?)인 브라이언 할리데이를 믿고 따르기로 결심한 후였다.

슈아악.

그래서 박건이 더 고민하지 않고 한가운데 직구를 구사했다.

이안 카스트로는 스윙을 하던 도중에 배트를 멈췄다.

"스트라이크."

그러나 주심은 2구째 직구가 스트라이크존을 통과했다고 판단했다.

'빠졌어.'

박건이 안도의 한숨을 내쉬었다.

이안 카스트로가 도중에 배트를 멈춰 세웠던 이유.

박건이 2구째로 던진 직구가 제구가 되지 않으며 몸 쪽 꽉 찬 코스로 파고들었기 때문이었다.

결과적으로는 제구가 되지 않은 것이 다행이었던 셈이었다.

노 볼 2스트라이크.

불리한 볼카운트에 몰린 이안 카스트로가 거칠게 콧김을 내뿜었다.

한가운데 직구에 이어서 스트라이크존을 통과한 몸 쪽 직구도 놓쳤다는 사실로 인해 화가 난 것이리라.

그리고 3구째.

'바깥쪽 슬라이더.'

브라이언 할리데이는 3구째에 직구가 아니라 슬라이더를 요구했다.

'바로 승부!'

바깥쪽 슬라이더 사인을 낸 브라이언 할리데이의 미트는 바깥쪽 꽉 찬 코스에 머물러 있었다.

슈악.

박건이 브라이언 할리데이의 요구대로 슬라이더를 구사했다.

딱.

이안 카스트로도 이번에는 타석에서 기다리지 않고 배트를 휘둘렀다.

'빨라!'

직구를 기다려서일까.

이안 카스트로의 배트가 돌아가는 것이 너무 빨랐고, 그래서 정타가 되지는 못했다.

하지만 박건은 웃지 못했다.

'안타 코스.'

이안 카스트로의 타구가 2, 3루 간을 빠져나가는 안타 코스로 굴러가고 있다는 사실을 알아챘기 때문이었다.

타구 상황을 살피기 위해서 급히 고개를 돌렸던 박건의 눈에 유격수 폴 바셋이 여유 있게 타구를 잡아내는 것이 보였다. 그리고 폴 바셋은 안전하게 타구를 포구한 후, 빠르게 2루로 송구했다.

"아웃."

2루수가 송구한 공이 1루수의 글러브에 도착하는 것이 이안 카스트로의 발이 1루 베이스에 닿는 것보다 더 빨랐다.

"아웃."

6—4—3으로 이어지는 병살타.

3루 주자가 홈으로 파고드는 것까지는 막을 순 없었다.

2—2.

그래서 동점을 허용했지만, 마이애미 말린스 입장에서는 최상의 결과라 할 수 있었다.

'폴 바셋이… 왜 저기 서 있었던 거지?'

박건이 병살플레이를 완성시킨 폴 바셋을 바라보았다.

아까 박건이 착각했던 것이 아니었다.

이안 카스트로의 땅볼타구.

정타는 아니었지만, 타구의 코스가 워낙 좋았다.

그래서 2, 3루 간을 빠져나가는 안타가 될 거라고 예상했는데, 그 예상은 빗나갔다.

마치 이안 카스트로의 타구가 그 방향으로 굴러올 것을 예측했다는 듯이 폴 바셋이 수비위치를 조정해 있었다.

덕분에 병살플레이를 완성할 수 있었던 것이었고.

"전문가가 맞구나."

"네?"

"브라이언 할리데이가 괜히 베테랑이 아니다. 후배의 제구가 안 된다는 걸 알고 미리 대비책을 마련했으니까."

이용운의 말대로였다.

아까 3구째를 던질 때, 브라이언 할리데이는 미트를 바깥쪽 꽉 찬 코스에 대고 있었다. 그러나 박건이 던진 슬라이더는 스트라이크존을 벗어나며 낮게 형성됐었다.

이안 카스트로가 무리하게 잡아당긴 탓에 정타가 되지 않았지만, 타구의 코스는 좋았던 셈이었다.

'예상했다.'

브라이언 할리데이가 이런 상황을 모두 예측하고 유격수 폴 바셋의 수비위치를 조정했기 때문에 병살플레이가 만들어졌던 것이었다.

그러나 박건은 환하게 웃지 못했다.

2사 3루.

아직 실점 위기가 끝나지 않았기 때문이었다.

또, 박건의 제구는 여전히 뜻대로 되지 않고 들쭉날쭉했다.

이 실점 위기를 넘기는 것이 급선무였다.

2사 3루 상황에서 타석에 들어선 것은 6번 타자 크리스 테일러.

'한가운데 직구.'

브라이언 할리데이가 낸 사인을 확인한 박건이 짤막한 한숨을 내쉬었다.

또 한가운데 직구를 요구했기 때문이었다.

그러나 박건은 고개를 끄덕였다.

브라이언 할리데이의 리드를 믿었기 때문이었다.

슈아악.

크리스 테일러는 이안 카스트로와 달랐다.

박건이 던진 초구를 흘려보내지 않고 과감하게 배트를 휘둘렀다.

따악.

묵직한 타격음이 흘러나온 순간, 박건의 낯빛이 창백하게 질렸다.

장타를 허용했다는 생각이 퍼뜩 들었기 때문이었다.

투구를 마치자마자 급히 고개를 돌린 박건이 타구의 궤적을 눈으로 확인했다.

우중간 코스로 향하는 타구의 비거리는 길었다. 그렇지만 우익수 피터 알론소는 끝까지 포기하지 않고 타구를 쫓았다. 그리고 외야 펜스를 손으로 짚으며 점프한 후 글러브를 높이 들어 올렸다.

'잡았다.'

점프캐치 후 착지한 피터 알론소가 심판에게 어필하듯 타구를 잡아낸 글러브를 들어 올렸다.

피터 알론소의 엄청난 호수비 덕분에 추가 실점을 허용할 위기를 넘긴 박건이 안도의 한숨을 내쉬며 더그아웃 쪽으로 걸어갔다.

더그아웃 앞에 먼저 도착해서 기다리고 있던 브라이언 할리데이가 주먹을 내밀었다.

팍.

박건이 웃으며 주먹을 들어서 부딪쳤다.

*   *   *

위기 뒤의 찬스라는 말이 괜히 있는 게 아니었다.

무사만루의 위기를 잇따른 호수비 덕분에 1실점만 허용하고 막아내는 데 성공한 마이애미 말린스는 이어진 5회 초 공격에서 바로 찬스를 잡았다.

5회 초의 선두타자 앤서니 쉴즈가 좌전 안타로 공격의 포문을 열었다. 제이 콥스가 외야플라이로 물러났지만, 8번 타자 토미 맥그리거가 중전안타를 때려내며 1사 1, 2루의 득점 찬스를 만들었다. 그리고 타석에는 9번 타자 박건이 들어섰다.

"그럼 버텨. 네가 그라운드에서 함께 뛰고 있는 것만으로도 충분하니까."

박건이 타석을 향해 걸어가던 도중, 아까 브라이언 할리데이가 했던 말을 떠올렸다.

'내 몫은 해야지.'

투수 박건은 오늘 최고의 컨디션이 아니었다.

그렇지만 박건은 부진을 타석에서 만회하고 싶었다.

"왜 아무 말씀도 안 하십니까?"

박건이 묻자, 이용운이 대답했다.

"알아서 잘하니까."

"저를 너무 믿으시는 것 아닙니까?"

"이제는 믿을 만하다."

이용운과 짧막한 대화를 주고받은 후, 박건이 타격자세를 취했다.

'직구.'

대충 수 싸움을 마쳤을 때, 알렉스 우드가 초구를 던졌다.

슈아악.

바깥쪽 꽉 찬 코스의 직구가 날아든 순간, 박건이 지체하지 않고 배트를 휘둘렀다.

따악.

배트 중심에 걸린 타구가 우측 외야 펜스를 훌쩍 넘기고 떨어졌다.

5이닝 2실점.

투수 박건은 평소보다 부진했다.

2타수 1안타 1홈런 3타점.

그러나 타자 박건은 투수 박건의 부진을 만회했다.

최종 스코어 5—3.

박건이 5회 초에 터뜨린 석 점 홈런이 결승타가 되면서 마이애미 말린스는 내셔널리그 챔피언십 시리즈 1, 2차전을 모두 승리했다.

*   *   *

'구부능선을 넘었다.'

내셔널리그 챔피언십 시리즈 1차전과 2차전에서 모두 승리하면서 마이애미 말린스는 월드시리즈 진출을 위한 유리한 고지를 점했다.

'선배님 말씀대로 됐네.'

내셔널리그 챔피언십 시리즈 1차전과 2차전에서 마이애미 말린스가 모두 승리하면, 3차전에 선발 등판이 유력한 클라이튼 커쇼가 중압감을 더욱 크게 느끼며 새가슴이란 약점을 노출할 것이란 이용운의 예측대로 지금까지는 진행된 셈이었다.

샌디 알칸트라 VS 클라이튼 커쇼.

그리고 양 팀 감독은 3차전을 하루 앞두고 선발투수를 예고했다.

내셔널리그 챔피언십 시리즈 1차전과 2차전에서 예상을 뒤엎는 파격적인 선발투수를 내세웠던 양 팀 감독이었지만, 3차전에서는 달랐다.

모두의 예상대로 팀의 에이스들을 선발투수로 예고했다.

"역시… 데이빗 로버츠 감독이 약점이었다."

예고된 선발투수의 면면을 확인하자마자, 이용운이 말했다.

"무슨 뜻입니까?"

"박자를 못 맞춘다는 뜻이다."

"……?"

"정석을 택해야 할 때는 파격, 파격을 택해야 할 때는 정석대로 가고 있으니까."

박건이 제대로 말뜻을 이해하지 못했을 때, 이용운이 부연했다.

"내가 LA 다저스 감독이었다면 내셔널리그 챔피언십 시리즈 3차전 선발투수로 워커 불러를 낙점했을 것이다."

"왜입니까?"

"클라이튼 커쇼가 새가슴이란 사실을 알고 있으니까. 워커 불러를 3차전 선발투수로 내세우는 편이 LA 다저스가 승리할 확률이 더 높아진다. 그리고 일단 1승을 거두고 나면 4차전에 선발투수로 출전할 클라이튼 커쇼가 느끼는 부담감과 중압감도 줄어들 터. 훨씬 좋은 투구를 할 수 있을 것이다. 그런데 데이빗 로버츠 감독은 3차전 선발로 워커 불러가 아니라 클라이튼 커쇼를 내세웠지. 이걸로 데이빗 로버츠 감독이 LA 다저스의 가장 큰 약점이라는 것이 확실해졌다."

이용운의 설명을 들은 박건이 질문했다.

"데이빗 로버츠 감독은 모르는 걸까요?"

"응?"

"클라이튼 커쇼가 큰 경기에 약하다는 사실을 모르기 때문에 이런 선택을 내린 건가 해서요."

"알고 있다."

"네?"

"나도 알고 있는 사실을 명색이 LA 다저스의 감독인 데이빗 로버츠가 모를 리가 없다."

이용운이 확신에 찬 목소리로 대답한 순간, 박건이 다시 질문했다.

"그런데 왜 3차전 선발투수로 클라이튼 커쇼를 예고한 겁니까?"

"팀의 상징이니까."

"클라이튼 커쇼가 팀의 상징이다?"

"그래. 워커 불러가 최근 에이스급 투수로 급성장하긴 했지만, 클라이튼 커쇼는 오랫동안 LA 다저스를 상징했던 메이저리그 최고의 선발투수였다. 그래서 가장 중요한 경기에는 계속 클라이튼 커쇼를 내보내는 거지. 디비전 시리즈를 보면 알 수 있지 않느냐?"

이용운의 예시대로였다.

LA 다저스는 밀워키 브루어스와 치른 디비전 시리즈 중 가장 중요한 경기였던 1차전과 5차전에 클라이튼 커쇼를 모두 선발투수로 내보냈었다.

"데이빗 로버츠 감독은 두렵기도 할 거다."

"뭐가 말입니까?"

"클라이튼 커쇼를 가장 중요한 경기에 내보내지 않았다가 경기에서 패한 경우에 돌아올 후폭풍과 비난 말이다."

박건이 고개를 끄덕였을 때, 이용운이 덧붙였다.

"그 두려움을 극복하고, 내셔널리그 챔피언십 시리즈에서 승리하기 위해서 클라이튼 커쇼의 투입 순서를 바꿀 수 있느냐? 이게 내가 판단하는 명장의 조건 중 하나다. 그런데 데이빗 로버츠 감독은 그 조건을 충족시키지 못했지. 그리고 이것이 LA 다저스의 결정적인 패인이 될 것이다."

제9장

내셔널리그 챔피언십 시리즈 3차전.

샌디 알칸트라와 클라이튼 커쇼.

명실공히 양 팀의 에이스들이 선발투수로 출전한 경기답게 초반 양상은 팽팽한 투수전이었다.

4회 초 LA 다저스 공격.

2사 주자 없는 상황에서 타석에는 4번 타자 커디 벨린저가 들어섰다.

정규시즌에 최고의 활약을 펼치면서 내셔널리그 MVP 후보에도 올랐던 커디 벨린저였지만, 내셔널리그 챔피언십 시리즈가 시작된 후에는 무척 부진했다.

그리고 이번 타석도 마찬가지였다.

슈악.

부우웅.

풀카운트 승부 끝에 샌디 알칸트라의 슬라이더에 헛스윙을 하며 삼진으로 물러났다.

"나이스!"

커디 벨린저를 삼진으로 돌려세운 샌디 알칸트라가 주먹을 불끈 움켜쥐며 포효했다.

*   *   *

내셔널리그 챔피언십 시리즈 2차전에서 선발투수로 출전해서 5이닝을 던졌던 박건은 3차전 선발 라인업에서 제외됐다.

2차전이 끝나고 3차전이 열리기까지 하루의 휴식일이 있었기에 박건은 3차전에 출전할 수 있다고 조 매팅리 감독에게 어필했다.

그러나 잭 대니얼스 단장의 엄명을 받은 조 매팅리 감독은 박건을 선발 라인업에서 제외했다.

그로 인해 더그아웃에서 경기를 지켜보던 박건이 커디 벨린저를 헛스윙 삼진으로 잡아낸 후 포효하는 샌디 알칸트라를 확인한 후, 희미한 웃음을 머금었다.

"첫 번째 조건은 충족했다."

이용운의 표현대로라면 새가슴인 클라이튼 커쇼를 무너뜨릴 수 있는 첫 번째 조건이 마이애미 말린스 선발투수인 샌디 알칸트라가 호투를 펼치는 것이었다.

그리고 샌디 알칸트라는 4이닝 무실점으로 호투하며 첫 번째 조건을 충족시킨 셈이었다.

이어진 4회 말 마이애미 말린스의 공격.

선두타자 피터 알론소는 중전안타를 터뜨리며 1루로 출루했다.

무사 1루에서 타석에 등장한 폴 바셋은 클라이튼 커쇼의 3구째 슬라이더를 공략했다.

'병살타!'

유격수 정면으로 굴러가는 폴 바셋의 땅볼타구를 확인한 박건이 병살플레이를 떠올렸을 때였다.

툭. 데구르르.

LA 다저스 유격수는 병살플레이를 염두에 두고 송구를 서두르다가 공을 한 번 더듬었다.

바닥에 떨어진 공을 재빨리 집어 든 유격수가 2루로 송구했다.

"아웃."

간발의 차로 아웃이 선언된 순간, LA 다저스 유격수가 안도의 한숨을 내쉬었다.

그럼에도 불구하고 유격수의 표정에는 아쉬운 기색이 떠올라 있었다.

포구하는 과정에서 공을 한 차례 더듬지 않았다면 무난하게 병살플레이를 완성할 수 있었던 타구였기 때문이었다.

원래라면 2사 주자 없는 상황이 됐어야 했는데 1사 1루 상황이 된 셈.

"두 번째 조건도 충족됐다."

그 순간, 박건이 혼잣말을 꺼냈다.

이용운은 새가슴 클라이튼 커쇼를 무너뜨릴 수 있는 두 번째 조건이 변수가 발생하는 것이라고 밝혔기 때문이었다.

팽팽한 경기 흐름에서 나온 유격수의 수비 실책.

변수가 되기에 충분했다.

그리고 첫 번째 조건과 두 번째 조건이 모두 충족되면 클라이튼 커쇼가 무너질 거라는 이용운의 예측이 적중했다.

클라이튼 커쇼는 4번 타자 브라이언 할리데이에게 볼넷을 허용했고, 1사 1, 2루에서 5번 타자 커티스 그랜더슨에게 2루타를 얻어맞았다.

1—0.

2루 주자였던 폴 바셋이 여유 있게 홈으로 파고들며 마이애미 말린스는 내셔널리그 챔피언십 시리즈 3차전에서도 먼저 선취점을 올리는 데 성공했다. 그리고 아직 끝이 아니었다.

1사 2, 3루의 찬스에서 타석에 들어선 데릭 로이스가 2루수의 키를 살짝 넘기고 떨어지는 텍사스 안타를 때려냈다.

3—0.

경기가 마음먹은 대로 풀리지 않아서일까.

팡. 팡.

클라이튼 커쇼가 답답한 표정으로 주먹으로 글러브를 잇따라 때렸다. 그러나 아직 클라이튼 커쇼의 수난은 끝나지 않았다.

7번 타자 제이 콥스는 삼진으로 돌려세우며 위기에서 벗어나는 듯했던 클라이튼 커쇼는 8번 타자 토미 맥그리거와의 승부에서 또 한 번 어려움을 겪었다.

슈악.

딱.

토미 맥그리거는 클라이튼 커쇼의 유인구를 계속 커트해 내면서 끈질긴 승부를 펼쳤다.

9구까지 이어진 승부.

슈아악.

클라이튼 커쇼가 10구째로 던진 구종은 직구였다.

'실투!'

한가운데로 몰린 직구는 분명 실투였다.

따악.

그리고 타석에서 잔뜩 웅크리고 있던 토미 맥그리거는 클라이튼 커쇼의 실투를 놓치지 않았다.

맞는 순간, 홈런임을 직감할 수 있을 정도로 잘 맞은 타구.

토미 맥그리거가 오른팔을 높이 들어 올린 채 1루로 천천히 달리기 시작했다.

풀썩.

반면 클라이튼 커쇼는 고개를 돌려 타구도 확인하지 않고 바닥에 주저앉았다.

큰 경기에 약하다는 자신의 이미지를 이번 기회에도 씻지 못했다는 자책으로 인해 그는 망연자실한 표정을 짓고 있었다.

5—0.

격차가 다섯 점으로 벌어진 순간, 데이빗 로버츠 감독이 더그아웃을 박차고 나와 마운드로 걸어 올라갔다.

침통한 표정의 데이빗 로버츠 감독이 클라이튼 커쇼에게 공을 건네받은 후, 그의 어깨를 두드렸다.

역시 침통한 표정의 클라이튼 커쇼가 어깨를 축 늘어뜨린 채 마운드를 내려갔다.

"쓸쓸하네."

그 일련의 과정을 더그아웃에서 지켜보던 박건이 안타까운 시선을 던졌다.

세계 최고의 투수라 불렸던 클라이튼 커쇼였다.

그러나 그가 어깨를 축 늘어뜨린 채 마운드에서 걸어 내려가는 모습을 보고 있자니, 왠지 안쓰러운 마음이 들었다.

"돌아올 것이다."

그때, 이용운이 말했다.

"오늘의 아픔을 곱씹고 더 나은 모습으로 돌아올 것이다."

"그래야죠."

거인이 퇴장하기에는 너무 일렀다.

좀 더 오랫동안 거인을 만나서 상대하고 싶었기에 박건이 진심을 담아서 말했을 때였다.

"이제 더 볼 것도 없다."

"……?"

"내셔널리그 챔피언십 시리즈 3차전도 마이애미 말린스가 이겼다."

〈마이애미 말린스 선발 라인업〉

1. 브라이언 마일스.

2. 피터 알론소.

3. 박건.

4. 브라이언 할리데이.

5. 커티스 그랜더슨.

6. 앤서니 쉴즈.

7. 제이 콥스.

8. 폴 바셋.

9. 더스틴 메이.

Pitcher. 더스틴 메이.

내셔널리그 챔피언십 시리즈 4차전을 앞두고 조 매팅리 감독이 발표한 선발 라인업 명단이었다.

"마이애미 말린스의 베스트 라인업이다."

선발 라인업 명단을 확인한 이용운이 평가했다.

그 평가를 들은 순간, 박건은 두 가지 생각을 동시에 떠올렸다.

'베스트 라인업을 한 번도 가동하지 않고도 여기까지 왔구나.'

가장 먼저 떠올렸던 생각이었고.

'쉬어 갈 곳이 없구나.'

다음으로 떠올린 생각이었다.

1번부터 8번까지.

어느 한 타자 만만한 타자가 없었다.

게다가 데릭 로이스와 토미 맥그리거가 언제든지 대타자로 출전할 준비를 하고 있었다.

상대 투수 입장에서는 숨이 막힐 정도였다.

"워커 불러는 구위가 좋지만, 경험이 부족하다는 것이 약점이다. 오늘 경기에서마저 패하면 LA 다저스의 올 시즌은 끝난다. 그 사실을 알고 있는 워커 불러는 중압감을 떨치기 어려울 것이다. 초반에 몰아붙여서 일찍 승부를 결정짓는 것이 최선이지."

이용운의 예상대로였다.

워커 불러는 경기 초반부터 제구 난조를 드러냈다.

슈아악.

"볼넷."

풀카운트 승부 끝에 워커 불러가 구사한 회심의 몸 쪽 직구는 조금 높았다.

브라이언 마일스가 볼넷을 얻어내며 무사 1루가 됐고, 피터 알론소를 상대하던 워커 불러가 3구째로 던진 몸 쪽 커브는 너무 깊었다.

펙.

피터 알론소가 몸에 맞는 볼로 출루하면서 무사 1, 2루로 바뀐 순간, LA 다저스 투수코치가 마운드를 방문했다.

예상보다 이른 시점인 투수코치의 마운드 방문.

그러나 박건은 투수코치의 이른 방문을 이해할 수 있었다.

LA 다저스는 내일이 없는 입장.

조급할 수밖에 없었다. 그리고 대개 조급함은 독이 되어 돌아오는 법이었다.

슈아악.

따악.

박건이 욕심내지 않고 워커 불러의 직구를 받아 쳤다.

우익수 앞에 떨어진 우전안타.

2루 주자였던 브라이언 마일스가 여유 있게 홈으로 파고들며 마이애미 말린스는 손쉽게 선취점을 올렸다. 그리고 브라이언 할리데이는 박건이 선발 라인업에 복귀했음에도 여전히 4번 타순을 지키고 있는 이유를 보여주었다.

슈악.

따악.

워커 불러의 2구째 커브를 받아 쳐서 루상에 있던 두 명의 주자를 모두 불러들이는 2타점 적시 2루타를 때려냈다.

3—0.

석 점 차로 격차가 벌어진 순간, 데이빗 로버츠 감독이 마운드를 향해 걸어 올라왔다.

*   *   *

5—1.

6회 초가 끝났을 때의 스코어였다.

먼저 3승을 거둔 마이애미 말린스는 내셔널리그 챔피언십 시리즈 4차전에서도 타선이 폭발하며 크게 리드하고 있었다.

"진짜… 월드시리즈에 진출하겠네요."

TV 중계를 보던 송이현이 혀를 내둘렀다.

내셔널리그 챔피언십 시리즈가 시작하기 전까지만 해도, 송이현은 LA 다저스의 우세를 점쳤다.

LA 다저스는 빅마켓 구단이자 전통의 강팀.

마이애미 말린스는 스몰마켓 구단이자 약팀.

이런 이미지가 머릿속에 오랫동안 각인되다시피 했기 때문에 두 팀이 내셔널리그 챔피언십 시리즈에서 맞붙을 때, LA 다저스가 마이애미 말린스를 제압하고 월드시리즈에 진출할 거라고 예상했던 것이었다.

그렇지만 송이현이 했던 예상은 완벽하게 빗나갔다.

마이애미 말린스는 내셔널리그 챔피언십 시리즈 1차전부터 3차전까지 모두 승리했다.

시리즈 전적 3—0.

그리고 내셔널리그 챔피언십 시리즈 4차전에서도 LA 다저스를 압도하고 있었다.

"아직 끝이 아닙니다."

그때 제임스 윤이 반박했다.

그 반박을 들은 송이현이 제임스 윤에게 새삼스러운 시선을 던졌다.

승부의 추가 이 정도로 급격하게 기울어 있는 상태임에도 불구하고, 제임스 윤은 아직 내셔널리그 챔피언십 시리즈가 끝난 것이 아니라고 주장했다.

'이런 신중함은 배워야 해.'

송이현이 속으로 생각하며 제임스 윤에게 물었다.

"역전의 가능성이 남아 있다고 생각해요?"

"아니요."

"네?"

"승부는 진즉에 끝났습니다. 내셔널리그 챔피언십 시리즈에서 클라이튼 커쇼가 무너지면서 LA 다저스가 3연패에 빠졌을 때, 이미 시리즈의 승패는 결정 났던 것이나 마찬가지였죠. 물론 4점이라는 점수 차, 절대 뒤집을 수 없을 정도로 큰 격차는 아닙니다. 그럼에도 불구하고 제가 이미 끝났다고 확신하는 이유는 표정입니다. 지금 화면에 잡히고 있는 LA 다저스 선수들의 표정, 패잔병이나 마찬가지거든요. 선수들이 먼저 경기를 포기했는데 4점의 격차를 뒤집는 것은 불가능하죠."

제임스 윤이 확신에 찬 목소리로 내셔널리그 챔피언십 시리즈 4차전마저 마이애미 말린스가 승리를 거두면서 월드시리즈에 진출할 것이라고 주장했다.

"그런데… 아까 왜 아직 끝난 게 아니라고 했어요?"

"아, 캡틴이 제 말뜻을 오해하셨군요."

"오해?"

"제가 끝나지 않았다고 말했던 것은 LA 다저스가 아니었습니다. 마이애미 말린스에 대해서 말씀드렸던 겁니다."

"……?"

"월드시리즈 진출에서 끝나지 않고, 마이애미 말린스가 월드시리즈 우승을 차지할 거란 생각이 들었거든요."

"마이애미 말린스가… 진짜 월드시리즈 우승을 차지한다?"

"제 판단에는 7할 이상입니다."

"마이애미 말린스가 월드시리즈 우승을 차지할 확률이 무려

7할 이상이다?"

"네."

"그렇게 판단한 근거는요?"

"지금의 마이애미 말린스는 강팀이거든요."

제임스 윤의 대답을 들은 송이현이 두 눈을 빛냈다.

평소 제임스 윤은 무척 신중한 성격이었다.

그런 그가 이렇게 확신에 찬 목소리로 주장하는 것.

마이애미 말린스의 월드시리즈 우승 확률이 무척 높다는 것을 의미했다.

'강팀으로… 변모했네.'

송이현이 제임스 윤의 주장에 반박하지 못하고 고개를 끄덕였다.

정구 시즌 초반의 마이애미 말린스는 분명히 약팀이었다.

시즌 중반까지 내셔널리그 동부 지구 최하위에 처졌을 정도로.

그런데 지금의 마이애미 말린스는 월드시리즈 우승을 노릴 정도로 강팀으로 변모해 있었다.

'꼭… 지난 시즌의 청우 로얄스 같네.'

통합 우승을 차지했던 지난 시즌의 청우 로얄스와 올 시즌의 마이애미 말린스.

무척 닮았다는 생각이 퍼뜩 들었다.

지난 시즌의 청우 로얄스 역시 정규시즌 중반까지 하위권을 맴돌다가 점점 강팀으로 변모해서 결국 통합 우승까지 차지했었다.

'공통점은 박건!'

잠시 후 송이현의 생각이 박건에게 미쳤다.

리그는 달랐지만, 닮은꼴 행보를 보이는 청우 로얄스와 마이애미 말린스.

두 팀의 공통점은 박건이었다.

박건이 팀에 합류한 후, 청우 로얄스와 마이애미 말린스는 서서히 강팀으로 변모했다는 공통점이 존재했다.

'구심점.'

제임스 윤이 언급했던 박건의 역할이 새삼 가슴에 와닿은 순간이었다.

6회 말 마이애미 말린스의 공격이 시작됐다. 그리고 6회 말의 선두타자인 피터 알론소는 LA 다저스의 세 번째 투수인 딜런 플로로에게서 중전안타를 뽑아냈다.

무사 1루 상황에서 타석에 들어서는 것은 박건.

6회 말에 추가 실점을 더 허용한다면 추격이 불가능하다고 판단해서일까.

데이빗 로버츠 감독은 바로 투수를 교체했다.

"칼리 젠슨을… 올리네요."

칼리 젠슨은 LA 다저스의 클로저.

아직은 6회 말이었기에 칼리 젠슨이 마운드에 올라오는 것을 확인하고 송이현이 놀랐을 때였다.

"뒤가 없으니까요."

제임스 윤이 덧붙였다.

"여기서 칼리 젠슨이 추가 실점을 허용하면 내셔널리그 챔피언십 시리즈는 진짜 끝나는 것이나 마찬가지입니다."

제임스 윤이 말을 마친 순간, 바뀐 투수 칼리 젠슨이 초구를 뿌렸다.

슈아악.

따악.

타석에 선 박건은 망설이지 않고 힘껏 배트를 휘둘렀다.

높게 솟구친 박건의 타구는 외야 관중석 하단에 떨어졌다.

7—1.

"와아."

"와아아!"

양 팀의 격차를 더 벌려놓는 박건의 투런홈런이 터진 순간, 마이애미 말린스 홈 팬들이 일제히 기립한 채 엄청난 환호를 보내기 시작했다.

"마이애미 말린스가 추가득점을 올렸으니까 내셔널리그 챔피언십 시리즈는 끝이 났네요."

"그렇습니다."

"가야겠어요."

"네?"

"미국으로 건너가야겠어요."

"월드시리즈를 직관하겠다는 말씀이십니까?"

"맞아요. 박건, 앤서니 쉴즈, 조던 픽스, 우리 팀 소속 선수들이 셋이나 월드시리즈 무대에서 뛰게 됐는데 TV 중계로 지켜볼 수는 없죠."

송이현이 대답한 순간, 제임스 윤이 지적했다.

"전(前) 우리 팀 소속 선수들이죠."

"지금… 그게 중요해요?"

"그건 아니지만……."

"지금 중요한 건 티켓을 구하는 거예요."

미국으로 직접 건너가서 월드시리즈를 직관하기로 결심한 송이현이 덧붙였다.

"제임스의 모든 인맥을 동원해서라도 월드시리즈 티켓을 구해요."

*   *   *

방송국 로비는 발 디딜 틈이 없을 정도로 붐볐다.

직원들과 방문객들 모두 로비 한편에 설치된 대형 TV 앞으로 모여들어서 내셔널리그 챔피언십 시리즈 4차전을 지켜보고 있었다.

9회 초 LA 다저스의 정규이닝 마지막 공격.

스코어는 9—1이었다.

큰 점수 차로 벌어져 있었지만, 조 매팅리 감독은 팀의 마무리투수인 브래들리 쿡을 투입했다.

일말의 역전 가능성조차도 차단하겠다는 강한 의지의 표현.

경기의 승패는 거의 확정된 것이나 마찬가지 상황이었지만, 대형 TV 앞을 떠나는 사람들은 없었다.

브래들리 쿡이 마운드에서 던지는 공 하나하나에 집중하며 바라보고 있었다.

"됐다."

"좋았어!"

LA 다저스의 4번 타자인 커디 벨린저가 풀카운트 승부 끝에 헛스윙 삼진을 당하며 2사 주자 없는 상황으로 바뀌자, 사람들의 환호가 커졌다.

이제 마이애미 말린스의 월드시리즈 진출까지 남은 아웃카운트는 단 하나.

'또… 약속을 지켰네.'

채선경의 입가로 희미한 미소가 번졌다.

정규시즌 막바지, 부상 치료와 재활을 위해서 한국에 머물던 박건은 '메이저리그 투나잇'에 출연했었다.

"월드시리즈 우승을 노리고 있습니다."

인터뷰 도중 박건이 했던 선언이었다.

당시만 해도 마이애미 말린스는 내셔널리그 동부 지구 2위였다.

게다가 내셔널리그 동부 지구 선두를 달리고 있던 애틀랜타 브레이브스의 지구 우승이 유력했던 상황.

그래서 그 말을 믿는 국내 팬들은 많지 않았다.

헛소리로 치부하는 팬들이 많았었고, 일부 극단적인 팬들은 박건을 허언증 환자로 치부하며 비웃기까지 했었다.

그러나 박건은 당시에 했던 이야기가 절대 허언이 아니었다는 것을 서서히 증명해 가고 있었다.

극적인 역전 지구 우승을 차지한 데다가 디비전 시리즈와 내셔널리그 챔피언십 시리즈에서도 압승을 거두며 마이애미 말린스가 월드시리즈 진출을 목전에 두고 있었으니까.

슈악.

딱.

LA 다저스 5번 타자 이안 카스트로가 때린 타구는 공교롭게도 좌익수 쪽으로 날아갔다.

일찌감치 낙구 지점을 예측하고 미리 도착해서 기다리고 있던 박건이 타구를 안전하게 포구하며 경기가 종료됐다.

"이겼다!"

그 순간, 채선경의 옆에서 함께 경기를 지켜보고 있던 배동국이 두 팔을 번쩍 들어 올리며 소리쳤다.

커다란 배동국의 외침을 들은 사람들이 힐끔거리는 시선이 쏠렸다.

그렇지만 배동국은 그 시선들에 아랑곳하지 않고 마음껏 기뻐했다.

'마음고생이 심했으니까.'

채선경은 그런 배동국을 이해했다.

배동국은 메이저리그 중계권 협상을 진두지휘했던 장본인.

그 후 배동국은 천당과 지옥을 여러 차례 오갔을 정도로 마음고생이 심했었다.

그런데 마이애미 말린스가 월드시리즈 진출이라는 쾌거를 이룬 지금, 기쁨을 주체하기 힘들 터였다.

"선경아!"

"네?"

"가자!"

"갑자기 어딜 가자는 거세요?"

"미국 가자."

"네?"

"마이애미 말린스가 월드시리즈에 진출했는데 현장에서 중계 해야지."

"진심… 이세요?"

"이미 사장님과 얘기 끝났다. 마이애미 말린스가 월드시리즈에 진출하면 미국에서 현장 중계 하기로."

배동국의 이야기를 들은 채선경의 표정이 밝아졌다.

다시 박건을 만날 수 있다는 생각에 벌써 가슴이 설렌다.

그리고 가장 중요한 경기를 앞두고 있는 박건의 곁에서 힘을 불어넣어 줄 수 있다는 것이 기뻤다.

"나는 박건이 와이프보다 더 좋다."

그때 배동국이 뜬금없이 고백했다.

분위기에 취한 채선경도 부지불식간에 고백에 동참했다.

"저도… 박건 선수가 정말 좋습니다."

*　　　　*　　　　*

휴스턴 애스트로스와 뉴욕 양키스가 맞붙은 아메리칸리그 챔피언십 시리즈가 끝이 났다.

시리즈 전적 4—2.

휴스턴 애스트로스가 뉴욕 양키스를 제압하고 월드시리즈 진출권을 따내며 월드시리즈 대진표가 완성됐다.

마이애미 말린스 VS 휴스턴 애스트로스.

올 시즌이 시작하기 전, 메이저리그 전문가들이 예측했던 월드시리즈 대진표와는 전혀 다른 대진표였다.

마이애미 말린스와 휴스턴 애스트로스.

두 팀이 월드시리즈에서 맞붙게 될 거라고 예상했던 메이저리그 전문가들이 단 한 명도 없었을 정도로 예상을 완전히 깨

부순 월드시리즈 대진표였다.

드릉. 드르릉.

일찌감치 월드시리즈 진출을 확정한 덕분에 마음이 편한 걸까.

박건은 코를 골며 곤히 잠들어 있었다.

"…이상해."

코 고는 소리를 들으며 휴스턴 애스트로스와 뉴욕 양키스의 아메리칸리그 챔피언십 시리즈 6차전 재방송을 지켜보던 이용운이 작게 혼잣말을 꺼냈다.

마이애미 말린스의 월드시리즈 진출.

야구 전문가들은 올 시즌 메이저리그 최대 이변이라고 지칭했다.

특히 전통의 강호인 LA 다저스를 내셔널리그 챔피언십 시리즈에서 시리즈 전적 4—0으로 제압한 것이 깜짝 놀랄 결과라고 했다.

그러나 이용운의 생각은 달랐다.

"최대 이변은… 마이애미 말린스가 아니라 휴스턴 애스트로스야."

왕조 재건을 일찌감치 선언한 뉴욕 양키스는 오프시즌에 활발한 영입전을 펼쳤다.

덕분에 뉴욕 양키스는 지구 우승을 차지했고, 월드시리즈 진출도 무난할 정도로 전력이 탄탄했다.

그렇지만 뉴욕 양키스는 결과적으로 월드시리즈 진출에 실패했다.

아메리칸리그 챔피언십 시리즈에서 신흥 강호인 휴스턴 애스트로스에 발목이 잡혔기 때문이었다.

"강해."

호세 알투베가 승부에 쐐기를 박는 투런홈런을 터뜨리고 더그아웃으로 돌아와 팀원들과 하이 파이브를 나누는 모습을 지켜보던 이용운이 한숨을 내쉬었다.

객관적인 전력에서 휴스턴 애스트로스는 뉴욕 양키스에 비해 열세였다.

그렇지만 그들은 뉴욕 양키스라는 거함을 격침시켰다.

"분위기를… 탔다?"

아메리칸리그 챔피언십 시리즈 1차전과 2차전을 패한 후, 내리 4연승을 내달리며 월드시리즈 진출을 확정지은 휴스턴 애스트로스는 분명 강팀이었다.

특히 젊은 선수들이 팀의 주축이라 한번 분위기를 타면 막기 힘들었다.

"하지만 분위기라면… 마이애미 말린스도 뒤지지 않아."

정규시즌 최종 시리즈에서 애틀랜타 브레이브스에 스윕을 거두며 극적인 역전 지구 우승을 차지했던 마이애미 말린스는 세인트루이스 카디널스와의 디비전 시리즈와 LA 다저스와의 챔피언십 시리즈에서 모두 스윕을 거두며 연승 행진을 이어가고 있었다.

"분위기 싸움. 1차전과 2차전을 잡는다면 마이애미 말린스가 월드시리즈 우승을 차지할 수 있다."

휴스턴 애스트로스의 전력을 분석하던 이용운이 결론을 내렸다.

*   *   *

"기분이 어떤가?"

잭 대니얼스의 질문에 조 매팅리 감독이 모자를 벗었다 다시 쓰며 대답했다.

"아직 실감이 안 납니다."

조 매팅리 감독은 월드시리즈를 경험하는 것이 처음이었다.

그래서 실감이 나지 않는다고 대답하는 그에게 잭 대니얼스가 웃으며 말했다.

"마찬가지네."

"네?"

"나도 처음이거든."

잭 대니얼스 단장도 월드시리즈를 경험하는 것은 처음이었다.

"그래서 이번 기회를 절대 놓치고 싶지 않군. 언제 다시 이런 기회가 찾아올지 알 수 없으니까."

잭 대니얼스가 포부를 밝혔을 때였다.

"내년에도 기회는 있을 겁니다."

"응?"

"지금의 전력만 유지한다면 마이애미 말린스는 내년 시즌에도 월드시리즈 우승에 도전할 수 있을 겁니다."

조 매팅리 감독이 확신에 찬 목소리로 덧붙인 이야기를 들은 잭 대니얼스가 고개를 끄덕였다.

올 시즌 초반의 마이애미 말린스와 현재의 마이애미 말린스.

과연 같은 팀이 맞는가 할 정도로 큰 변화가 있었다. 그리고 그 변화는 긍정적이었다.

지금 마이애미 말린스 팀의 전력은 월드시리즈 우승을 노릴 정도로 강하게 바뀌어 있었다.

"하지만 전문가들의 생각은 다르네. 거의 대부분의 전문가들이 휴스턴 애스트로스가 월드시리즈 우승을 차지할 거라고 예측하고 있더군."

"저도 알고 있습니다."

"휴스턴 애스트로스의 우세를 점치는 이유도 알고 있나?"

"선발진이 우세하기 때문입니다."

저스틴 벌렌더—게릿 콜—잭 그레인키.

어느 팀에 가든 1선발을 맡을 수 있는 최고의 선발투수 세 명이 현재 휴스턴 애스트로스에 모여 있었다.

샌디 알칸트라—더스틴 메이—헥터 노에사.

마이애미 말린스의 1선발에서 3선발을 맡고 있는 투수들과 비교하면 무게감에서 확연히 차이가 있었다.

단기전에서 승패를 가르는 가장 중요한 요인은 투수력.

이것이 대부분의 전문가들이 월드시리즈에 진출한 두 팀 가운데 휴스턴 애스트로스의 우세를 점치는 이유였다.

그때, 조 매팅리 감독이 말했다.

"하지만 4선발은 우리가 더 강합니다."

"4선발이라면… 트레비스 리차즈 말인가?"

잭 대니얼스가 고개를 갸웃했다.

휴스턴 애스트로스에서 4선발 역할을 맡고 있는 것은 브랜든 베일.

마이애미 말린스의 4선발인 트레비스 리차즈와 비교하면 성적 면에서 브랜든 베일이 오히려 우세였기 때문이었다.

"우리 팀의 4선발은 트레비스 리차즈가 아닙니다."

"그럼?"

"박건입니다."

"박건?"

"박건이 우리 팀의 4선발이자 마이애미 말린스의 월드시리즈 우승을 위한 비밀 병기입니다."

조 매팅리 감독의 이야기를 듣던 잭 대니얼스의 입가로 미소가 번졌다.

아까 조 매팅리 감독은 본인이 이끄는 마이애미 말린스가 월드시리즈에 진출한 것이 실감이 나지 않는다고 말했었다.

그러나 그는 이미 마이애미 말린스가 월드시리즈 우승을 차지하기 위한 나름의 비책을 준비해 온 후였다.

'1차전과 2차전, 6차전과 7차전 중 한 경기에 박건을 선발 투입해서 확실한 승리를 챙기겠다는 계산이군.'

메이저리그 올스타전에서 내셔널리그 연합 팀이 승리를 거뒀다.

당시만 해도 잭 대니얼스는 메이저리그 올스타전 승패에 별 관심이 없었다.

'마이애미 말린스의 월드시리즈 진출은 어렵지 않을까?'

이렇게 판단했기 때문이었다.

그러나 마이애미 말린스가 이변을 거듭하며 월드시리즈에 진출하고 나자, 상황이 달라졌다.

내셔널리그 연합 팀이 메이저리그 올스타전에서 승리했던 덕분에, 월드시리즈에서 마이애미 말린스가 홈팀이 됐기 때문이었다.

월드시리즈 1차전과 2차전, 그리고 경기가 열린다면 6차전과 7차전이 마이매미 말린스의 홈구장에서 열렸다.

마이애미 말린스에 분명히 유리한 상황.

그리고 조 매팅리 감독은 이 유리한 상황을 적극적으로 이용할 계획을 세웠다.

지명타자를 활용하지 않는 내셔널리그 룰을 따르는 홈구장

에서 열리는 경기에 박건을 선발투수로 투입해서 투수 박건과
타자 박건을 모두 활용하며 확실한 1승을 챙기려는 것이었다.

"비장의 패는 언제 사용할 생각인가?"

잭 대니얼스가 흡족한 표정으로 질문하자, 조 매팅리가 대답
했다.

"6차전에서 우승을 확정할 계획입니다."

*　　　　　*　　　　　*

대망의 월드시리즈 1차전을 앞두고 양 팀 감독이 선발 라인
업을 발표했다.

〈마이애미 말린스 선발 라인업〉
1. 브라이언 마일스.
2. 피터 알론소.
3. 폴 잭슨.
4. 브라이언 할리데이.
5. 커티스 그랜더슨.
6. 앤서니 쉴즈.
7. 박건.
8. 토미 맥그리거.
9. 제이 콥스.

Pitcher. 박건.

하루 전 예고한 박건의 월드시리즈 1차전 선발 투입은 엄청 난 이슈가 됐었다. 그리고 조 매팅리 감독이 발표한 선발 라인 업이 또 한 번 화제가 된 이유.

선발투수로 출전하는 박건이 9번 타순이 아니라 7번 타순에 포진했기 때문이었다.

"이상적인 라인업이다."

이용운은 조 매팅리 감독이 발표한 선발 라인업을 극찬했다.

'이런 날도 오긴 오네.'

그리고 이용운의 극찬을 들은 박건이 속으로 생각했다.

칭찬에 인색한 이용운에게서 이런 극찬을 듣게 될 줄은 몰랐 기 때문이었다.

그런 박건의 속내를 알아채지 못한 이용운은 극찬을 이어나 갔다.

"상하위 타선의 밸런스가 완벽에 가깝다. 저스틴 벌랜더가 좋은 투수이긴 하지만 마운드에서 질식할 정도로 쉬어 갈 곳이 없는 타선이다. 유일한 불안 요소는……."

"유일한 불안 요소가 뭡니까?"

"후배."

"네?"

"투수 박건이 불안 요소다."

이용운의 대답을 들은 박건이 쓴웃음을 머금었다.

LA 다저스와의 내셔널리그 챔피언십 시리즈에서 선발투수로 등판했다가 갑작스러운 제구 난조를 겪으며 5이닝 2실점으로 불안(?)한 모습을 노출했던 것을 지적했다는 점을 알아챘기 때문이었다.

"오늘은 다를 겁니다."

박건의 말이 끝나기 무섭게 이용운이 다시 질문했다.

"왜 다를 거라고 확신하지?"

박건이 대답했다.

"컨디션이 최상입니다."

*   *   *

"월드시리즈 1차전 선발투수로 출전한다."

조 매팅리 감독에게서 통보를 받았을 때, 박건은 기분이 묘했다.

'언젠가 한국시리즈 무대에서 선발투수로 출전할 수 있을까?'

투수로 프로 무대에 뛰어들었던 박건의 꿈.

한국시리즈라는 큰 무대의 마운드에 선발투수로 서는 것이었다.

그렇지만 그 꿈은 이뤄지지 않았다.

'다시 선발투수로 출전할 수 있을까?'

'다시 1군 무대에서 투수로 뛸 수 있을까?'

그 후로 박건의 꿈은 점점 작아졌다. 그리고 끝내 그 꿈들을 이루지 못하고 야수로 전향했었는데.

지금 그 꿈이 이뤄졌다.

아니, 한국시리즈와 비교할 수 없는 큰 무대인 월드시리즈.

모든 야구팬들이 주목하는 월드시리즈, 그것도 1차전에 선발투수로 출전하게 됐으니 꿈을 초과 달성한 셈이었다.

빙글.

마운드 위에 선 채 손에 든 공을 돌린다.

까끌까끌한 실밥의 감촉이 느껴진다.

'긴장되지 않을까?'

월드시리즈 1차전 선발투수는 중책이었다.

게다가 상대가 세계 최고의 투수 중 한 명인 저스틴 벌랜더였다.

그래서 막연히 긴장될 거라 예상했는데.

이상하게 떨리지 않는다.

'보너스!'

지금 이 순간을 보너스라고 여기기 때문이다.

'즐기자.'

보너스 타임이라고 생각하니 이 순간을 즐기고 싶다.

설령 투수 박건이 부진하더라도 타자 박건으로서 만회할 기회가 있다는 것이 부담을 더욱 덜어준다.

"플레이볼!"

주심이 대망의 월드시리즈가 시작됐음을 선언한다.

슈아악.

박건의 손을 떠난 공이 홈플레이트로 힘차게 날아들었다.

＊　　　　＊　　　　＊

7이닝 무실점.

월드시리즈 1차전에서 투수 박건이 기록한 성적이었다.

3타수 2안타, 1타점.

타자 박건도 제 몫 이상을 해냈다.

최종 스코어 6—1.

박건이 공수에서 맹활약한 가운데 마이애미 말린스 타선도 저스틴 벌랜더를 무너뜨렸다.

기대 이상의 호투를 펼치는 박건으로 인해 당황한 저스틴 벌랜더는 중압감을 이기지 못하고 자멸했다.

4회에만 볼넷과 몸에 맞는 공을 남발하며 4실점을 하며 패전투수가 됐다.

＊　　　　＊　　　　＊

더스틴 메이 VS 게릿 콜.

월드시리즈 2차전 양 팀의 선발투수들이었다.

1차전 선발투수로 출전한 박건은 2차전 선발 라인업에서 제외됐다.

오늘 박건에게 부여된 임무는 더그아웃에서 동료들에게 기를 불어넣으며 선전을 응원하는 것이었다.

월드시리즈 2차전은 1차전과 달리 팽팽한 투수전 양상으로 흘러갔다.

0—0.

0의 균형이 5회까지 이어졌다. 그리고 0의 균형이 깨진 것은 6회 말이었다.

피터 알론소가 볼넷을 얻어내며 1사 1루 상황이 만들어졌고, 타석에는 오늘 경기에서 3번 타자로 타순이 바뀐 앤서니 쉴즈가 들어섰다.

슈아악.

따악.

앤서니 쉴즈는 게릿 콜의 직구를 받아 쳤다.

실투가 아니었다.

몸 쪽 꽉 찬 코스의 직구였지만, 앤서니 쉴즈는 중심 이동을 완벽하게 가져가며 배트 중심에 공을 맞혔다.

팍.

우측 폴대를 때린 앤서니 쉴즈의 투런홈런이 터진 순간, 벌떡 일어났던 박건이 환하게 웃으며 소리쳤다.

"미쳤다."

*   *   *

단기전에서 승패를 좌우하는 요인 중 하나.

미친 선수가 어느 팀에서 등장하는가 여부였다. 그리고 월드시리즈 2차전에서 미친 선수는 마이애미 말린스에서 나왔다.

더스틴 메이, 그리고 앤서니 쉴즈.

더스틴 메이는 막강 휴스턴 애스트로스의 타선을 8이닝 동안 무실점으로 봉쇄했다.

앤서니 쉴즈는 최고의 투수 중 한 명인 게릿 콜을 상대로 연타석 홈런을 터뜨리면서 3타점을 혼자 올렸다.

3-0.

앤서니 쉴즈의 미친 활약 덕분에 마이애미 말린스가 석 점 리드한 채로 경기는 9회로 접어들었다.

9회 초에도 선발투수인 더스틴 메이가 마운드를 여전히 지키고 있었다.

슈악.

부우웅.

더스틴 메이는 6번 타자 카일 터커를 헛스윙 삼진으로 돌려 세우며 9회 초의 2번째 아웃카운트를 잡아냈다.

월드시리즈 2차전 완봉승을 목전에 둔 더스틴 메이를 응원하기 위해서 마이애미 말린스 홈 팬들이 일제히 기립했다.

짝짝.

"와아아."

더스틴 메이의 완봉승과 마이애미 말린스의 승리를 기원하는 팬들이 기립 박수와 응원의 함성을 쏟아냈다.

슈아악.

"스트라이크."

그런 팬들은 더스틴 메이가 7번 타자 조쉬 레딕을 상대로 구사하는 일 구 일 구에 집중하고 있었다.

하지만 이용운의 시선은 마운드에 서 있는 더스틴 메이에게 향해 있지 않았다.

맞은편 더그아웃을 바라보았다.

'여유가… 있다?'

아웃카운트 하나만 더 잡으면 경기가 종료됐다.

승부의 추는 이미 마이애미 말린스로 기울어진 상황.

휴스턴 애스트로스는 월드시리즈 1차전과 2차전을 모두 패할 절체절명의 위기에 처해 있었다.

그럼에도 불구하고 휴스턴 애스트로스의 알렉스 코라 감독은 당황하거나 우려하는 표정이 아니었다.

여유 있는 표정으로 경기를 지켜보고 있었다.

그리고 알렉스 코라 감독만이 아니었다.

휴스턴 애스트로스의 더그아웃 분위기는 가라앉아 있지 않왔다.

'역전할… 자신이 있다는 건가?'

이용운이 재차 고개를 갸웃했을 때였다.

슈악.

부우웅.

더스틴 메이가 휴스턴 애스트로스의 7번 타자인 조쉬 레딕마저 헛스윙 삼진으로 돌려세우며 월드시리즈 2차전 완봉승을 완성했다.

"와아!"

"와아아."

홈 팬들의 거센 환호가 쏟아졌다.

그 환호 속에서 월드시리즈 2차전의 영웅들인 더스틴 메이와 앤서니 쉴즈가 하이 파이브를 나누었다.

*   *   *

휴스턴 애스트로스의 홈구장인 미닛 메이드 파크에서 열리는 월드시리즈 3차전.

마이애미 말린스는 샌디 알칸트라, 휴스턴 애스트로스는 잭 그레인키를 각각 선발투수로 내세웠다.

"클라이튼 커쇼와는… 다르네."

더그아웃에서 경기를 지켜보던 조 매팅리가 한숨을 내쉬며 팔짱을 꼈다.

미닛 메이드 파크에서 열리는 월드시리즈 3차전은 원정경기.

3차전마저 마이애미 말린스가 승리한다면, 월드시리즈 우승이란 대업에 성큼 다가서는 셈이었다.

'내셔널리그 챔피언십 시리즈처럼.'

조 매팅리가 내심 바라던 그림.

LA 다저스와 치렀던 내셔널리그 챔피언십 시리즈의 재판이었다.

내셔널리그 챔피언십 시리즈 1차전과 2차전에서 패배했던 LA 다저스는 궁지에 몰려 있었다. 팀의 운명을 양어깨에 짊어진 채 3차전 선발투수로 출전했던 LA 다저스의 에이스 클라이튼 커쇼는 중압감을 이겨내지 못하고 무너졌다.

그리고 이번 월드시리즈를 내셔널리그 챔피언십 시리즈의 재판으로 만들기 위해서 조 매팅리는 에이스인 샌디 알칸트라를 아꼈다가 3차전에 투입하는 강수를 뒀다.

하지만 휴스턴 애스트로스가 월드시리즈 3차전 선발투수로 내세운 잭 그레인키는 클라이튼 커쇼와 달랐다.

외계인.

잭 그레인키의 별명이었다.

워낙 엉뚱한 면이 존재하는 데다가 기행을 반복하기 때문에 생긴 별명.

그런 잭 그레인키는 휴스턴 애스트로스가 월드시리즈 1차전과 2차전에서 패하며 궁지에 몰렸음에도 딱히 중압감을 느끼지 않았다.

"월드시리즈 3차전도 내게는 똑같은 한 경기입니다. 평소 하던 대로 합니다."

월드시리즈 3차전을 앞두고 열린 인터뷰에서 잭 그레인키가 했던 말이었다. 그리고 잭 그레인키는 그 말을 지켰다.

8이닝 1실점.

그는 최고의 피칭을 했다.

6이닝 3실점.

조 매팅리 감독이 선발투수로 내세운 샌디 알칸트라도 퀄리티스타트를 해냈으니 최소한의 역할을 해냈다.

그렇지만 상대 투수인 잭 그레인키가 워낙 호투를 펼쳤기 때문에 샌디 알칸트라의 퀄리티스타트 호투는 빛이 바랬다.

1—3.

9회 초 마이애미 말린스의 정규이닝 마지막 공격이 펼쳐지고 있었지만, 조 매팅리는 오늘 경기의 패배를 직감했다.

"괜히 월드시리즈에 진출한 게 아냐."

조 매팅리가 팔짱을 낀 채 혼잣말을 꺼냈다.

최고의 선발투수 세 명을 보유한 것.

휴스턴 애스트로스의 강점이었다. 그리고 오늘 경기에서 조 매팅리는 휴스턴 애스트로스의 강점을 인정하지 않을 수 없었다.

"4차전이 더 중요해졌군."

조 매팅리가 혼잣말을 마쳤을 때, 휴스턴 애스트로스의 마무리투수 윌 해리스가 브라이언 마일스를 삼진으로 잡아내며 월드시리즈 3차전 경기가 종료됐다.

*　　　　*　　　　*

헥터 노에사 VS 브랜든 베일.

월드시리즈 4차전, 두 팀이 내세운 선발투수들이었다.

실질적인 양 팀 4선발들의 맞대결.

경기는 초반부터 화끈한 타격전 양상으로 흘러가기 시작했다.

8—8.

8회가 끝났을 때의 스코어였다.

9회 초 마이애미 말린스의 공격.

대기타석에 들어선 박건이 휴스턴 애스트로스의 클로저인 윌 해리스와 피터 알론소의 대결을 지켜보며 생각했다.

'치열한 경기.'

마이애미 말린스가 도망가면 휴스턴 애스트로스가 바로 추격하는 경기 양상.

양 팀은 필승조들을 모두 경기에 투입하면서 혈전을 치렀다. 그렇지만 믿었던 조던 픽스와 로버트 수아레즈가 휴스턴 애스트로스 타선에 실점을 허용하면서 마이애미 말린스는 결국 리드를 지키는 데 실패했다.

'강하다.'

오늘 경기를 치르는 과정에서 박건은 휴스턴 애스트로스의 저력이 무척 강하다는 것을 깨달았다.

중심타선이 폭발한 마이애미 말린스 타선은 무려 8점이나 득점했지만, 젊은 선수들이 주축이 된 휴스턴 애스트로스의 타선의 폭발력도 만만치 않았다.

특히 2사 후에 집중력을 이어나가며 득점 찬스를 살리는 것이 무척 인상적이었다.

슈악.

부우웅.

그때, 피터 알론소가 윌 해리스의 포크볼에 헛스윙을 하면서 삼진을 당했다.

'이긴다.'

9회 초 1사 주자 없는 상황에 타석을 향해 걸어가던 박건이 각오를 다졌다. 그리고 박건은 타석에서 서두르지 않았다.

슈악.

"볼."

슈악.

"볼."

윌 해리스가 잇따라 던진 포크볼 두 개를 잘 참아내며 2볼 노 스트라이크의 유리한 볼카운트를 만들어내는 데 성공했다.

이제 윌 해리스가 스트라이크를 던질 거라고 판단한 박건이 배트를 고쳐 쥐었을 때였다.

"하나 더 기다려라."

이용운이 지시했다.

"하지만……."

"이번엔 내 말대로 해라."

"알겠습니다."

박건이 타석에서 잔뜩 웅크렸을 때, 윌 해리스가 3구를 던졌다.

슈악.

"볼."

바운드를 일으키며 홈플레이트를 통과한 포크볼.

'세 개 연속 포크볼?'

예상치 못했던 볼배합에 박건이 살짝 당황했다.

"직구를 노려라."

그때 이용운이 말했다.

'오랜만이네.'

그 지시를 들은 박건의 입가로 희미한 미소가 번졌다.

이용운이 확신에 찬 목소리로 지시하는 것이 무척 오래간만이라는 생각이 들어서였다.

'이유가 있겠지.'

그리고 이용운이 이렇게 확신에 찬 목소리로 지시하는 데는 어떤 이유나 근거가 있을 거라 판단한 박건이 의심을 지웠다.

슈아악.

이용운의 예측은 적중했다.

따악.

박건은 조금의 망설임도 없이 힘껏 배트를 휘둘렀다.

*　　　　　*　　　　　*

9-8.

9회 초 공격에서 박건이 극적인 솔로홈런을 터뜨린 덕분에 마이애미 말린스는 다시 리드를 잡는 데 성공했다.

9회 말 휴스턴 애스트로스의 정규이닝 마지막 공격.

조 매팅리 감독은 팀의 마무리투수인 브래들리 쿡을 투입했다.

"어떻게 아셨습니까?"

그때, 박건이 물었다.

윌 해리스가 3구째로 포크볼을, 4구째로 직구를 구사할 것을 대체 어떻게 알아챘느냐는 의미가 담긴 질문이었다.

"표정."

이용운이 대답했다.

"표정… 요?"

"그래. 알렉스 코라 감독의 표정을 통해 알 수 있었다."

9회 초 마이애미 말린스의 공격.

박건과 윌 해리스가 대결을 펼치고 있었지만, 이용운은 알렉스 코라 감독을 주시했다.

그가 입을 열어서 구종에 대해서 지시를 내렸던 것은 아니었다.

이용운이 주목한 것은 알렉스 코라 감독의 표정이었다.

윌 해리스가 박건을 상대로 초구에 포크볼을 던졌을 당시 알렉스 코라 감독은 표정에 변화가 없었다.

2구째도 마찬가지.

그렇지만 윌 해리스가 3구째에도 포크볼을 던졌을 때, 알렉스 코라 감독이 처음으로 미간을 찌푸렸다.

'주자가 쌓이는 걸 원치 않는다?'

그 표정 변화를 통해서 이용운은 이렇게 판단했고, 윌 해리스가 4구째에 스트라이크를 넣기 위해서 직구를 던질 거라고 확신했던 이유였다.

그리고 아직 끝이 아니었다.

이용운은 여전히 알렉스 코라 감독의 표정을 주시하고 있었다.

'여유가 있다?'

8—8에서 9—8로.

마이애미 말린스의 리드를 되찾아 준 9회 초에 박건이 때려
냈던 솔로홈런.

휴스턴 애스트로스 입장에서는 치명타나 마찬가지였다.

그럼에도 불구하고 알렉스 코라 감독에는 여전히 여유가 묻
어났다.

'대체… 뭘 믿는 거지?'

이용운의 머릿속이 헝클어졌을 때였다.

슈악.

따악.

9회 말의 선두타자인 윌리스 구리엘이 브래들리 쿡의 3구째
슬라이더를 제대로 받아 쳐서 중전안타를 뽑아냈다.

"와아."

"와아아."

패색이 짙었던 경기.

그러나 9회 말이 시작되자마자 선두타자가 출루에 성공하자,
미닛 메이드 파크를 가득 채우고 있던 휴스턴 애스트로스 홈
팬들이 다시 기대하며 열띤 응원을 보내기 시작했다.

'제구는 완벽했어.'

이용운이 아쉬운 표정을 지었다.

월리스 구리엘이 중전안타를 때려냈던 브래들리 쿡의 3구째 바깥쪽 슬라이더의 제구는 완벽에 가까웠다.

미리 예측하고 잘 받아 쳤다는 것 외에 달리 설명할 길이 없었다.

'분위기가 심상치 않다.'

그리고 이용운이 불안함을 느꼈을 때였다.

슈악.

따악.

경쾌한 타격음이 흘러나왔다.

3번 타자 호세 알투베가 때린 타구는 좌중간으로 향했다.

타구를 쫓아서 스타트를 끊었던 박건이 펜스 근처에서 속도를 줄이며 멈춰 섰다.

툭.

외야 펜스를 훌쩍 넘기고 떨어지는 타구를 확인한 이용운이 깊은 한숨을 내쉬었다.

*   *   *

최종 스코어 9─10.

월드시리즈 4차전은 말 그대로 혈전이었다.

그 혈전에서 승리한 팀은 휴스턴 애스트로스였다.

3번 타자 호세 알투베의 극적인 끝내기 투런홈런이 터지며 휴스턴 애스트로스가 대역전승을 완성한 것이었다.

마치 용광로처럼 뜨겁게 달궈졌던 미닛 메이드 파크의 분위기는 하루가 지났음에도 불구하고 여전히 잊히지 않았다.

"무서울… 지경이군."

잭 대니얼스가 한숨을 내쉬었다.

월드시리즈 5차전이 열리는 미닛 메이드 파크로 들어가는 것.

마치 호랑이굴로 들어가는 것처럼 두려웠다.

'내가 이런데… 선수들은 어떨까?'

잭 대니얼스가 재차 한숨을 내쉬었다.

야구는 분위기가 중요했다. 그리고 월드시리즈 4차전에서 치열한 혈전 끝에 역전패를 당한 것은 마이애미 말린스의 팀 분위기에 찬물을 끼얹기에 충분했다.

반면 월드시리즈 4차전에서 극적인 역전승을 거두며 시리즈 전적을 동률로 만든 휴스턴 애스트로스의 팀 분위기는 좋을 수밖에 없었다.

"5차전이 중요해."

시리즈 전적 2—2.

7전 4선승 방식으로 치러지는 월드시리즈에서 3승 고지에 먼저 안착하는 것은 여러모로 유리했다.

그래서일까.

조 매팅리 감독은 월드시리즈 5차전 선발투수로 더스틴 메이를 예고했다.

현재 팀 내에서 가장 구위가 좋은 더스틴 메이를 앞세워서 월드시리즈 5차전에서 꼭 승리하겠다는 의지가 담긴 승부수.

'무리수!'

그러나 잭 대니얼스는 불안함을 느꼈다.

그 이유는 더스틴 메이가 3일 휴식 후에 등판하는 스케줄이었기 때문이었다.

게다가 더스틴 메이는 월드시리즈 2차전에서 112개의 공을 던지면서 완봉승을 거뒀었다.

그래서 더스틴 메이를 월드시리즈 5차전 선발투수로 내세운 것이 무리수가 될 가능성이 높다고 판단한 것이었다.

"내 우려가 기우였길 바라는 수밖에."

잭 대니얼스가 미닛 메이드 파크 앞에서 멈췄던 걸음을 다시 옮기기 시작했다.

*　　　　*　　　　*

월드시리즈 5차전.

'경기 초반이 중요해.'

대기타석에 들어선 박건이 휴스턴 애스트로스의 선발투수로 출전한 저스틴 벌렌더를 노려보았다.

월드시리즈 4차전의 역전패는 뼈아팠다.

그러나 시간을 돌릴 수도, 결과를 바꿀 수도 없었다.

시리즈 전적 2—2.

처음부터 다시 시작한다는 마음가짐으로 월드시리즈 5차전을 치러야 했다.

그러나 사람의 마음이란 것이 칼로 무를 자르듯 딱 베어지는 것이 아니었다.

거의 다 잡았다고 여겼던 월드시리즈 4차전 경기에서 끝내기홈런을 얻어맞고 패배한 것으로 인한 아쉬움은 계속 남았다.

그 아쉬움은 오롯이 경기에 집중하지 못하게 만들었고, 그래서 경기 초반이 더욱 중요했다.

이른 시점에 선취점을 뽑아 분위기를 바꿔야만 마이애미 말린스 선수단을 덮치고 있는 아쉬움을 떨쳐낼 수 있었기 때문이었다.

그러나 저스틴 벌랜더는 쉽게 공략하기 힘든 아주 좋은 투수였다.

월드시리즈 1차전에서 패전투수가 된 것은 만회할 요량으로 작정하고 나선 듯 1회 초부터 위력적인 투구를 펼쳤다.

슈아악.

부웅.

97마일의 직구를 앞세워 브라이언 마일스에 이어 피터 알론소도 헛스윙 삼진으로 돌려세웠다.

2사 주자 없는 상황에서 박건이 타석에 들어섰다.

슈아악!

저스틴 벌랜더가 초구로 던진 구종은 바깥쪽 직구.

따악.

직구를 예측하고 있던 박건이 힘껏 배트를 휘둘렀다.

'넘어갔다.'

정확한 타이밍에 배트 중심에 걸렸기에 박건은 이 타구가 홈런이 됐을 거라고 판단했다. 그리고 선취점을 올리면 지난 경기 대역전패로 인해서 착 가라앉은 팀 분위기가 다시 살아날 수 있을 거라 기대했는데.

'잡혔다?'

1루 베이스를 막 통과했던 박건이 눈살을 찌푸렸다.

휴스턴 애스트로스 우익수가 외야 펜스에 등을 기댄 채 타구를 잡아내는 모습을 확인했기 때문이었다.

'왜… 더 뻗지 못했지?'

타구가 잡힌 것을 확인한 박건이 당황했을 때였다.

"공끝에 힘이 있다."

"……?"

"그래서 타구가 더 뻗지 못한 것이다."

이용운이 조금 전 타구가 홈런이 되지 못하고 외야플라이가 된 이유를 알려주었다.

"저스틴 벌랜더를 공략하는 것, 쉽지 않겠네요."

박건이 한숨을 내쉬었을 때, 이용운이 말했다.

"5차전은 어려운 경기가 될 것 같구나."

슈아악.

따악.

묵직한 타격음이 흘러나오자마자, 피터 알론소가 빙글 몸을 돌려 외야 펜스 쪽으로 달려가기 시작했다.

그렇지만 달리던 도중에 고개를 돌려서 타구의 궤적을 재차 확인한 피터 알론소가 속도를 줄이며 멈춰 섰다.

"와아."

"와아아."

카를로스 코레아의 선두타자 홈런이 터진 순간, 경기 초반임에도 불구하고 미닛 메이드 파크의 분위기는 뜨겁게 달아올랐다.

월드시리즈 4차전 대역전승을 거두며 뜨겁게 달아올랐던 분위기가 5차전에도 그대로 이어지는 느낌이었다.

타구의 궤적을 눈으로 좇던 박건이 고개를 돌렸다.

카를로스 코레아에게 선두타자 홈런을 허용하고 마운드 위에서 고개를 갸웃거리고 있는 더스틴 메이의 뒷모습이 보였다.

'너무… 무겁다.'

더스틴 메이의 뒷모습을 바라보던 박건이 머릿속에 떠올린 생각이었다.

월드시리즈 5차전이 주는 중압감.

신인 투수인 더스틴 메이가 감당하기에는 너무 무겁고 버겁다는 생각이 들었다. 그리고 박건의 우려는 기우로 끝나지 않았다.

슈악.

따악.

2번 타자 윌리스 구리엘은 더스틴 메이의 3구째 커브를 노려서 좌전 안타를 때려냈다.

무사 1루 상황에서 타석에 들어선 것은 휴스턴 애스트로스의 3번 타자 호세 알투베.

그리고 더스틴 메이는 4차전에서 극적인 끝내기홈런을 터뜨렸던 호세 알투베와 정면 승부를 펼치지 못했다.

슈악.

"볼넷."

더스틴 메이는 풀카운트 승부 끝에 호세 알투베에게 볼넷을 허용하며 루상의 주자가 늘어났다.

슈아악.

따악.

4번 타자 알렉스 브레그먼은 더스틴 메이의 2구째 직구를 공략했다.

퍽.

낮은 포물선을 그리며 우중간 코스로 날아간 알렉스 브래그먼의 타구는 펜스를 직격하는 2루타가 됐다.

그사이, 2루 주자였던 월리스 구리엘이 여유 있게 홈으로 들어오며 휴스턴 애스트로스는 추가점을 올렸다.

0—2.

그리고 아직 끝이 아니었다.

무사 2, 3루의 위기가 이어지고 있었다.

'최악!'

투수코치가 마운드로 걸어 올라오는 모습을 지켜보던 박건이 머릿속으로 최악이란 단어를 떠올렸다.

분위기 반전을 위해서는 월드시리즈 5차전에서 마이애미 말린스가 선취점을 올리는 것이 필요했다.

그러나 선취점을 올린 것은 마이애미 말린스가 아니라 휴스턴 애스트로스였다.

덕분에 휴스턴 애스트로스의 팀 분위기는 최고조에 달했다.

더 큰 문제는 더스틴 메이를 공략하는 휴스턴 애스트로스 타자들의 타구가 모두 정타가 되고 있다는 점이었다.

"무리수였다."

그때, 이용운이 침통한 목소리로 말했다.

"더스틴 메이를 5차전 선발로 기용한 것 말입니까?"

"월드시리즈 2차전에서 완봉승을 거두고 3일 휴식 후에 다시 선발 등판하는 일정은 무리였다. 그래서 구위가 떨어졌다. 어쩌면… 1회를 넘기지 못하고 강판당할 수도 있다."

이용운은 최악의 상황을 가정했다.

그 가정이 틀렸기를 바라 마지않았는데.

슈악.

따악.

5번 타자 마이크 브랜틀리마저 우중간을 갈라놓는 2루타를 때려내며 루상의 주자들을 모두 불러들였다.

0—4.

격차는 넉 점 차로 늘어났고, 더스틴 메이는 마운드에서 자신감을 완전히 상실했다.

슈아악.

"볼넷."

더스틴 메이가 6번 타자 카일 터커에게 스트레이트볼넷을 허용한 순간, 조 매팅리 감독이 침통한 표정으로 마운드로 걸어 올라왔다.

투수 교체를 하기 위해서 마운드로 천천히 걸어 올라가는 조 매팅리 감독을 바라보던 박건의 낯빛이 어둡게 변했다.

최종 스코어 3—14.

끝내 반전은 없었다.

선발투수인 더스틴 메이가 단 하나의 아웃카운트도 잡아내지 못하고 1회에 강판된 여파는 컸다.

더스틴 메이의 뒤를 이어 등판한 에디 라렌과 닉슨 페레이라도 불붙은 휴스턴 애스트로스 타선을 잠재우기에는 역부족이었다.

그로 인해 월드시리즈 5차전에서 마이애미 말린스는 완패를 당했다.

시리즈 전적 2—3.

미닛 에이드 파크에서 열렸던 원정 3연전에서 모두 패하면서 마이애미 말린스는 벼랑 끝에 몰렸다.

＊　　　　＊　　　　＊

"선배님."

"말해라."

"우리가… 월드시리즈 우승을 차지할 수 있을까요?"

박건이 조심스럽게 물었다.

'자신감을 잃었어.'

3연패를 당하는 과정에서 휴스턴 애스트로스가 강팀이라는 사실을 깨달았기 때문에 박건이 월드시리즈 우승에 대한 회의를 품었다는 사실을 간파한 이용운이 조언했다.

"잊어버려라."

"네?"

"지금은 지난 경기들은 잊어버려야 할 때다."

"하지만……."

"패배한 경기를 곱씹고 남은 6차전과 7차전에서 이길 방법을 찾는 역할은 조 매팅리 감독과 잭 대니얼스 단장에게 넘겨라. 지금은 다 잊고 쉬어. 잊어버려야 새로 시작할 수 있는 법이니까."

박건이 천천히 고개를 끄덕였다.

그렇지만 이용운이 누구보다 잘 알고 있었다.

자신의 충고처럼 지난 경기들을 잊어버리는 것이 결코 쉽지 않다는 것을.

'무슨 방법이 없을까?'

이용운이 고민할 때, 박건이 현관문을 열었다.

그때, 구수한 된장찌개 냄새가 코끝을 찔렀다.

"아들."

'후배의 어머니?'

예상치 못한 만남에 이용운이 당황했다. 그리고 아직 끝이 아니었다.

"고생했어요."

채선경 아나운서도 등장했다.

"나도 왔어요."

송이현의 모습까지 발견한 이용운의 입가로 희미한 미소가 번졌다.

'다행이네.'

이렇게 시끌벅적한 하루를 보내는 편이 박건이 지난 경기들을 잊어버리는 것에 도움이 될 거란 생각이 들어서 이용운이 안도의 한숨을 내쉬었다.

"괜히 온 것 같아요."

송이현이 식탁에 앉아서 한숨을 내쉬었다.

"왜 그렇게 말씀하시는 겁니까?"

박건이 묻자, 송이현이 대답했다.

"제임스를 닦달해서 진짜 어렵게 티켓을 구했어요. 그런데 내가 직관하자마자 마이애미 말린스가 마치 기다렸다는 듯이 딱 3연패를 하더라고요. 그래서 내가 직관해서 잘나가던 마이애미 말린스가 갑자기 3연패에 빠진 게 아닌가? 이런 생각이 자꾸 들더라고요."

"그래서요?"

"네?"

"다음 경기는 직관하지 않으실 겁니까?"

"고민 중이에요."

"……?"

"티켓은 7차전까지 다 구했는데 마이애미 말린스와 박건 선수를 위해서 직관을 포기할까 여부에 대해서 심각하게 고민 중이에요."

송이현이 심각한 표정으로 덧붙였다.

그런 그녀에게 박건이 조언했다.

"그럴 필요 없습니다."

"하지만……."

"단장님이 직관을 하셨기 때문에 마이애미 말린스가 패했던 게 아닙니다. 월드시리즈 3차전에서 5차전을 치르는 과정에서 휴스턴 애스트로스가 마이애미 말린스보다 더 좋은 팀이었기 때문에 패한 겁니다."

박건이 담담한 목소리로 이야기를 마쳤을 때, 어머니가 보글보글 끓는 된장찌개가 담긴 뚝배기를 식탁 위에 올려놓으셨다.

"고생했어요."

"저는 한 게 없어요."

"왜 한 게 없어요? 그냥 곁에 있는 것만으로도 큰 힘이 됐어요."

"좋게 말씀해 주셔서 감사합니다, 어머님."

'어머님?'

어머니와 채선경 아나운서가 살갑게 대화를 나누는 모습이 보기 좋았다.

그래서 환하게 웃으며 바라보던 박건은 채선경이 꺼낸 "어머님"이라는 자연스러운 호칭을 듣고 깜짝 놀랐다.

'언제 이렇게 친해졌지?'

그리고 박건이 놀랐을 때, 어머니가 말했다.

"아들도… 고생했다."

고생했다는 짤막한 한마디가 박건의 가슴을 찌르르 울리게 만들었다.

그렇지만 미안한 마음도 있었다.

어머니가 지켜보는 가운데 월드시리즈 우승을 차지하는 모습을 보여 드리고 싶었는데, 지금은 자신이 사라졌기 때문이었다.

그리고 어머니는 눈치가 빨랐다.

박건의 표정이 굳어진 것을 통해서 금세 속내를 파악했다.

"이걸로 충분해."

"네? 하지만……."

"아들 덕분에 미국 여행도 와보고 얼마나 좋아. 살다가 이런 날이 찾아올 줄은 꿈에도 몰랐어."

"어머니."

"욕심내지 마."

"……?"

"엄마는 지금도 만족해. 그러니까 아들이 너무 욕심을 부리지 않았으면 좋겠어. 네 아버지가 제일 좋아하던 말이 뭔지 알지?"

"압니다. 진인사대천명."

생전에 아버지가 즐겨 사용하시던 말씀이었다.

"최선을 다해. 그리고 아들이 다한 최선이 빛을 발할 때는 하늘이 결정해 주는 거야."

박건이 두 눈을 빛냈다.

월드시리즈 우승이라는 대업을 이룰 수 있는 기회가 목전에

다가왔다.

그러자 자연스레 월드시리즈 우승을 차지하고 싶다는 욕심이 생겼다.

하지만 박건이 처음부터 월드시리즈 우승을 목표로 했던 것은 아니었다.

메이저리그에 잘 적응하자.

그래서 메이저리그에서 살아남자.

뉴욕 메츠 소속 선수로 메이저리그 도전을 시작했을 때, 박건이 세웠던 목표들이었다.

그런데 욕심이 생겨서 그 초심을 잊어버렸던 셈이었다.

'어쩌면 인정하는 것부터 시작하는 게 맞는 것 아닌가?'

숟가락을 손에 든 채 박건의 고민이 깊어졌다.

제10장

　월드시리즈 6차전을 앞두고 마이애미 말린스 라커 룸 분위기
는 무겁게 가라앉아 있었다.

　월드시리즈 4차전에서 아쉬운 역전패, 그리고 월드시리즈 5차
전에서의 완패가 마이애미 말린스의 팀 분위기를 착 가라앉게
만들었다.

　'브라이언 할리데이는?'

　박건이 기대한 것은 팀의 주장을 맡고 있는 브라이언 할리데
이가 선수들을 다독여 주는 것이었다.

　하지만 박건의 기대와 달리 브라이언 할리데이도 침통한 표
정으로 침묵을 지키고 있었다.

"인정… 하자."

잠시 고민하던 박건이 입을 뗐다.

라커 룸의 침묵을 깨뜨리자, 모든 선수들의 시선이 박건에게 쏠렸다.

그 시선들을 피하지 않은 채 박건이 다시 입을 뗐다.

"휴스턴 애스트로스는 강팀이야. 마이애미 말린스도 좋은 팀이지만, 휴스턴 애스트로스는 더 좋은 팀이야."

"……."

"……?"

"그 사실을 인정하는 것부터 시작이라고 생각해."

박건의 말이 끝나기 무섭게 브라이언 할리데이가 입을 열었다.

"휴스턴 애스트로스가 마이애미 말린스보다 좋은 팀이라는 것을 인정하자?"

"그래."

"그럼 이대로 포기하자는 거야?"

"물론 그건 아냐."

"그럼……?"

"마지막의 마지막까지 최선을 다해야지. 다만 마이애미 말린스보다 휴스턴 애스트로스가 더 좋은 팀이라는 사실을 인정하고 기본에 충실했으면 해."

"기본?"

"수비, 베이스러닝, 그리고 최선을 다하는 모습. 최소한 5차전

처럼 무기력하게 완패를 당하는 모습은 보여주지 않는 것. 그
게 우리 팀을 응원하기 위해서 말린스 파크를 찾아온 팬들을
실망시키지 않는 길이라고 생각하거든."

박건이 말을 마친 후, 선수들을 둘러보았다.

다행히 생기 없던 선수들의 표정이 바뀌기 시작했다.

최소한의 목표가 생겼기 때문이리라.

그때, 브라이언 할리데이가 웃으며 말했다.

"그렇다고 하네."

"……?"

"내 생각에도 그 정도는 해야 월드시리즈 우승을 놓치더라도
후회가 덜 남을 것 같아. 할 수 있지?"

선수들이 앞다투어 대답했다.

"물론이죠. 캡틴."

"최선을 다하죠."

"마이애미 말린스도 좋은 팀이라는 걸 보여주자고."

다시 활기를 되찾은 라커 룸을 확인한 박건이 안도의 한숨을
내쉬었을 때, 이용운이 칭찬했다.

"말발이 많이 늘었구나."

*　　　　*　　　　*

샌디 알칸트라 VS 게릿 콜.

월드시리즈 6차전 선발투수들의 면면이었다.

'샌디 알칸트라가 얼마나 버텨주느냐.'

이용운이 판단하기에 월드시리즈 6차전 승패를 가를 수 있는 가장 중요한 요인이었다.

특히 경기 초반이 중요했다.

월드시리즈 5차전에 선발투수로 출전했던 더스틴 메이처럼 샌디 알칸트라가 경기 초반에 와르르 무너진다면?

마이애미 말린스 선수들은 자멸할 가능성이 높았다.

1회 말 휴스턴 애스트로스의 공격.

슈악.

따악.

선두타자 카를로스 코레아는 샌디 알칸트라가 2구째로 던진 바깥쪽 낮은 코스의 슬라이더를 힘껏 걸어 올렸다.

좌중간으로 향하는 타구.

"멈춰."

이용운이 타구를 쫓아가던 박건에게 펜스플레이를 대비하라고 지시했다.

탁.

외야 펜스 상단을 때린 타구가 튕겨 나온 순간, 박건이 지체 없이 3루로 송구했다.

쉬이익.

탓.

카를로스 코레아는 헤드퍼스트슬라이딩을 감행했지만, 박건의 강하고 정확한 송구를 받은 3루수 제이 콥스의 태그가 더 빨랐다.

"아웃."

3루심이 아웃을 선언한 순간, 박건이 안도의 한숨을 내쉬었다.

'운이 좋았어.'

이용운도 안도의 한숨을 내쉬었다.

하마터면 월드시리즈 5차전에 이어서 6차전에서도 카를로스 코레아에게 선두타자 홈런을 허용할 뻔했었다.

그렇지만 카를로스 코레아의 타구가 마지막 순간에 더 뻗지 못한 덕분에 외야 상단을 직격하고 튕겨 나왔다.

'공끝의 차이.'

작지만 큰 차이가 발생한 이유.

3일 휴식 후 선발 등판했던 더스틴 메이보다 평소 루틴대로 4일 휴식 후 선발 등판한 샌디 알칸트라의 공끝에 힘이 더 있었기 때문이었다.

그리고 더 다행인 점은 카를로스 코레아가 3루를 노리다가 아웃됐다는 점이었다.

박건의 깔끔한 펜스플레이에 이은 강하고 정확한 송구와 카를로스 코레아의 과욕이 겹치면서 무사 2루가 됐어야 할 상황이 1사 주자 없는 상황으로 바뀐 것이었다.

'5차전보다는 낫겠군.'

카를로스 코레아의 과욕과 박건의 호수비가 겹치면서 휴스턴 애스트로스는 경기 초반 좋았던 분위기를 이어나가는 데 실패했다.

그래서 이용운이 속으로 생각했지만, 오판이었다.

슈악.

따악.

윌리스 구리엘은 샌디 알칸트라의 2구째 슬라이더를 받아 쳐서 우전안타를 터뜨렸다. 그리고 월드시리즈에서 절정의 타격감을 선보이고 있는 3번 타자 호세 알투베는 6차전 첫 타석에서부터 안타를 때려냈다.

슈악.

따악.

1루수 앤서니 쉴즈의 키를 넘긴 호세 알투베의 타구는 라인 안쪽에 떨어지는 2루타가 됐다.

1사 2, 3루의 위기가 닥친 순간, 이용운이 고개를 갸웃했다.

리드오프 카를로스 코레아가 과욕을 부리다가 3루에서 아웃되면서 휴스턴 애스트로스의 상승세가 끊길 거라 판단했던 것이 완전히 빗나갔기 때문이었다.

'못 막는 건가?'

해서 휴스턴 애스트로스의 무서운 상승세를 막아내는 것이 불가능하다는 생각마저 들었을 때였다.

슈아악.

부우웅.

샌디 알칸트라가 4번 타자 알렉스 브레그먼을 상대로 직구 승부를 펼치면서 헛스윙 삼진으로 돌려세웠다.

후우.

2사 2, 3루로 상황이 바뀌고 나서야 샌디 알칸트라가 한숨을 돌렸다.

'찡그리고… 있다?'

그때 이용운이 두 눈을 빛냈다.

더그아웃에서 경기를 지켜보고 있던 휴스턴 애스트로스 알렉스 코라 감독이 슬쩍 미간을 찌푸리는 모습을 확인했기 때문이었다.

'왜?'

알렉스 브레그먼은 휴스턴 애스트로스의 4번 타자.

1사 2, 3루의 득점 찬스에서 타점을 올리지 못하고 헛스윙 삼진으로 물러난 것이 아쉽고 마음에 들지 않았을 수도 있었다.

'이게… 다가 아냐.'

그렇지만 이용운은 직감적으로 그 이유가 전부가 아니라는 사실을 알아챘다.

'4차전 9회 초에 후배가 역전을 만드는 솔로홈런을 때렸을 때도 알렉스 코라 감독의 표정은 담담했어. 그런데 왜 하필 지금 표정이 일그러진 거지?'

지금보다 훨씬 더 심각한 상황에서도 알렉스 코라 감독은 여유를 잃지 않았었다. 그런데 지금 표정이 일그러진 데는 분명히 어떤 이유가 있을 거란 확신이 들었다.

'그 이유가 대체 뭘까?'

이용운이 그 이유를 알아내기 위해서 고민에 고민을 거듭하고 있을 때였다.

슈아악.

"볼."

샌디 알칸트라가 5번 타자 마이크 브랜들리를 상대로 구사한 5구째 직구가 높게 형성되면서 볼 판정을 받았다.

풀카운트까지 이어진 승부.

포수 브라이언 할리데이와 샌디 알칸트라가 신중하게 사인을 주고받았다.

사인 교환을 끝낸 포수 브라이언 할리데이가 바깥쪽 낮은 코스에 미트를 갖다 댔다.

슈악.

따악.

샌디 알칸트라의 손을 떠난 공이 홈플레이트를 통과하는 순간, 마이크 브랜들리의 배트가 매섭게 돌아갔다.

'빠졌다.'

배트 중심에 제대로 걸린 타구는 코스도 좋았다.

우중간을 반으로 갈라놓는 최소 2루타성 타구라고 이용운이 판단했을 때였다.

타다닷.

우익수 피터 알론소가 전력 질주 해서 다이빙캐치를 시도했다.

탓.

피터 알론소의 쭉 내민 글러브 속으로 타구가 빨려들었다.

와아.

와아아!

2실점 이상을 막아낸 그림 같은 호수비가 나오자 마이애미 말린스 홈 팬들이 아낌없는 박수와 환호를 보냈다.

샌디 알칸트라도 양팔을 높이 들어 올려서 박수를 치면서 호수비를 펼친 피터 알론소에게 감사 인사를 했다.

그 와중에도 이용운의 시선을 휴스턴 애스트로스 더그아웃으로 고정되어 있었다. 그리고 피터 알론소의 그림 같은 호수비가 나오면서 6차전의 선취점을 올릴 수 있는 기회가 아쉽게 무산됐음에도 불구하고, 알렉스 코라 감독의 표정은 일그러지지 않았다.

그의 표정에는 여유가 있었고, 입가에는 희미한 미소마저 머금고 있었다.

'왜? 대체 왜……?'

이용운이 더욱 깊은 고민에 잠겼다.

"슬라이더!"

잠시 후 이용운이 두 눈을 빛내며 소리쳤다.

지금껏 자신이 놓치고 있었던 것이 무엇인지 마침내 알아챘기 때문이었다.

'마이애미 말린스의 야구가 나온다.'

박건이 고무된 표정을 감추지 못했다.

지난 월드시리즈 5차전에서 완패를 당하던 과정에서는 마이애미 말린스의 야구를 펼칠 기회가 전혀 없었다.

아무것도 해보지 못한 채 경기에서 패배했다고 표현하는 것이 정확했다.

비록 월드시리즈 우승을 목전에서 놓치게 되더라도 아무것도 하지 못하고 쓸쓸히 시즌을 마무리하고 싶지는 않았다.

그래서 박건은 경기 전 라커 룸에서 설령 패하는 한이 있더라도 마이애미 말린스의 야구를 보여주자고 역설했었는데.

그 역설의 효과가 나오고 있었다.

박건과 피터 알론소의 잇따른 호수비가 나오면서 마이애미 말린스는 휴스턴 애스트로스에 선취점을 뺏길 위기를 넘겼던 것이 박건이 라커 룸에서 했던 역설이 효과가 있었다는 증거.

그러나 상기됐던 박건의 표정은 이내 다시 어두워졌다.

슈악.

부우웅.

5번 타자 커티스 그랜더슨이 게릿 콜의 각이 예리한 슬라이더에 헛스윙을 하면서 삼진을 당하는 모습을 보았기 때문이었다.

'수비만으로는 경기를 이길 수 없다.'

경기에서 승리하기 위해서는 결국 점수를 올려야 했다.

그렇지만 월드시리즈 6차전 휴스턴 애스트로스의 선발투수인 게릿 콜은 최상의 컨디션이었다.

다섯 타자를 상대하는 과정에서 박건을 제외한 네 타자를 모두 삼진으로 돌려세우는 괴력을 보여주고 있었다.

'게릿 콜을 공략할 수 있을까?'

수비의 힘으로 버티는 것은 한계가 있었다. 그래서 박건이 고심하고 있을 때였다.

"브라이언 할리데이를 만나라."

이용운이 불쑥 말했다.

갑자기 브라이언 할리데이를 만나라는 이용운의 지시를 들은 박건이 이유를 물었다.

"왜요?"

"긴히 할 이야기가 있다."

"뭡니까?"

"슬라이더."

"네?"

"일단 찾아가. 시간 없으니까."

이용운의 재촉을 들은 박건이 더 버티지 못하고 브라이언 할리데이에게 다가갔다.

3회 초 수비를 위해서 포수 장비를 착용하고 있던 브라이언 할리데이가 앞으로 다가와 있는 박건을 발견하고 의아한 표정을 지었다.

"무슨 할 말 있어?"

"슬라이더."

"슬라이더?"

박건이 영문을 모르겠단 표정을 짓고 있는 브라이언 할리데이에게 덧붙였다.

"슬라이더를 배제해."

슈아악.

파앙.

샌디 알칸트라가 3회 초의 선두타자인 카를로스 코레아를 상대로 던진 3구째 몸 쪽 직구의 제구는 완벽했다.

'컨디션은… 좋아!'

오늘 경기의 중요성을 알고 있기 때문일까.

샌디 알칸트라는 경기 내에서 최고의 집중력을 발휘하며 전력투구를 펼치고 있었다.

'슬라이더를 던질 타이밍.'

직구—커브—직구.

샌디 알칸트라가 카를로스 코레아를 상대로 던진 공 세 개의 구종이었다.

지금이 홈플레이트를 통과할 듯 보이다가 마지막 순간에 휘어져 나가는 슬라이더를 던질 타이밍이었다.

그렇지만 브라이언 할리데이는 슬라이더 사인을 선뜻 내지
못했다.

"사인을 훔치는 것 같아."

조금 전 더그아웃에서 박건이 했던 말 때문이었다.

처음엔 '설마?' 하는 마음을 품었다.

그렇지만 브라이언 할리데이의 생각이 바뀐 계기는 1회 초와
2회 초 공격에서 휴스턴 애스트로스 타자들이 공략해서 안타
를 터뜨린 구종 때문이었다.

'모두 슬라이더였어.'

우연의 일치일 수도 있었다.

그러나 찝찝한 기분이 드는 것은 어쩔 수 없었다.

'확인해 볼 필요가 있어.'

여전히 휴스턴 애스트로스가 사인 훔치기를 하고 있다는 박
건의 주장을 완전히 믿지는 못했다.

그러나 확인해 볼 가치는 있다는 생각이 들었다.

'포크볼!'

그래서 브라이언 할리데이는 슬라이더가 아닌 포크볼 사인
을 냈다.

슈악.

부우웅.

바깥쪽 낮은 코스의 스트라이크존으로 파고들다가 뚝 떨어지는 포크볼에 카를로스 코레아의 배트가 헛돌았다.

*   *   *

'모두… 슬라이더다.'

1회 초 수비에서 샌디 알칸트라는 휴스턴 애스트로스 타선을 상대하는 과정에서 세 개의 안타를 허용했다.

카를로스 코레아, 윌리스 구리엘, 호세 알투베.

이 세 타자가 샌디 알칸트라를 상대로 안타를 빼앗아냈었다.

그리고 그 과정에는 한 가지 공통점이 있었다.

바로 슬라이더였다.

세 타자 모두 샌디 알칸트라가 구사한 슬라이더를 공략해서 안타를 만들었었다.

그리고 한 명 더.

비록 우익수 피터 알론소의 그림 같은 호수비에 막혀서 아웃이 되긴 했지만, 휴스턴 애스트로스의 5번 타자 마이크 브랜들리의 타구도 안타나 마찬가지였던 타구였다. 그리고 그 타구 역시 샌디 알칸트라의 슬라이더를 공략했던 것이었다.

그 사실을 뒤늦게 알아챈 순간, 이용운은 기시감을 느꼈다.

'천적 관계인 박건과 스티븐 스트라스버그와 비슷해.'

박건이 워싱턴 내셔널스의 에이스인 스티븐 스트라스버그의 천적이 될 수 있었던 이유는 투구폼을 간파했기 때문이었다.

스티븐 스트라스버그가 파워커브를 던질 때, 글러브 속에서 그립을 잡을 때 다른 구종보다 오래 걸린다는 작은 투구폼의 차이.

그 차이를 간파해서 파워커브를 던지는 타이밍을 파악했기 때문에 박건은 스티븐 스트라스버그의 천적이 될 수 있었던 것이었다.

'투구폼의 차이를 들킨 게 아닐까?'

해서 이용운은 처음에는 휴스턴 애스트로스 타자들이 샌디 알칸트라의 투구폼 차이를 간파한 게 아닐까 하는 의심을 품었다.

샌디 알칸트라가 슬라이더를 던질 때, 다른 구종의 공을 던질 때와는 미묘한 투구폼 차이가 발생하고, 그 차이를 간파한 휴스턴 애스트로스 타자들이 슬라이더 타이밍을 파악하고 집중적으로 공략하는 것일 수도 있다고 의심했던 것이었다.

그러나 이용운은 자신이 했던 의심이 틀렸음을 곧 깨달았다.

2회 초 수비에서 투구하던 샌디 알칸트라의 투구폼을 유심히 살폈지만, 슬라이더를 던질 때와 다른 구종의 공을 던질 때 투구폼의 차이가 전혀 없다는 것을 확인했기 때문이었다.

그리고 2회 초 수비에서 이용운은 휴스턴 애스트로스 타자들이 샌디 알칸트라가 슬라이더를 던지는 타이밍을 확실히 간파하고 공략한다는 확신을 품었다.

휴스턴 애스트로스의 7번 타자 조쉬 레딕과 8번 타자 더스틴 가노.

1사 주자 없는 상황에서 샌디 알칸트라를 상대로 연속안타를 터뜨렸던 두 타자 모두 슬라이더를 공략했기 때문이었다.

심지어 투수인 게릿 콜도 타석에서 샌디 알칸트라의 슬라이더를 공략해서 배트 중심에 잘 맞은 타구를 생산해 냈다.

결과적으로는 유격수 폴 바셋의 호수비에 걸려서 병살타가 됐지만, 올 시즌 타율이 오 푼에도 한참 미치지 못하는 게릿 콜마저 샌디 알칸트라의 슬라이더를 공략해서 정타를 만들어냈다는 것.

휴스턴 애스트로스 타자들이 샌디 알칸트라가 슬라이더를 던질 타이밍을 정확히 알고 공략한다는 것 외에는 설명할 길이 없었다.

이것이 이용운이 휴스턴 애스트로스의 사인 훔치기를 의심한 이유.

그 의심이 확신으로 변한 것은 3회 초 수비였다.

박건의 부탁을 들은 브라이언 할리데이는 3회 초 수비에서 슬라이더를 철저히 배제한 볼 배합을 가져갔다. 그리고 슬라이더를 배제한 볼 배합은 효과가 있었다.

카를로스 코레아부터 호세 알투베까지.

세 타자가 모두 범타와 삼진으로 물러나면서 샌디 알칸트라는 3회 초 수비에서 오늘 경기 처음으로 삼자범퇴 이닝을 만드는 데 성공했다.

'이게… 다일까?'

이용운의 표정이 더욱 일그러졌다.

휴스턴 애스트로스의 사인 훔치기.

오늘 경기가 다가 아닐 거란 생각이 퍼뜩 들었다.

'월드시리즈 3차전부터였을 수도 있어.'

휴스턴 애스트로스가 연승을 달리기 시작했던 기점부터 이미 사인 훔치기가 자행됐을 가능성이 있었다.

잠시 후, 이용운이 고개를 흔들었다.

어쩌면 더 이전부터일 수도 있다는 생각이 들어서였다.

'뉴욕 양키스와의 아메리칸리그 챔피언십 시리즈가 시작일 거야. 객관적인 전력에서 뒤지는 휴스턴 애스트로스가 뉴욕 양키스를 제압하고 월드시리즈 진출한 것, 분명 이변이었으니까. 아닌가? 디비전 시리즈부터였나? 그도 아니면… 정규시즌부터였을지도 몰라.'

거기까지 생각이 미친 순간, 이용운의 분노가 일어났다.

"이런 개자식들."

스포츠에서 가장 중요한 것은 공정이었다.

그런데 휴스턴 애스트로스는 부정을 저질렀다. 사인을 훔쳐 타자에게 알려주는 것은 명백한 반칙.

그 반칙을 교묘하게 저질러 왔던 휴스턴 애스트로스라는 팀에 대한 분노와 실망이 이용운의 가슴을 잠식했다.

"제게 하신 말씀은 아니죠?"

잠시 후, 박건이 조심스럽게 질문했다.

"물론 후배에게 한 말이 아니다. 사인 훔치기를 자행한 휴스턴 애스트로스 코치진과 선수들에게 했던 말이다."

"사인 훔치기가… 확실합니까?"

"확실하다."

"그럼… 이제 어떻게 해야 합니까? 이 사실을 메이저리그 사무국에 알리는 것이 급선무인가요?"

박건이 대응 방안에 대해서 질문했다.

그렇지만 이용운은 고개를 흔들었다.

"증거가… 없다."

"네?"

"휴스턴 애스트로스가 사인 훔치기를 하고 있다는 증거가 없다. 그러니 메이저리그 사무국에 알려봐야 소용이 없지. 시치미를 떼면서 사인을 훔치지 않았다고 부인하면 그만하니까."

"하지만……."

"그리고 설령 증거를 찾아낸다고 하더라도 그때는 의미가 없다."

"왜 의미가 없다는 겁니까?"

"휴스턴 애스트로스가 월드시리즈 우승을 차지했다는 결과는 바뀌지 않을 테니까."

휴스턴 애스트로스가 사인 훔치기 덕분에 월드시리즈 우승을 차지했다는 사실이 이후에 밝혀지면 이슈와 논란이 되기는 할 터였다.

그렇다고 해서 휴스턴 애스트로스가 월드시리즈 우승을 차지했다는 결과는 바뀌지 않았다.

최대한 이 사태를 조용히 덮고 넘어가고 싶어 하는 메이저리그 사무국에서 휴스턴 애스트로스의 월드시리즈 우승을 박탈하지는 않을 테니까.

기껏해야 경고와 징계를 내리는 수순에서 수습할 것이었다.

"그럼… 어떻게 해야 합니까?"

박건이 당황한 목소리로 질문한 순간, 이용운이 대답했다.

"눈에는 눈, 이에는 이."

"……?"

"일단 이기고 봐야지."

*   *   *

0—0.

동점 상황에서 4회 말 마이애미 말린스의 공격이 시작됐다.

휴스턴 애스트로스의 선발투수인 게릿 콜은 3회까지 퍼펙트 행진을 이어가고 있었다.

4회 말의 선두타자 브라이언 마일스는 게릿 콜을 상대로 끈질긴 승부를 펼쳤다.

"최대한 게릿 콜의 투구수를 늘려라."

게릿 콜의 컨디션은 최상.

그런 게릿 콜을 공략하는 것은 어렵다고 판단한 조 매팅리 감독은 타자들에게 게릿 콜의 투구수를 최대한 늘리라는 지시를 내렸다.

게릿 콜이 마운드를 내려간 후에 공략한다는 계산을 세웠기에 이런 지시를 내린 것이었다.

그리고 브라이언 마일스는 조 매팅리 감독의 지시를 충실히 이행했다.

슈악.

딱.

게릭 콜의 유인구를 커트해 내며 9구까지 승부를 끌고 갔다.

그리고 10구째.

슈아악.

게릿 콜이 몸 쪽 직구를 던졌다.

그러나 조금 높았고, 브라이언 마일스는 잘 참아내며 볼넷을 얻어내 출루하는 데 성공했다.

오늘 경기 마이애미 말린스의 첫 출루.

슈아악.

틱.

2번 타자 피터 알론소는 게릿 콜의 초구에 번트를 댔다.

희생번트가 아니었다.

3루 측 라인을 타고 굴러가는 기습번트.

이미 기습번트에 대한 대비를 하고 있었던 휴스턴 애스트로스의 3루수였지만, 피터 알론소의 빠른 발을 의식한 듯 그는 맨손 캐치를 시도했다.

휴스턴 애스트로스의 3루수는 스핀이 걸려 있는 번트 타구를 단번에 잡아내는 데 실패하며 한 차례 더듬었다. 그리고 피터 알론소가 1루에서 살아남는 데는 그 잠깐의 딜레이면 충분했다.

무사 1, 2루로 바뀐 상황에서 박건이 타석에 들어섰다.

'최대한 승부를 길게 가져간다.'

박건도 조 매팅리 감독의 지시를 들었다. 그래서 게릿 콜과의 대결을 최대한 길게 끌고 가기로 결심하며 타석에 들어섰을 때였다.

"초구를 노려라."

이용운이 지시했다.

"하지만……."

"조 매팅리 감독의 말은 무시해."

"……."

"게릿 콜은 초구로 직구를 던질 것이다. 코스는… 몸 쪽이다."

이용운이 확신에 찬 목소리로 예측했다.

'이게… 얼마 만이야?'

그 예측을 들은 박건이 놀란 표정을 지었다.

어느 순간부터인가 이용운은 구종 예측을 하지 않았었는데, 무척 오래간만에 구종 예측을 재개했다.

그리고 이용운은 구종만 예측한 것이 아니었다.

몸 쪽으로 직구를 던질 거라는 코스 예측까지 했다.

'몸 쪽… 이라고?'

게릿 콜이 직구를 던지더라도 바깥쪽 직구를 던질 거라 예상했다.

몸 쪽 직구는 장타를 허용할 위험성이 상존했기 때문이었다.

그런데 이용운은 조금 전 게릿 콜이 몸 쪽 직구를 던질 거라고 예측했다.

'믿어도… 될까?'

해서 박건이 의심을 품었을 때였다.

"믿어도 된다."

그런 박건의 속내를 읽은 듯 이용운이 덧붙였다.

'믿자.'

박건이 의심을 걷어내고 배트를 고쳐 쥐었다.

슈아악.

그리고 게릿 콜이 초구를 던진 순간, 박건이 두 눈을 빛냈다.

이용운의 예측대로 몸 쪽 꽉 찬 코스로 직구가 날아들었기 때문이었다.

98마일의 빠른 구속, 게다가 몸 쪽 꽉 찬 코스로 완벽하게 제구가 됐기에 결코 공략하기 쉬운 공은 아니었다.

하지만 초구로 몸 쪽 직구가 들어올 것을 미리 예상하고 있었기에 상황이 달라졌다.

따악.

몸 쪽 직구에 대비해서 완벽하게 중심 이동을 가져간 상태로 박건의 배트가 힘껏 돌아갔다.

높게 솟구친 타구가 쭉쭉 뻗어나가 외야 펜스를 훌쩍 넘기고 떨어졌다.

"와아!"

"와아아!"

3—0.

0의 균형을 깨뜨리는 석 점 홈런을 터뜨린 박건이 홈 팬들의 뜨거운 환호 속에서 그라운드를 천천히 돌기 시작했다.

슈아악.

따악.

경쾌한 타격음이 흘러나왔다.

타닷.

타다닷.

루상을 가득 메우고 있던 휴스턴 애스트로스 타자들이 일제히 스타트를 끊었다.

'최소 동점, 최악의 경우에는 역전!'

박건의 머릿속이 하얗게 변했을 때였다.

빠르게 스타트를 끊었던 휴스턴 애스트로스 주자들이 마치 약속이라도 한 듯 일제히 주춤거리며 멈춰 섰다.

'잡았다.'

앤서니 쉴즈가 거구를 던지며 쭉 뻗은 글러브 속으로 마이크 브랜틀리의 잘 맞은 타구가 들어가 있었다. 그리고 2루 베이스 근처에 거의 다다라 있던 휴스턴 애스트로스의 1루 주자는 귀루하지 않았다.

망연자실한 표정으로 서 있기만 했다.

귀루를 시도해 봐야 너무 늦었다는 사실을 알고 있어서였다.

앤서니 쉴즈가 천천히 몸을 일으킨 후 걸어가서 1루 베이스를 밟았다.

"경기 종료."

월드시리즈 6차전이 끝났다.

최종 스코어 5-3.

박건이 게릿 콜을 상대로 연타석 홈런을 터뜨리며 5점을 올렸고, 마이애미 말린스는 2점의 리드를 끝까지 지켜내면서 힘겹게 승리를 거두는 데 성공했다.

"기적이나 마찬가지다."

월드시리즈 6차전이 마이애미 말린스의 승리로 끝난 순간, 이용운은 기적이나 다름없다는 평가를 내렸다.

박건 역시 그 평가에 동의했다.

슬라이더 배제.

휴스턴 애스트로스가 사인 훔치기를 하고 있다는 사실을 알고 난 후, 이용운이 찾아낸 대처법이었다.

그렇지만 슬라이더를 배제하는 것만으로는 사인 훔치기에 완벽한 대응이 되지 못했다.

휴스턴 애스트로스는 다른 사인을 훔쳤기 때문이었다.

모든 구종을 배제할 수는 없는 노릇.

6차전 경기가 후반에 접어들었을 때는 구종을 모두 노출한 채 경기를 한 것이나 마찬가지였다.

그럼에도 불구하고 마이애미 말린스가 승리할 수 있었던 것.

수비의 힘이었다.

박건과 피터 알론소만이 아니었다.

모든 야수들이 최고의 집중력을 발휘하면서 잇따라 호수비를 펼쳤던 덕분에 2점의 리드를 지켜내며 승리할 수 있었던 것이었다.

그리고 이것이 마이애미 말린스의 월드시리즈 6차전 승리를 이용운이 기적이나 다름없다고 평가한 이유였다.

박건이 고개를 돌려서 경기에서 패한 휴스턴 애스트로스 더그아웃 쪽을 바라보았다.

지난 5차전을 치르는 동안, 휴스턴 애스트로스 감독인 알렉스 코라의 표정에는 여유가 묻어 있었다. 그리고 월드시리즈 6차전에서 휴스턴 애스트로스가 패했음에도 불구하고 알렉스 코라 감독은 여유를 잃지 않았다.

월드시리즈 7차전에서도 사인 훔치기는 이어진다. 그러니 휴스턴 애스트로스가 승리할 수 있다.

이런 확신을 갖고 있기 때문이리라.

알렉스 코라 감독의 여유 있는 표정을 확인한 순간, 박건은 화가 났다.

공정 VS 부정.

이런 대결 구도가 결코 정당하지 않았기 때문이었다.

"스포츠는 공정해야 한다."

그때 이용운도 의견을 피력하며 덧붙였다.

"7차전은 공정한 경기가 되도록 서둘러 준비해야 한다."

＊　　　　＊　　　　＊

〈마이애미 말린스 잭 대니얼스 단장, 휴스턴 애스트로스의 사인 훔치기 의혹 제기〉

월드시리즈 7차전이 공정하게 치러질 수 있는 방법이 무엇이 있을까에 대해서 고심하던 이용운이 찾아낸 해법.

메이저리그 사무국에 제보하는 것이 아니었다.

매스컴을 이용하는 것이었다.

잭 대니얼스 단장이 월드시리즈 7차전을 앞두고 기자들을 불러모아서 휴스턴 애스트로스의 사인 훔치기 의혹을 제기한 후폭풍은 컸다.

아메리칸리그 챔피언십 시리즈에서 휴스턴 애스트로스에 분패했던 뉴욕 양키스 단장 이하 감독과 선수들도 의혹에 동참했다.

〈휴스턴 애스트로스 타자들은 마치 내가 무슨 공을 던질지 미리 알고 치는 것 같았다.〉

특히 뉴욕 양키스 에이스인 제임스 팩스턴의 인터뷰는 큰 관심을 불러 모았다.

물론 예상대로 휴스턴 애스트로스는 사인 훔치기 의혹에 대해서 부인했다.

사실무근이며 근거 없는 흠집 내기일 뿐이라고 주장했다.

그러나 이용운은 여기까지 이미 예상하고 있었다.

그래서 휴스턴 애스트로스가 사인 훔치기를 했다는 근거를 제시했다. 그리고 근거는 전혀 의외의 곳에서 발견했다.

—휴스턴 애스트로스가 사인 훔치기를 한 증거.

휴스턴 애스트로스의 사인 훔치기 논란이 미국에서 큰 이슈가 된 후, 한국 네티즌이 인터넷에 올린 블로그 글의 제목이었다. 그리고 한국 네티즌이 제시한 증거는 무척 구체적이었다.

—휴스턴 애스트로스는 더그아웃에 비치되어 있는 휴지통을 두드려서 타석에 들어서 있는 타자에게 투수가 던질 구종과 코스에 대해서 알려주고 있다. 내가 분석한 바에 따르면 처음 휴지통을 두드리는 것은 구종에 대한 정보이다. 휴지통을 한 번 두드리면 직구, 두 번 두드리면 슬라이더, 세 번 두드리면 커브, 이런 식이다. 그리고 구종을 알려준 후 다시 휴지통을 두드려서 코스에 대해서 알려준다. 한 번 두드리면 몸 쪽, 두 번 두드리면 바깥쪽인 방식이다. 월드시리즈 6차전 경기 초반, 휴스턴 애스트로스 타자들은 샌디 알칸트라를 맹폭했다. 당시 휴스턴 애스트로스 타자들이 집중 공략했던 구종은 바깥쪽 슬라이더였다. 그리고 한번 이 소리를 함께 들어보자. 탕. 탕 잠시 쉬고 탕. 탕. 들었나? 휴스턴 애스트로스 타자들이 샌디 알칸트라의 바깥쪽 슬라이더를 공략하기 직전, 휴스턴 애스트로스 더그아웃에서 흘러나온 소리이다. 처음 두 번을 두드린 것은 슬라이더, 그리고 다음 두 번을 두드린 것은 바깥쪽 코스. 사인을 훔치고 난 후에 구종과 코스를 알려줬던 것이다. 이것이 휴스턴 애스트로스 타자들이 샌디 알칸트라가 바깥쪽 슬라이더를 던질 것을 예측한 것처럼 공략한 이유이다. 이것으로도 증거가 부족한가? 그럼 휴스턴

애스트로스가 뉴욕 양키스와 치렀던 아메리칸리그 챔피언십 시리즈 6차전을 살펴보자. 놀랍게도 휴스턴 애스트로스가 사인 훔치기를 자행한 것은 월드시리즈가 처음이 아니다. 아메리칸리그 챔피언십 시리즈에서도 사인 훔치기를 자행했다.

잭 대니얼스 단장은 재차 기자들을 불러 모아서 한국 네티즌이 주장한 근거를 공개했다. 그리고 휴스턴 애스트로스의 단장은 반박 기자 회견을 갖지 않고 침묵했다.

'침묵의 의미는… 긍정.'

박건이 판단했다.

휴스턴 애스트로스의 단장이 제기된 사인 훔치기 의혹에 더 이상 반박 기자회견을 하지 않는 것은 근거가 명확했기 때문이었다.

그리고 휴스턴 애스트로스 단장이 원하는 것은 조용히 의혹이 묻히는 것이리라.

"한국 네티즌이 대단하긴 하네요."

박건이 감탄했다.

미국 언론과 메이저리그 전문가, 그리고 팬들도 휴스턴 애스트로스에 제기된 사인 훔치기 의혹에 대한 증거를 찾지 못했다.

그런데 이름 모를 한국 네티즌이 휴스턴 애스트로스가 사인 훔치기를 자행했다는 증거를 찾아낸 것이었다.

"한국인의 우수성을 증명했지."

"그러네요."

"그리고 이 네티즌 덕분에 월드시리즈 7차전에서 휴스턴 애스트로스는 사인 훔치기를 시도하지 못할 것이다."

이용운의 주장을 들은 박건이 고개를 끄덕여 수긍했다.

굳이 비유하자면 현재 휴스턴 애스트로스는 가석방 중인 범죄자와 비슷했다.

그리고 가석방 기간 중에 추가 범죄를 저지르면 범죄자는 가석방이 취소되고 가중 처벌을 받게 됐다.

그 사실을 잘 알고 있는 휴스턴 애스트로스가 엄청난 위험을 무릅쓰고 월드시리즈 7차전에서 한 번 더 사인 훔치기를 시도할 가능성은 낮았다.

따라서 이용운의 말처럼 월드시리즈 7차전은 공정한 경기가 될 가능성이 높았다.

'손해가 너무 커.'

그럼에도 불구하고 박건이 웃지 못한 이유.

이미 많은 손해를 봤다는 아쉬움 때문이었다.

만약 휴스턴 애스트로스가 사인 훔치기를 자행하지 않았다면?

월드시리즈 3차전과 4차전, 5차전의 결과는 달라졌을 수도 있었다.

그 세 경기 중 최소 한 경기 정도는 마이애미 말린스가 승리했을 가능성이 높았고, 그랬다면 이미 마이애미 말린스는 월드시리즈 우승을 차지했을 것이었다.

"많이 아쉽다는 것 알고 있다."

그때 이용운이 박건의 속내를 알아채고 말했다.

"하지만 시간을 되돌릴 수는 없다."

"저도 알고 있습니다."

"남은 7차전에서 승리를 거두면 된다."

"그렇죠."

박건도 이용운의 말이 옳다는 사실을 알고 있었다.

그렇지만 말처럼 쉬운 일이 아니었다.

월드시리즈 7차전을 앞두고 휴스턴 애스트로스가 예고한 선발투수는 잭 그레인키였다.

반면 마이애미 말린스가 예고한 선발투수는 트레비스 리차즈였다.

선발투수의 무게감에서 잭 그레인키가 트레비스 리차즈에 비해 한참 앞서는 것은 부인할 수 없는 점이었다.

'강해.'

저스틴 벌랜더와 게릿 콜, 잭 그레인키까지.

최고의 선발투수들을 셋씩이나 보유한 것은 휴스턴 애스트로스의 최대 강점이었다. 그래서 휴스턴 애스트로스는 강팀이었다. 그리고 이미 강팀인 휴스턴 애스트로스가 사인 홈치기라는 꼼수까지 사용했다는 것이 박건을 새삼 분노케 만들었다.

'마이애미 말린스에도 비장의 무기가 있지.'

잠시 후, 박건이 애써 분노를 가라앉혔다. 그리고 휴스턴 애스트로스가 미처 알지 못하는 마이애미 말린스가 보유한 비장의 무기는 바로 이용운이었다.

　"선배님, 하나 궁금한 게 있습니다."

　"뭐가 궁금하지?"

　"갑자기 예측이 정확해진 이유가 무엇입니까?"

　박건이 호기심을 참지 못하고 질문을 던졌다.

　마이애미 말린스가 월드시리즈 6차전에서 휴스턴 애스트로스를 상대로 승리를 거둘 수 있었던 요인 중 하나는 타자 박건의 맹활약이었다. 그리고 박건이 최상의 컨디션이었던 게릿 콜을 상대로 연타석홈런을 빼앗을 수 있었던 것은 이용운의 정확한 예측 덕분이었다.

　"게릿 콜은 초구로 직구를 던질 것이다. 코스는… 몸 쪽이다."

　구종만 정확하게 예측한 것이 아니었다.

　이용운이 했던 코스 예측도 정확했다. 그리고 박건은 이용운의 예측이 갑자기 정확해진 이유에 대해서 물은 것이었다.

　"회광반조라는 표현을 들어본 적 있느냐?"

　"네, 들어본 적 있습니다."

　회광반조(回光返照)는 해가 지기 직전에 잠깐 하늘이 밝아진다는 뜻으로 일반적으로 죽기 직전에 잠깐 기운이 돌아오며 정신이 맑아지는 것을 의미하는 사자성어였다.

"회광반조와 비슷하다."

"네?"

"내 예측이 갑자기 정확해진 이유 말이다."

이용운이 설명을 더했다.

그렇지만 박건은 그 말에 순순히 동조할 수 없었기에 입을 뗐다.

"선배님."

"또 왜?"

"자꾸 깜박하시는가 본데… 선배님은 이미 죽었습니다."

'죽어본 적도 없는 놈이.'

자신이 죽었다는 사실.

이용운이 누구보다 잘 알고 있었다.

그럼에도 불구하고 회광반조라는 표현을 사용한 데는 나름의 이유가 있었다.

정확한 예측을 위해서 죽음(?)을 각오했기 때문이었다.

휴스턴 애스트로스가 사인을 훔쳐서 그동안 불공정한 경기를 했다는 사실을 깨달은 순간, 이용운은 주체하기 힘들 정도로 화가 났다. 그리고 어떻게 해야 한쪽으로 기울어진 경기장에서 치러지는 것이나 마찬가지인 월드시리즈 6차전에서 승리할 수 있을까에 대해서 고민하던 이용운이 떠올렸던 방법.

휴스턴 애스트로스 배터리가 주고받는 사인을 알아내서 박건에게 알려주는 것이었다.

눈에는 눈, 이에는 이.

박건에게 이렇게 말했던 것은 빈말이 아니었다.

물론 이용운은 무척 위험하다는 것을 알고 있었다.

이미 편법을 사용하다가 저승사자가 찾아온 것을 경험한 적이 있었기 때문이었다.

그럼에도 불구하고 이용운은 과감하게 편법을 동원했다.

악에는 악으로 대응하는 것이 옳다고 판단해서였다.

물론 세상에 공짜는 없었다.

이용운은 편법을 사용한 대가로 저승사자를 만났으니까.

"하루만, 딱 하루만 더 머물게 해주십시오."

당시 이용운은 저승사자에게 부탁, 아니, 사정을 했다.

솔직히 말하면 저승사자가 그 부탁을 들어주지 않을 거라고 예상했다.

그런데 반전이 있었다.

그 반전의 정체.

바로 저승사자가 야구팬이라는 점이었다.

저승사자도 월드시리즈 7차전을 직관하고 싶어 했다.

덕분에 이용운은 하루 더 이승에 머물 수 있게 됐다.

'이제 진짜 이별이 다가왔구나.'

저승사자와의 약속을 어길 수는 없었다.

그러니 월드시리즈 7차전이 열리는 오늘이 이용운이 이승에 머무르는 마지막 날이었다.

하지만 이용운은 그 사실을 박건에게 미리 알릴 생각이 없었다.

월드시리즈 7차전은 박건에게 무척 중요한 경기.

미리 그 사실을 알려서 박건을 심란하게 만들고 싶지 않았기 때문이었다.

＊   ＊   ＊

대망의 월드시리즈 7차전.

전 세계 야구팬들의 이목이 집중된 가운데 월드시리즈 7차전이 시작됐다.

"우우."

"우우우."

1회 초 휴스턴 애스트로스의 공격.

리드오프인 카를로스 코레아가 타석에 들어서자마자, 말린스 파크를 가득 메운 홈 팬들이 거센 야유를 쏟아냈다.

사인 훔치기라는 반칙을 사용한 휴스턴 애스트로스 팀에 대한 비난이 담겨 있는 야유.

거센 야유가 쏟아지는 가운데 마이애미 말린스의 선발투수인 트레비스 리차즈가 초구를 던졌다.

슈아악.

트레비스 리차즈의 손을 떠난 공이 타자 몸 쪽으로 날아들었다.

타석에 바싹 붙어 서 있던 카를로스 코레아가 몸 쪽 공을 피하지 못하고 허벅지에 맞았다.

"속이 다 시원하네."

박건이 환하게 웃었을 때, 카를로스 코레아가 배트를 던지고 마운드로 달려 나갔다. 그리고 카를로스 코레아가 트레비스 리차즈의 멱살을 틀어쥔 순간, 양 팀 선수들이 더그아웃을 빠져나와 마운드 위로 우르르 달려갔다.

카를로스 코레아의 코에서 피가 흘렀다.

트레비스 리차즈와 몸싸움을 벌이던 도중에 한 대 얻어맞았기 때문이었다.

"퇴장!"

"퇴장!"

벤치클리어링이 발발한 사이에 서로 주먹질을 한 대가로 카를로스 코레아와 트레비스 리차즈는 동시에 퇴장을 당했다.

그리고 주심이 두 선수에게 퇴장을 선언한 순간, 박건은 머릿속으로 분주하게 계산을 했다.

'마이애미 말린스의 손해야!'

잠시 후, 머릿속으로 계산을 마친 박건이 표정을 굳혔다.

두 선수의 동시 퇴장이 마이애미 말린스의 손해라고 판단을 내렸기 때문이었다.

같은 생각이어서일까.

조 매팅리 감독은 주심에게 트레비스 리차즈를 퇴장시킨 것은 과한 판정이라고 어필했지만, 퇴장 판정은 바뀌지 않았다.

벤치클리어링이 발발하며 어수선하던 분위기가 조금 정리됐을 때, 이용운이 평가했다.

"연기력은 별로구나."

그 평가를 들은 박건이 발끈했다.

"연기가 아니니까요."

"왜 후배가 발끈하는 거지?"

"……?"

"내가 연기력이 별로라고 평가한 건 후배가 아니라 조 매팅리 감독이다. 그런데 왜 후배가 발끈하는 거지?"

"제가 아니라 조 매팅리 감독님이라고요?"

"그래?"

"왜 조 매팅리 감독님의 연기력이 별로라는 겁니까?"

"더 억울한 척해야 하는데… 조금 약했다."

이용운이 못마땅한 목소리로 꺼낸 대답을 들은 박건이 다시 질문을 던졌다.

"그 말씀은… 조 매팅리 감독님이 일부러 억울한 척하고 있다는 겁니까?"

"맞다."

"하지만 손해는 마이애미 말린스가 더 큽니다."

"그건 후배의 계산법이고."

"네?"

"조 매팅리 감독의 계산법은 다르다. 음흉한 구석도 있고 역시 좋은 감독이다."

'무슨 뜻일까?'

지금 이용운이 꺼내고 있는 말들을 제대로 이해하기 어려웠다.

해서 박건이 의아한 시선을 던지고 있자, 이용운이 설명을 더했다.

"일부러 사구를 지시했다."

"감독님이 트레비스 리차즈에서 사구를 던지라고 따로 지시를 했다는 겁니까?"

"그래."

"그럴 이유가……."

"그럴 이유가 있지. 손해 보는 장사가 아니니까."

"……?"

"카를로스 코레아를 그라운드에서 몰아냈지 않느냐?"

"트레비스 리차즈도 퇴장당했습니다."

"어느 쪽이 더 손해냐? 조 매팅리 감독은 손실 계산을 한 끝에 카를로스 코레아를 퇴장시키는 것이 더 이득이라고 판단했기 때문에 이런 결단을 내린 것이다."

"하지만······."

"트레비스 리차즈를 대신할 선발투수를 이미 준비해 뒀거든."

이용운의 이야기를 들은 박건이 재차 당황하며 물었다.

"그게 누굽니까?"

이용운이 대답했다.

"청우 로얄스의 에이스."

"······."

"월드시리즈 6차전은 마이애미 말린스에게 무척 중요한 경기였다. 그 경기에서 패하게 되면 뒤가 없었으니까. 그럼에도 불구하고 조 매팅리 감독은 조던 픽스를 끝내 투입하지 않았었다."

이용운의 이야기를 들은 박건이 두 눈을 빛냈다.

'왜 조던 픽스를 투입하지 않을까?'

조던 픽스는 로버트 수아레스와 함께 가장 믿을 수 있는 불펜투수였다.

그럼에도 불구하고 조 매팅리 감독은 월드시리즈 6차전에 조던 픽스를 투입하지 않았다.

그 점에 대해서 박건도 의문을 품었었는데.

"조 매팅리 감독은 이미 그때 계획을 세운 것 같다."

"무슨 계획을 세웠단 말입니까?"

"위장선발 계획."

"······?"

"트레비스 리차즈를 위장선발로 투입해서 휴스턴 애스트로스 공수의 핵이라 할 수 있는 카를로스 코레아를 경기 초반에 퇴장시킨다. 그리고 아끼고 아꼈던 조던 픽스에게 7차전 선발 투수를 맡긴다. 이게 조 매팅리 감독이 세운 계획의 핵심이다. 어떠냐? 보기보다 음흉한 구석이 있지 않느냐?"

만약 이용운의 주장이 모두 사실이라면?

박건은 전혀 예상치 못했던 전략이었다.

그럼에도 불구하고 박건이 고개를 갸웃한 이유는 여전히 계산이 달라서였다.

'과연 카를로스 코레아와 트레비스 리차즈가 동시 퇴장당한 것이 마이애미 말린스에게 이득일까?'

그때 이용운이 다시 말했다.

"이번 사구로 마이애미 말린스는 눈에 보이지 않는 것들을 많이 얻어냈다."

"뭘 얻어낸다는 겁니까?"

"일단 두려움을 심어줬지."

"두려움… 요?"

"사인 훔치기라는 반칙을 한 휴스턴 애스트로스에 마이애미 말린스 선수들은 화가 많이 난 상태다. 월드시리즈 7차전 승패에 관계없이 언제든지 사구를 던질 수 있다. 그러니 알아서 몸을 사려라."

"……?"

"트레비스 리차즈의 사구에는 이런 경고성 메시지가 담겨 있다. 이 경고 덕분에 휴스턴 애스트로스 타자들은 타석에 바싹 붙지 못하면서 바깥쪽 코스의 공에 약점을 노출할 확률이 높다. 그리고 마이애미 말린스가 얻어낸 것이 한 가지 더 있다."

"또 뭡니까?"

이용운이 대답했다.

"조직력."

"……?"

"퇴장당한 트레비스 리차즈 몫까지 우리가 대신 하겠다는 의지가 생겼다. 두고 봐라. 만약 조던 픽스가 흔들린다면 더스틴 메이와 샌디 알칸트라가 경기에 출전하겠다고 자청할 테니까."

*   *   *

6이닝 무실점.

이용운의 기대에 부응하듯 조던 픽스는 최고의 투구를 펼쳤다.

0─0 상황에서 시작된 6회 말 마이애미 말린스의 공격.

선두타자는 9번 타순에 포진한 조던 픽스였다. 그리고 조 매팅리 감독은 승부수를 던졌다.

깜짝 호투를 펼치던 조던 픽스를 타석에 내보내는 대신 제임스 블랙먼을 대타자로 기용한 것이었다. 그리고 제임스 블랙먼은 잭 그레인키와 끈질긴 승부를 펼쳤다.

풀카운트까지 이어진 승부.

슈아악.

잭 그레인키가 6구째로 몸 쪽 직구를 구사했다.

퍽.

타석에 바싹 붙어 있던 제임스 블랙먼을 피하지 않고 허벅지에 공을 맞았다.

"우우."

"우우우."

마이애미 말린스 홈 팬들이 야유를 쏟아내는 가운데 오늘 경기에서 두 번째 벤치 클리어링이 발발했다.

다행인 것은 첫 번째 벤치클리어링 때처럼 퇴장자가 발생하지는 않았다는 점이었다.

그리고 벤치클리어링이 끝난 후, 조 매팅리 감독은 대주자인 해롤드 시에라를 기용했다.

슈악.

따악.

무사 1루 상황에서 타석에 들어선 브라이언 마일스는 잭 그레인키의 초구를 노려서 공략했다.

바깥쪽 커브를 툭 밀어 쳐서 좌전 안타를 만들었다.

"2차 벤치 클리어링의 여파다."

이용운의 이야기를 들은 박건이 고개를 끄덕였다.

몸 쪽 직구를 던지다가 사구가 나오면서 2차 벤치클리어링이 발발했던 상황.

잭 그레인키가 또 몸 쪽 승부를 하기는 어려울 거라 판단한 브라이언 마일스는 타석에서 바깥쪽 공을 노려서 좌전 안타를 때려낸 것이었다.

무사 1. 2루.

조 매팅리 감독은 모험 대신 안정을 택했다.

슈악.

틱. 데구르르.

2번 타자 피터 알론소에게 희생번트를 지시했고, 피터 알론소는 침착하게 희생번트를 성공시켰다.

1사 2, 3루의 득점 찬스에서 박건이 오늘 경기 세 번째 타석에 들어섰다.

'승부하지 않을 가능성이 높다.'

1루가 비어 있는 상황.

잭 그레인키가 여차하면 1루를 채운다는 생각으로 좋은 공을 던지지 않을 거라고 박건이 판단했을 때였다.

"승부할 것이다."

이용운이 주장했다.

"1루가 비어 있는데 저와 승부할 거라고요?"

"그래."

"하지만……."

"브라이언 할리데이도 좋은 타자거든."

박건이 반박하지 못하고 수긍했을 때, 이용운이 덧붙였다.

"그리고 잭 그레인키이니까."

"……?"

"잭 그레인키가 괜히 외계인이라고 불리는 게 아니다. 벤치의 지시 따위는 무시하고 후배와 승부할 것이다. 자존심이 무척 강하거든. 바깥쪽 직구를 노려라."

이용운이 구종과 코스를 예측했다.

그 예측을 들은 박건이 의문을 품고 질문했다.

"왜 지난 두 타석에서는 예측을 하지 않으셨던 겁니까?"

"눈치가 보여서."

"눈치… 요?"

"그런 게 있다. 더 자세히 알려 하지 마라."

이용운이 슬그머니 말끝을 흐렸다. 그리고 투구 동작에 돌입하는 잭 그레인키를 확인한 박건이 상념을 지우고 집중하기 시작했다.

슈아악.

그리고 이번에도 이용운의 예측은 적중했다.

따악.

박건이 욕심내지 않고 가볍게 밀어 친 타구가 우익수 앞에서 뚝 떨어졌다.

그사이 두 명의 주자가 모두 홈으로 들어오며 마이애미 말린스는 길었던 0의 균형을 깨뜨리는 데 성공했다.

2—0.

박건의 적시타로 마이애미 말린스가 승기를 잡은 순간, 말린스 파크가 뜨겁게 달아올랐다.

*　　　　　*　　　　　*

이용운의 예상은 또 한 번 적중했다.

월드시리즈 5차전에서 패전 투수가 됐던 더스틴 메이가 조 매팅리 감독에게 자청해서 조던 픽스의 뒤를 이어 마운드에 올랐다.

그리고 월드시리즈 7차전의 더스틴 메이는 월드시리즈 5차전의 더스틴 메이와는 전혀 달랐다.

홈 팬들의 열성적인 응원을 등에 업고 휴스턴 애스트로스 타자들을 압도하며 2이닝을 무실점으로 막아냈다.

9회 초 휴스턴 애스트로스의 정규이닝 마지막 공격.

이제 아웃카운트 세 개만 잡아내면 마이애미 말린스는 월드시리즈 우승이란 대업을 달성할 기회를 잡았다. 그리고 조 매팅리 감독은 월드시리즈 우승을 차지하기 위해서 필요한 세 개의 아웃카운트를 얻기 위해서 팀의 클로저인 브래들리 쿡을 투입했다.

하지만 브래들리 쿡은 조 매팅리 감독의 기대에 부응하지 못했다.

9회 초의 선두타자 월리스 구리엘과 3번 타자 호세 알투베에게 연속안타를 허용하며 무사 1, 3루의 위기에 처했다.

슈아악.

따악.

그리고 4번 타자 알렉스 브레그먼은 브래들리 쿡이 초구로 던진 바깥쪽 직구를 힘껏 당겨 쳤다.

박건이 펜스에 등을 기댄 채 타구를 잡아내는 데 성공했지만, 3루 주자인 월리스 구리엘이 태그업을 시도해서 홈으로 파고드는 것을 막을 수는 없었다.

2—1.

점수 차가 한 점 차로 좁혀진 순간, 타석에는 5번 타자 마이크 브랜들리가 들어섰다.

슈악.

따악.

브래들리 쿡은 마이크 브랜들리에게 또 안타를 허용했다.

1사 1, 2루로 주자가 늘어나자, 조 매팅리 감독이 더그아웃을 박차고 나왔다.

"다시… 시작했다."

그때, 이용운이 심각한 표정으로 말했다.

"뭘 다시 시작했단 겁니까?"

"사인 훔치기."

"설마…?"

"이판사판이거든."

"……?"

"휴스턴 애스트로스가 사인 훔치기를 했다는 증거가 나온 상황이다. 기왕 들킨 상황이니 월드시리즈 우승을 일단 차지하고 보자고 판단했을 것이다. 명예는 이미 잃어버렸으니 실리라도 챙기자. 알렉스 코라 감독은 그 편이 남는 장사라고 판단한 거지."

이용운의 주장은 일리가 있었다.

그래서 박건이 당황했을 때였다.

조 매팅리 감독은 브래들리 쿡을 강판하고 로버트 수아레즈를 마운드에 올렸다.

"소용없다."

그러나 이용운은 딱 잘라 말했다.

휴스턴 애스트로스가 다시 사인을 훔치고 있는 상황.

로버트 수아레즈는 압도적인 구위를 앞세워서 타자를 압도하는 유형의 투수가 아니기 때문에 투구 교체가 해답이 아니라고 주장하는 것이었다.

그런 이용운의 예측은 적중했다.

슈악.

따악.

7번 타자 카일 터커는 3구째 커브를 노려 쳐서 또다시 안타를 때려냈다.

불행 중 다행인 것은 카일 터커의 타구가 박건의 앞으로 굴러왔다는 점이었다.

좌익수 박건의 송구가 강하고 정확하다는 사실을 알고 있는 2루 주자 호세 알투베는 홈으로 파고들지 않고 3루에서 멈췄다.

'졌다?'

1사 만루로 상황이 바뀐 순간, 박건의 머릿속에 든 생각이었다.

분하기 짝이 없었지만, 휴스턴 애스트로스의 사인 훔치기에 대항할 마땅한 방법이 없었기 때문이었다.

"준비해라."

그때, 이용운이 말했다.

"뭘 준비하란 겁니까?"

"투수 박건이 나설 차례니까."

"제가… 요?"

"남은 투수가 없으니까."

박건이 마른침을 꿀꺽 삼켰을 때, 조 매팅리 감독이 다시 더그아웃을 빠져나왔다.

그리고 이용운의 예상대로 박건을 마운드로 불렀다.

'내가… 막을 수 있을까?'

마운드 쪽으로 걸어가던 박건의 머릿속이 헝클어졌다.

자신이라고 해서 사인을 훔치는 휴스턴 애스트로스 타선을 막아낼 수 있다는 자신이 없어서였다.

"미안하다."

박건이 마운드에 도착했을 때, 조 매팅리 감독이 사과했다.

"무거운 짐을 맡겨서."

"……."

"그냥 그런 생각이 들었다. 네가 시작했으니 마무리도 네게 맡기는 것이 맞다는 생각. 설령 좋지 않은 결과가 나오더라도 널 탓할 생각은 없다."

조 매팅리 감독이 그 말을 끝으로 공을 건넸다.

빙글.

박건이 까끌까끌한 실밥의 감촉을 느끼고 있을 때, 이용운이 물었다.

"두려우냐?"

그 질문에 박건이 고개를 끄덕였다.

휴스턴 애스트로스 타자들은 자신이 어떤 공을 던질지 훤히 알고 타격을 하는 상황이었다.

그런데 어찌 두렵지 않을까.

"날 믿어라."

그때 이용운이 다시 말했다.

'선배님을 믿으라?'

박건이 그 말을 속으로 곱씹을 때, 이용운이 덧붙였다.

"그리고 널 믿어라."

'커브.'

브라이언 할리데이가 초구로 낸 사인이었다.

그렇지만 박건은 고개를 흔들었다.

'슬라이더.'

다음으로 슬라이더 사인을 냈지만 박건은 재차 고개를 흔들었다.

'직구.'

그리고 브라이언 할리데이가 직구 사인을 낸 순간, 박건이 마침내 고개를 끄덕였다.

스윽.

브라이언 할리데이가 미트를 바깥쪽 코스에 갖다 댔다.

탕… 탕탕.

직구, 그리고 바깥쪽 코스.

박건이 초구로 던질 공을 타석에 들어서 있는 더스틴 가노에게 알려주기 위해서 휴지통을 두드리는 소리가 들리는 것 같은 착각이 발생했다.

'될까?'

공포감을 애써 밀어내며 박건이 힘껏 와인드업을 했다.

슈아악.

그리고 박건의 손을 떠난 공이 홈플레이트로 날아들었다.

한가운데 코스로 파고드는 직구.

실투가 아니었다.

"한가운데로 던져라."

이용운의 지시를 충실히 따른 것이었다.

딱.

박건이 던진 초구가 실투라고 판단한 휴스턴 애스트로스의 8번 타자 더스틴 가노가 배트를 힘껏 휘둘렀다.

높게 솟구친 타구는 우측 방향으로 날아갔다.

타다닷.

피터 알론소가 낙구 지점을 예측하고 포구에 성공한 순간, 3루 주자 호세 알투베가 태그업을 시도했다.

쉬이익.

피터 알론소가 지체 없이 홈으로 송구했다.

그렇지만 홈승부는 펼쳐지지 않았다.

호세 알투베가 도중에 3루로 귀루했기 때문이었다.

'먹혔다!'

더스틴 가노를 외야플라이로 아웃시킨 순간, 박건이 주먹을 불끈 움켜쥐었다.

당연히 바깥쪽 직구가 들어올 것이라 예상했던 더스틴 가노는 한가운데 직구가 들어오자 살짝 당황했다. 그리고 더스틴 가노의 허를 찌른 덕분에 깊지 않은 외야플라이를 유도해 낼 수 있었던 것이었다.

'이제 남은 아웃카운트는 하나.'

마이애미 말린스의 월드시리즈 우승을 위해서 남은 아웃카운트는 단 하나뿐이었다.

그렇지만 여전히 2사 만루의 위기는 이어지고 있었다. 그리고 휴스턴 애스트로스의 알렉스 코라 감독은 극적인 역전 우승을 차지하기 위해서 아끼고 아꼈던 대타 카드인 조쉬 스프링어를 기용했다.

'공 하나 승부!'

휴스턴 애스트로스는 사인 훔치기를 하고 있는 상황.

승부가 길게 이어질 가능성은 낮았다.

조쉬 스프링어는 초구부터 적극적으로 공략할 가능성이 높았다.

'무슨 공을 던져야 할까?'

박건이 고민에 잠겼을 때, 이용운이 말했다.

"몸 쪽 직구를 던져라."

'몸 쪽 직구?'

그 지시를 들은 박건이 움찔했을 때, 이용운이 덧붙였다.

"날 믿고 몸 쪽 직구를 던져라."

'개자식.'

이용운이 알렉스 코라 감독을 매섭게 노려보았다.

스포츠에서 가장 중요한 것은 결과였다.

그렇지만 결과 못지않게 과정도 중요했다.

그런데 휴스턴 애스트로스는 월드시리즈 우승이라는 결과물을 얻어내기 위해서 반칙을 사용하고 있었다.

이것이 이용운이 진심으로 분노한 이유.

그리고 반칙을 사용해서까지 월드시리즈 우승을 차지하려는 휴스턴 애스트로스를 상대로 마이애미 말린스가 꼭 이기게 만들고 싶었다.

'정의는 승리한다.'

진부한 표현이지만, 정의가 승리하는 것을 보고 싶었다.

또, 땀과 노력이 배신당하지 않고 정당한 대우를 받을 수 있게 만들고 싶었다.

"고생… 많았다."

자신과 영혼의 파트너(?)가 된 후 박건은 최선을 다했다.

좋은 선수가 되기 위해서 잠시도 한눈을 팔지 않고 최선을 다했다는 사실을 이용운이 어느 누구보다 잘 알고 있었다.

"넌 자격이 있다."

"무슨… 자격요?"

"월드시리즈 우승 반지를 손에 낄 자격 말이다."

이용운이 싱긋 웃으며 대답했다.

이제 공 하나를 던지고 나면 박건과는 이별할 것이었다.

그 사실을 잘 알고 있기에 미련이 남았다.

제대로 된 작별 인사조차 하지 못하고 이별해야 한다는 사실로 인해서.

그러나 만남이 있으면 이별도 있게 마련.

그리고 작별 의식은 짧을수록 좋다는 사실을 이용운은 알고
있었다.

"갑자기… 왜 이러십니까?"

"……?"

"어디 떠날 사람처럼."

'눈치는… 참 빨라.'

이용운의 입가에 머물러 있던 미소가 짙어졌다.

"좋았다."

"선배님."

"너와 함께했던… 모든 순간이 좋았다."

"설마……?"

"어서 던져라."

"……?"

"주심이 어서 공을 던지라고 재촉하고 있는 게 보이지 않느
냐?"

박건이 더 버티지 못하고 투구 동작에 돌입했다.

슈아악.

박건의 손에서 공이 떠난 순간, 이용운이 상념을 떨쳐 버리
고 집중했다.

귀신의 몸으로 물리력을 행사하기 위해서는 집중해야 하기

때문이었다.

'가라앉아라.'

이용운이 물리력을 행사한 덕분에 몸 쪽으로 날아들고 있던 직구가 커터처럼 갑자기 휘어졌다.

딱.

조쉬 스프링어는 갑자기 휘어진 공에 제대로 대처하지 못했다.

배트 하단에 공이 맞는 것을 확인한 이용운의 입가에 미소가 번졌을 때였다.

지이이잉.

귀를 멀게 할 정도로 강한 이명과 함께 이용운은 자신의 몸이 붕 떠오르는 것을 느꼈다.

저 멀리 보이는 박건을 향해 이용운이 마지막 작별 인사를 건넸다.

"야구의 신의 가호가 후배와 함께하기를."

'왜… 공이 휘어진 거지?'

분명히 몸 쪽 직구를 던졌다.

그렇지만 박건은 직구가 홈플레이트를 통과하는 순간, 갑자기 휘어지는 모습을 똑똑히 보았다.

그로 인해 당황하던 박건이 아까 이용운이 했던 말을 떠올렸다.

"날 믿고 몸 쪽 직구를 던져라."

'이거… 였구나.'

이용운이 자신 있게 몸 쪽 직구를 던지라고 지시한 이유를 박건이 뒤늦게 알아챘을 때였다.

따악.

조쉬 스프링어가 휘두른 배트 하단에 맞은 타구가 굴러가기 시작했다.

툭. 툭.

바운드를 일으키며 유격수 앞으로 굴러가는 평범한 땅볼타구.

그렇지만 박건은 끝까지 긴장의 끈을 놓지 못하고 타구를 지켜보았다.

다행히 불규칙바운드는 일어나지 않았다.

유격수인 폴 바셋이 침착하게 땅볼타구를 포구하는 장면.

원 스텝을 밟으며 1루로 송구하는 장면.

1루수 앤서니 쉴즈가 송구를 잡아내는 장면.

1루심이 단호하게 아웃을 선언하는 장면.

앤서니 쉴즈가 양팔을 들어 올린 채 마운드로 뛰어오는 장면까지.

마치 파노라마처럼 모든 장면들이 박건의 기억 속에 간직됐다.

"선배님, 우승했습니다."

월드시리즈 우승이 확정된 순간, 박건은 가장 먼저 이용운을 찾았다.

우승의 기쁨을 이용운과 함께 나누고 싶었기 때문이었다.

"나도 봤다. 아주 잘했다."

이용운에게서 칭찬을 듣고 싶었는데.

박건이 바라고 있던 칭찬은 돌아오지 않았다.

"선배님."

"……."

"선배님, 우승했다니까요."

그리고 몇 번이나 불렀음에도 이용운에게서는 대답이 돌아오지 않았다.

'떠났다?'

뒤늦게 이용운이 떠났음을 알아챈 박건이 황망한 표정을 지었을 때, 우승의 기쁨에 취한 마이애미 말린스 선수들이 박건을 덮쳤다.

                    *   *   *

"자네와 축하주를 하려고 아주 어렵게 구한 괜찮은 위스키인데. 같이 한잔하겠나?"

잭 대니얼스 단장이 황갈색 위스키가 담긴 잔을 내밀었다.

그렇지만 박건은 거절했다.

"전 됐습니다."

"비시즌 기간인데 한 잔 정도는 괜찮지 않나?"

"무서워서요."

"뭐가 무섭단 건가?"

"두 눈 크게 뜨고 절 지켜보는 분이 있거든요."

박건이 이용운을 떠올리며 대답했다.

잭 대니얼스 단장은 영문을 모르겠단 표정이었지만, 박건은 더 설명하지 않았다.

마땅히 설명할 방법이 없었기 때문이었다.

"그럼 건배만 하게. 마이애미 말린스가 월드시리즈 우승을 차지한 기념으로 말일세."

"알겠습니다."

박건이 위스키가 담긴 잔을 건네받았다.

채앵.

건배를 한 후, 잭 대니얼스 단장이 단숨에 잔을 비웠다.

"그럼 이제 재계약 문제를 논의해 보세. 일전에 월드시리즈 우승을 차지한 후에 재계약 논의를 다시 하자고 말했으니까."

"네."

"그때 내가 4년 5,000만 달러 규모의 계약을 제시했었던 걸로 기억하네. 그런데… 그때와는 상황이 바뀌었네. 자네의 청력에 문제가 있다는 걸 알았으니까."

'결국 이게 발목을 잡는구나.'

박건이 쓴웃음을 머금었다.

그렇지만 청력에 문제가 있다는 사실을 고백했던 것을 후회하지는 않았다.

다시 같은 상황에 처하더라도 박건의 선택은 달라지지 않을 것이었다.

"상황이 바뀌었으니 계약 조건도 바뀌는 게 당연한 거지. 그래서 새로운 재계약 조건을 제시하겠네."

"편하게 말씀하시죠."

어느 정도 마음을 비운 상태였기에 박건이 담담한 목소리로 말했다. 그리고 잭 대니얼스 단장 역시 담담한 목소리로 새로운 재계약 조건을 밝혔다.

"4년 1억 달러일세."

"……?"

"계약 조건이 마음에 안 드나?"

잭 대니얼스 단장이 살짝 당황한 표정으로 물었다.

"방금 얼마라고 하셨습니까?"

"4년 1억 달러라고 했네."

박건이 자신의 귀를 의심했다.

청력에 문제가 있다는 사실을 고백한 상황.

그래서 당연히 잭 대니얼스 단장이 제시할 금액이 줄어들 거라고 예상했다.

아니, 어쩌면 재계약을 포기할 수도 있다고 생각했다.

그런데 잭 대니얼스가 제시한 새로운 계약조건은 박건의 예상과 많이 달랐다.

오히려 금액이 상승했다.

그것도 무려 두 배로.

'1년 2,500만 달러면 한화로 대략 300억?'

워낙 큰 금액이라 실감이 나지 않았다. 그리고 잭 대니얼스 단장에게 이유를 묻지 않을 수 없었다.

"혹시… 취하셨습니까?"

"내가 취했냐고? 하하, 위스키 한 잔에 취할 정도로 내 주량이 형편없지는 않네."

"그럼 대체 왜…?"

"자네 청력에 문제가 있다는 걸 알면서 왜 더 좋은 계약 조건을 제시했느냐, 이게 궁금한 거지?"

"네."

"증명했기 때문이네."

"……?"

"청력에 문제가 있는 상황에서도 자네는 최고의 선수라는 것을 이미 증명했네. 그리고 청력 문제를 해결한다면 지금보다 더 훌륭한 선수가 될 수 있다는 것도 감안했네. 물론 자네가 안고 있는 청력 문제를 해결할 수 있도록 구단 차원에서 적극적으로 도울 것이고. 하나 더 이유를 꼽자면, 자네가 팀을 위해서 기꺼이 손해를 감수했다는 점이라네. 그리고 팀을 위해서 희생하는 선수는 더 좋은 대우를 받는 것이 맞다는 것이 내 신조라네. 이 정도면 충분한 설명이 됐나?"

"네."

"그럼… 한국으로 건너가기 전에 서명할 텐가?"

"아직… 안 됩니다."

"왜 아직 사인할 수 없다는 건가? 혹시… 자네에게 이보다 더 좋은 조건을 제시한 구단이 있었던 건가?"

잭 대니얼스 단장이 긴장한 표정으로 물었다.

그 질문에 답하는 대신 박건이 휴대전화를 들었다. 그리고 박건은 청우 로얄스 송이현 단장에게 전화를 걸었다.

"이 시간에 무슨 일이에요?"

"허락을 받아야 할 것 같아서요."

"무슨 허락요?"

"4년 1억 달러."

"……?"

"그 이상의 계약조건을 제시할 수 있습니까?"

송이현에게서는 바로 대답이 돌아오지 않았다.

"후우."

긴 한숨을 내쉰 후 송이현이 입을 뗐다.

"박건 선수."

"네."

"청우 로얄스 복귀는 4년 뒤에 다시 상의하도록 해요."

"알겠습니다."

송이현 단장과의 짧은 통화를 마친 후, 박건이 입을 뗐다.

"계약서를 에이전트에게 보내주시죠."

"그러지."

박건이 창밖으로 시선을 던졌다. 그리고 파란 하늘을 올려다보며 이용운에게 물었다.

"선배님, 이 정도면 호구 계약을 맺는 건 아니겠죠?"

*   *   *

이용운 야구 재단 준공식.

준공식이 열리는 상암동에는 수많은 야구 관련 인사들이 모여들었다.

이용운 야구 재단을 설립한 장본인인 박건이 호스트로서 손님들을 맞이했다.

"단장님이 많이 도와 주신 덕분에 이렇게 빨리 준공식을 할 수 있게 됐습니다."

박건이 진심을 담아 송이현에게 인사했다.

"아버지가 재단 사외이사가 됐으니 열심히 돕지 않을 수가 없었네요."

"감사합니다."

"그럼 약속 지키세요."

"무슨 약속을 말씀하시는 겁니까?"

"청우 그룹 광고 모델을 맡겠다는 약속."

"당연히 약속은 지킬 겁니다. 공짜로 광고 모델을 맡는 것도 아니니까요."

"어머, 1억 달러 사나이가 돈을 너무 밝히는 것 아니에요?"

"계약은 계약이니까요."

"헐."

"제가 좋아하는 선배님이 절대 호구는 되지 말라고 당부하셨거든요."

송이현과 인사를 마친 후, 박건이 윤재규 해설위원과 악수를 나누었다.

"고맙네."

"왜 고맙다고 말씀하시는 겁니까?"

"내가 했어야 할 일을 자네가 대신해 주었으니까."

"……?"

"그 친구가 사람들의 기억 속에 오랫동안 남게 해주고 싶었거든."

눈시울이 붉어져 있는 윤재규를 바라보며 박건이 입을 뗐다.

"저도 자격이 있습니다."

"응?"

"선배님을 위해 야구 재단을 설립할 자격요."

그 후로도 수많은 이들을 만났다.

"자네가 KBO 리그의 위상을 높였다는 것에 깊이 감사를 표하네. 그리고 언젠가 KBO 리그로 복귀해서 자네의 경험을 후배들에게 전수해 주길 기대하겠네."

"언젠가 KBO 리그를 위해서 일해주게."

KBO 총재 및 고위층 인물들과의 만남.

무척 불편했다.

그렇지만 박건은 이용운을 위해서 기꺼이 불편함을 감수했다.

"이용운 야구 재단 준공식에 참석해 주신 내외 귀빈 분들에게 깊은 감사의 말씀을 드립니다. 그럼 지금부터 이용운 야구 재단 준공식을 시작하겠습니다. 식순은……."

박건의 부탁을 받고 이용운 야구 재단 준공식의 사회를 기꺼이 맡아준 채선경 아나운서의 목소리를 들으며 박건이 천천히 고개를 돌렸다.

준공식이 열리는 자리에 도착해 있는 수백 개의 화환을 바라보던 박건이 떠올린 것.

화환이 몇 개 없던 쓸쓸한 이용운의 장례식장 풍경이었다.

"그렇게 돈을 밝히시더니… 용처도 알려주지 않고 그냥 가시면 어떡합니까?"

잠시 후 박건이 이용운을 원망하며 덧붙였다.

"약속대로 수익 배분은 앞으로도 오 대 오입니다. 뭘 좋아하실지 몰라서 고민하다가 이용운 야구 재단을 설립하기로 했습니다. 이용운 야구 재단을 설립하면 사람들이 오랫동안 선배님을 기억할 것 같아서요. 잘했죠?"

수백 개의 화환을 둘러보던 박건이 고개를 들어 하늘을 바라보며 말했다.

"선배님, 보고 싶습니다."

*   *   *

"아아! 마이크 테스트!"

녹화 준비를 마친 후 박건이 싱긋 웃음을 머금은 채 혼잣말을 꺼냈다.

"루틴은 지키겠습니다."

비록 혼자 하는 녹화였지만, 지금 이 순간만큼은 이용운과 함께하고 있다는 생각이 들었다.

그래서 박건은 앞으로도 '더 독해져서 돌아온 독한 야구' 녹화를 계속해 나갈 생각이었다.

"선배님, 그럼 시작하겠습니다."

이용운에게 보고를 마친 후. 박건이 멘트를 시작했다.

"너튜브 개인 방송 '더 독해져서 돌아온 독한 야구'는 선수, 감독, 심지어 팬들까지 모두 독하게 까는 해설 방송입니다. 심장이 약한 분들과 임산부, 그리고 노약자는 가능한 시청을 금해주시기 바라며, 한층 더 독해져서 돌아온 만큼 일반인들 중에서도 마음의 평온을 유지하는 데 어려움을 겪고 있는 분들은 시청하지 않으시는 편이 좋은 것 같습니다. 그럼 '더 독해져서 돌아온 독한 야구' 방송을 시작하겠습니다. 오늘의 주제는 청우 로얄스의 오프시즌 행보입니다. 현재 청우 로얄스가 오프시즌에 보내고 있는 행보를 네 글자로 표현하면 갈팡질팡입니다. 철학도 비전도 보이지 않는 오프시즌 행보를 보이고 있거든요. 송이현 단장, 만약 듣고 있다면 빨리 정신 차리세……."

—그동안 읽어주서서 감사합니다.

『내 귀에 해설이 들려』完